Lea Coplin
Mit dir leuchtet der Ozean

AF196067

LEA COPLIN

MIT DIR LEUCHTET DER OZEAN

Roman

dtv

Ausführliche Informationen über
unsere Autorinnen und Autoren und ihre Bücher
finden Sie unter www.dtv.de

Von Lea Coplin sind außerdem bei dtv erschienen:
Nichts ist gut. Ohne dich.
Nichts zu verlieren. Außer uns.
Für eine Nacht sind wir unendlich

Originalausgabe
© 2021 dtv Verlagsgesellschaft mbH & Co. KG, München
Umschlaggestaltung: Zero Werbeagentur
Gesetzt aus der Palantino LT Std; Garth Graphic Std
Satz: C.H.Beck.Media.Solutions, Nördlingen
Druck und Bindung: CPI books GmbH, Leck
Printed in Germany · ISBN 978-3-423-74070-8

Wie immer für blö

Vor einigen Jahren,
in einem Schrank

MILO

In dem Augenblick, in dem meine Hand den Griff umschloss, knipste irgendjemand das Licht aus, und auf einmal war es stockfinster im Raum. Ohs und Ahs wisperten durch die Menge. Ein paar Leute kicherten. Ich verbrachte eine Sekunde damit, mich zu fragen, was ich hier eigentlich tat, wie ich auf dieser Party gelandet war und weshalb ich mich auf dieses Spiel eingelassen hatte. Dann schob ich den Gedanken beiseite und öffnete den Schrank. Kletterte hinein. Zog die Tür hinter mir zu und hockte mich zu dem Mädchen auf den Boden.

Stille.

Düsternis.

Als hätte die Welt den Atem angehalten. Oder zumindest der Teil, der uns umgab.

Ich nahm ihren Geruch wahr. Ein Parfüm, das mir vage bekannt vorkam, oder nein – kein Parfüm, ein Waschmittel oder Weichspüler, etwas in der Art. Ein Shampoo?

Wir kauerten nebeneinander, unsere Arme berührten sich fast. Ich hörte sie atmen. Wie sie Luft einsog und zittrig wieder ausstieß. Einige Sekunden lang war ich wie gebannt von dem Geräusch, bis draußen die Anfeuerungsrufe einsetzten und dann ein neuer Song, der die Stille in unserem Schrank einhüllte in einen pulsierenden Kokon aus Technobeats. Ich lauschte und dachte daran, es auszusitzen. Mich nicht zu bewegen, nichts zu sagen. Ich war sowieso kein großer Redner – nicht, dass es in diesem Spiel erlaubt gewesen wäre. Sieben Minuten in einem Schrank jemanden küssen, ohne zu wissen, wen, das war der Deal. Doch wie es mit den Dingen so ist, die verboten sind, will man sie auf jeden Fall tun, egal, ob man sie ursprünglich im Sinn hatte oder nicht, also sagte ich:»Ich hab keine Ahnung, wo ich mit meinen Beinen hinsoll.«

Schweigen. Dann:»Ich denke, man darf nicht reden?«

»Darf man nicht?« Ich lehnte den Kopf an die Rückwand und versuchte, die Stimme einzusortieren. Ich hatte sie bestimmt schon gehört, irgendwo auf den Gängen der Schule. Dass ich selbst nicht viel redete, hieß ja nicht, dass ich nicht zuhören konnte, im Gegenteil.

Im Gegenteil.

Okay, wo war ich? Ihre Stimme. Sie klang … angenehm, nicht zu hoch, nicht zu laut. Unaufgeregt. Ich wiederhole: angenehm. Entfernt bekannt. Der Gedanke ließ mich die Stirn runzeln. Was, wenn sie zu den Mädchen gehörte, die nicht mit einem sprachen, sondern über einen, im Flüsterton, so etwas wie: *Schnell, lass uns woanders hingehen, da kommt dieser Typ, dieser Milo. Mit dem willst du lieber nichts zu tun haben.*

Und jetzt saß ausgerechnet sie neben mir in diesem Schrank.

Armes Ding.

Meine Beine begannen zu schmerzen. Weshalb ich umständlich versuchte, sie zumindest in eine Art Schneidersitz zu falten.

»Au.«

»Sorry.«

»Das war meine Hand.«

»Tut mir leid. Es ist supereng hier.«

»Wirklich? Wäre mir nie aufgefallen.«

Der Schrankboden ächzte und knarzte unter unseren Bemühungen, eine bequemere Position zu finden, was zumindest bei meiner Größe ziemlich aussichtslos zu sein schien. Von draußen dröhnte es: »SECHS.«

Und auf einmal herrschte wieder Stille im Schrank.

»Okay, bringen wir es hinter uns. Oder?«

Definitiv, ich kannte die Stimme. Wie gut? Scheißegal.

»Okay.« Ich nickte. Wahrscheinlich wollte ich einfach mal wieder jemanden küssen. Ich meine, ich hatte schon Mädchen geküsst, wenigstens ein paar. Weniger als eine Handvoll, aber ja, belassen wir es dabei. Sicher gab es um mich herum Jungs, die mit sechzehn nichts anderes taten, und wenn doch, dann besseres Zeug. Leider gehörte ich zu den Sechzehnjährigen, die die allermeiste Zeit elementarere Dinge im Kopf hatten, als küssenswerten Mädchen nachzujagen.

Der Gedanke an meinen Bruder schoss mir in den Kopf, an meinem Bewusstsein vorbei, wieder hinaus. Konnte ich nicht einmal sieben Minuten in einem Schrank verbringen, ohne an Jannis zu denken? Ja? Danke.

»Falls es dich irgendwie tröstet«, erklärte ich, »sie schreiben einem nicht vor, wie genau der Kuss auszusehen hat.«

»Soll heißen?«

»Das heißt, es muss keine Zunge involviert sein. Zum Beispiel.«

»Okay. Ich rechne also nicht damit, dass du sofort versuchst, mir deine Zunge in den Hals zu stecken. Danke für den Hinweis.«

Dieser leicht ironische Tonfall. Immer noch gelassen, aber belustigt untendrunter. Ganz allmählich formte sich ein Bild dazu. Helle Haare. Nein, doch … aber rötlich. Dunkle Augen.

Wieder knarzte der Boden, und auf einmal fühlte ich den Druck ihrer Handfläche auf meinem Oberschenkel.

»Hast du dich hingekniet?«

»Irgendwo musste ich meine Beine ja unterbringen.«

»Okay, also dann ...« Sie räusperte sich, und ich beeilte mich zu fragen: »Wie kommt es, dass du in diesem Schrank gelandet bist?«

Klasse, Milo. Jetzt schindest du Zeit wie ein Mädchen. Oder warte – das Mädchen hier schindet weit weniger Zeit als du. Die Stille, die dahintickte, bis sie mir antwortete, sagte eigentlich schon alles (zum Beispiel, dass sie mich durchschaut hatte), trotzdem erwiderte sie schließlich:

»Wie landet man in einem Schrank? Man öffnet die Tür, setzt sich hinein, schließt die Tür wieder. Wie war es bei dir?«

»Mmmh. Ähnlich. Doch, ja.«

Sie schnaubte, während sie ihre Hand wieder zurückzog, aber es war eher ein trockenes Lachen, und das Bild in meiner Vorstellung nahm mehr und mehr Gestalt an: grüne Augen, dunkel, mystisch. Die Haare rotblond, lang und leicht gewellt, meistens mit buntem Stirnband darin. Das Gesicht blass, herzförmig, mit einer Reihe Sommersprossen auf der Nase. Obwohl alles an ihr »zerbrechlich« schrie, war ihr Blick fest und unergründlich, und ich glaubte, mich zu erinnern, ihr Name war Kathi. Oder Lilli? Und ich dachte: Wieso hat ausgerechnet sie sich auf diesen albernen Mist eingelassen? Sie wirkte nicht wie jemand, der sich in dunklen Schränken herumtrieb, um irgendwelche Jungs zu küssen. Sie wirkte nicht mal wie jemand, der zwangsläufig auf jede Party eingeladen wurde. Und damit wären wir schon zwei.

Ich lauschte den Geräuschen außerhalb unseres vorübergehenden Gefängnisses. Sechs Minuten vergehen wie im

Flug, wenn man Spaß hat. An meinen ursprünglichen Plan anknüpfend würde ich hier knien und warten, bis es vorbei war. War ja nicht so, als wäre das etwas Neues für mich. Warten, bis etwas vorbeiging – mein Spezialgebiet. Unwillkürlich sprangen meine Gedanken aus dem Schrank zurück zu Jannis. Ich fragte mich, was mein Bruder gerade … und stopp. Einfach stopp. Ich war hier reingeklettert, um mir für ein paar Sekunden keine Sorgen um meinen Bruder zu machen, ich war auf diese Party gegangen, um mich selbst daran zu hindern, ihm durch die Stadt nachzujagen wie ein liebeskranker Welpe, wieder mal, was sollte man auch sonst mit seinen Freitagabenden anstellen? Irgendwann musste Schluss sein, und heute war dieser Tag.

Draußen schrie jemand »FÜNF«, und dann geschahen mehrere Dinge auf einmal. Kathi-Lilli beugte sich vor, stützte sich mit beiden Händen auf meinen Oberschenkeln ab, gefährlich nah an meinem Schritt, um präzise zu sein, weshalb ich überrascht nach hinten wegkippte und sie ein Stück nach vorne fiel.

»Woah!«

»Ähm …«

»Was tust du? Was …«

Sie hatte ihre Lippen auf meine gepresst. Und ich war so perplex, dass ich zurückschreckte und mit dem Hinterkopf gegen die Schrankwand knallte.

»Oouh.«

»Na großartig.«

Stoff raschelte, der Schrankboden protestierte, sie war auf dem Rückzug und ich griff blind in ihre Richtung, um sie davon abzuhalten. »Warte mal!« Könnte sein, ich hab versehentlich an ihre Brust gefasst.

»Hey!« Sie schlug meine Hand weg.

»Wolltest du mich gerade küssen?«

»Nein, ich wollte dich zwangsbeatmen, weil ich dachte, du seist inzwischen verstorben. Was stimmt nicht mit dir? Denkst du, ich sitze zum Spaß in diesem beschissenen Schrank?«

Das war ziemlich lustig und zum ersten Mal seit einer gefühlten Ewigkeit musste ich lachen.

»Schön, dass ich dich amüsiere.«

»Sorry.« Mit der Hand fuhr ich mir über den Mund, doch grinsen musste ich immer noch. *Was stimmt nicht mir dir?* Eine richtig gute Frage eigentlich.

Kathi-Lilli seufzte.

Zu meiner eigenen Überraschung sagte ich: »Ich hab mich nur erschrocken. Ich würd dich ehrlich gern küssen.« Und dann hielt ich die Luft an.

Zwei Sekunden.

Drei Sekunden.

»Okay«, erwiderte sie.

Mein Puls raste auf einmal. Vielleicht war es tatsächlich besser, nicht zu reden, vielleicht war es das Allerbeste, es einfach zu tun. Also tastete ich nach ihrem Arm, dann nach ihrer Hand. Irgendwann musste sie sich ebenfalls hingekniet haben, denn auf einmal umschlossen meine Finger ihre Taille, während ihre Nase beinah meine Wange berührte.

»Your turn«, flüsterte sie.

Penny, schoss es mir durch den Kopf. Nicht Kathi, nicht Lilli.

Ich zog sie näher zu mir. *My turn.* Auf jeden Fall. *Was stimmt nicht mir dir?* Ich fürchte, wenn Penny gewusst hätte, wessen Lippen gleich die ihren berühren würden, sie hätte niemals ihr Okay gegeben.

Und hätte ich gewusst, wie der Rest des Abends für mich verlaufen würde, ich hätte den Schrank niemals wieder verlassen.

Denn als ich Penny Fuchs das nächste Mal begegne, sind beinahe vier Jahre vergangen, und den Milo von damals gibt es nicht mehr.

Seinen Bruder ebenfalls nicht.

Nichts ist mehr, wie es war, nicht einmal das *Wo*.

Und der Kuss, er fühlt sich so unwirklich an, als hätte ich ihn nur geträumt.

Drei Jahre und
sieben Monate später ...

1

MILO

Gefallen aus Raum und Zeit

Ich habe keine Ahnung, welcher Tag heute ist, aber das stört mich nicht. Ich kenne die Uhrzeit (kurz nach sechs), weiß, wie das Wetter werden wird (windig und klar) und um wie viel Uhr meine Schicht beginnt. Der Alltag hier ist Routine, doch die ist niemals gleich. Und weil so viel zu tun ist, immer irgendwo irgendwas, vergisst man schnell nicht nur das Datum, sondern alles andere auch. Ich bin seit fast vier Monaten hier, und allmählich schäle ich mich aus der Person, die ich vor meiner Ankunft gewesen bin. Ich hab mich noch nicht komplett von ihr befreit. Aber ich arbeite daran.

Meine Schritte donnern über den Strand, wirbeln Sand auf und Muscheln und Kippen. Das mit dem Kopffreikriegen habe ich nahezu perfektioniert. Laufschuhe an, Kopfhörer auf. Dorthin rennen, wo alle anderen nicht sind, weg von der Anlage, von den Touristen, den Kollegen, dem Wahnsinn, der dieser Club ist. Hätte mir vor zwei Jahren jemand gesagt, ich würde einmal so leben – in Spanien, auf einem Hotelareal, als Teil der Crew –, ich hätte mich totgelacht. Aber siehe da: Ich lebe immer noch. Ich lache nicht, aber ich lebe.

Mit dem Laufen habe ich begonnen, weil ich nicht schlafen kann, und inzwischen weiß ich seine Vorzüge zu schätzen. Es ist, als ob jemand mit einem Stahlbesen durch mein Hirn fegt und so lange Staub aufwirbelt, bis ich nicht mehr klar sehen kann, bevor sich die Wolke aus Schmutz ganz allmählich wieder legt und dann einfach mal nichts ist. Leere. Maximale Erschöpfung.

Ich lasse mich in den Sand fallen, lausche meinem eigenen heftigen Atem. Unglücklicherweise ist das der Moment, in dem ich tatsächlich schlafen könnte, von jetzt auf gleich, tief und traumlos.

Ich wache erst wieder auf, als etwas gegen meinen Fuß stößt.

»Wieso pennst du eigentlich nicht in deinem Bett?«

Ich blinzle mich wach und erkenne den Umriss von Toni, einem der Sportguys, heute offenbar bei den Surfern eingeteilt. Er rutscht einen Schritt zur Seite und gibt den Blick auf einen Himmel frei, der weit davon entfernt ist, nachtschwarz zu sein.

»Scheiße, wie spät ist es?« Ich rapple mich auf und klopfe Sandkörner von meinem Körper.

»Erst kurz nach halb sieben, keine Panik.«

Kurz nach halb sieben. Ich habe fast vierzig Minuten geschlafen, und nun wird es eine sehr kurze Dusche geben und kein Frühstück, damit ich die Tiere noch versorgen und es trotzdem rechtzeitig zum Teammeeting schaffen kann.

Ich nicke Toni zu. »Danke fürs Wecken.«

»Keine Ursache. Sehen wir uns heute Abend auf der Party? Die Neuen reisen an.«

»Ich hab den Dienstplan nicht im Kopf, aber ich vermute, ich stehe eher hinter der Bar als davor.«

»Auch ein guter Platz.« Er klopft mir auf die Schulter. »Bis später.«

»Ja, bis dann.«

Ich sehe Toni nach, wie er auf den grün gestrichenen Holz-verschlag zusteuert, in dem die Surfbretter des Clubs aufbe-wahrt werden, dann ziehe ich mein Handy aus dem Lauf-armband an meinem Oberarm. Eine Sache noch, bevor ich zurückjogge und mich vom Irrsinn des Ferienclubaltags verschlingen lasse. Ich öffne die Kamera, richte den Sucher gen Horizont, fange den Morgenhimmel ein. Ich verschicke das Bild und warte, zehn Sekunden, fünfzehn. Als die Ant-wort auf dem Display erscheint, sendet mein Körper die be-kannten Signale. Meine Kehle wird eng, mein Herz zieht sich zusammen, und doch ist es die Erleichterung, die überwiegt, als ich den vertrauten Garten sehe, den knorrigen Apfel-baum, den verfallenen Schuppen dahinter. Für eine Sekunde lasse ich mich hinreißen, weiter zu denken als die fünf Meter, bis Wasser auf Strand trifft, dann wechsle ich in die App, in der ich meine Tagespläne notiere. Für heute steht an: 6.30 Uhr Katzen, 7.15 Uhr Frühstück, 7.30 Uhr Teammeeting, 8 Uhr Smoothie-Theke, 10 bis 13 Uhr Bar am kleinen Pool. Mittags-pause. Das reicht erst mal.

Ein letzter Blick in die Weite. Mit dem Telefon in der Hand laufe ich zurück.

2
PENNY

Willkommen im Paradies

Fuerteventura. Insel. Gehört zu Spanien. Zweitgrößte der Kanaren, im Atlantischen Ozean gelegen, 100 Kilometer vor der afrikanischen Küste. Weit weg von zu Hause. Nicht so weit weg von der Finca, auf der meine Mutter seit einigen Jahren residiert. Immer noch weit genug, nehme ich an. An die 117 000 Menschen leben auf Fuerteventura. *Guten Tag* heißt auf Spanisch *buenos días*. Der Name der Insel klingt wie eine Antwort, finde ich.

»Was hast du gesagt?«

»Ich? Nichts!« Der Typ verzieht den Mund zu einem Grinsen, als hätte er mich nicht gerade zu Tode erschreckt. Wann hat er sich auf den Platz neben mich gesetzt?

»Phillip.« Er streckt mir seine Hand hin. »Du? Deine erste Saison im Solana?«

Ich tue so, als müsste ich dringend etwas vom Boden meines Rucksacks retten, während ich seine Hand ignoriere und meinen Namen murmle.

»Penny?«

»Mmmh.«

»Wie diese scharfe Blondine aus der *Big Bang Theorie*?«

»Mmh.«

»Penny, hallo, jemand zu Hause? Penny? Knock-knock.

Penny?« Er lacht. »Du siehst kein bisschen aus wie Penny. Eher wie das Gegenteil. Also, so meinte ich das nicht.« Er lacht lauter. »Ich meinte mehr so: Du schwarze Haare, sie blonde, du eher kurz, sie lang …« Phillip zuckt mit den Schultern. »Ihr seht beide super aus, ehrlich. Krasse Wimpern.« Er mustert mich, mein Gesicht, meine Brüste, meine Beine, völlig ungeniert. Sein Grinsen ist ungebrochen und ich stelle fest, dass seinem rechten Schneidezahn ein winziges Stück fehlt. Ich frage mich, ob das ebenfalls auf den wesentlichen Teil seiner Gehirnzellen zutrifft, doch bevor ich das versehentlich laut sage, klingelt sein Handy. Ein Glück. Für uns beide, nehme ich an.

Phillip nimmt das Gespräch an, ich sehe aus dem Fenster, und für einen Augenblick bin ich abgelenkt. Es ist so öde da draußen, das muss man erst mal verkraften. Sandig, steinig, trocken, gelb und braun. Von den himmlischen Sandstränden, die sofort aufploppen, wenn man *Fuerteventura* in die Suchmaschine eingibt, ist nichts zu sehen. Stattdessen wirkt die Insel ausgedorrt und unwegsam, allein bei ihrem Anblick bekomme ich Durst. Wieder krame ich in meinem Rucksack, diesmal nach der Wasserflasche.

»Wahnsinn, oder? Als wäre man auf dem Mond gelandet.« Phillip steckt sein Handy weg. »Also, Penny – ist das denn nun deine erste Saison im Solana Sunshine Club?«

Ich blicke mich im Bus um, mustere die Reihen vor und hinter mir. Wir sitzen in der vierten von hinten, genau zwischen zwei der großen Räder. Sitze ich zu nah an einem der Reifen, wird mir übel. Die vierte Reihe ist okay.

»Penny? Jemand zu Hause?«

Ich sehe wieder zu Phillip. Sein Lächeln ist unerschütterlich. Schätzungsweise ist er in meinem Alter, um die zwanzig, blonde, kurz geschorene Haare, blaue Augen, ordentlich Muskeln, eine Spur zu selbstsicher. »Ja«, sage ich. »Die erste Saison.«

»Uh, ein Newbie, wie aufregend. Du musst aber nicht nervös sein. Die Crew im Solana ist eine einzige große Familie, die Arbeit eine 24/7 andauernde Party. Hab ich recht, Stellan?« Er beugt sich über den Gang und drückt seine Faust gegen die des Jungen gegenüber, der erst Phillip anlacht, dann mich, dann meinen Sitznachbarn in ein Gespräch verwickelt.

Wo hast du gesteckt den ganzen Winter?

Schweizer Alpen. Snowboard, Après-Ski, volles Programm. Du?

Solana Österreich. Ähnlich, ähnlich.

Shit, ich kann ein paar Stunden Sonne vertragen.

Ich auch, Mann, ich auch.

Der Platz neben Stellan ist frei. Offensichtlich quetscht sich Phillip lieber neben eine Fremde, statt neben seinem Kumpel zu sitzen, was ein Punkt mehr wäre auf der Liste dessen, was wir nicht gemeinsam haben.

Ich rutsche so weit wie möglich ans Fenster, weg von Phillip und seiner Körperwärme, ziehe das Handy aus den Taschen meiner Kapuzenjacke und öffne WhatsApp. Seit ich gelandet bin, hat Nathalie sicher schon zehn Nachrichten geschickt. Keine davon habe ich bisher beantwortet, aber mir ist klar, dass ich sie nicht ewig zappeln lassen kann, das bringe ich nicht übers Herz.

NATHALIE: Hast du Sonnencreme eingepackt?
Irgendeine Art Hut? Bikini?

NATHALIE: Du hast nicht vor, wieder in diesem schwarzen Monstrum rumzulaufen, oder? Ich wünschte, ich hätte die Chance genutzt und es ausgemistet, als ich die Gelegenheit dazu hatte.

NATHALIE: Was ist mit Kondomen?

NATHALIE: Ja, ja. Das war ein Spaß. Spaaaahaaaß!

NATHALIE: Ehrlich, es tut mir leid. Ich weiß, ich habe das schon tausendmal gesagt, aber ich spüre doch die bad vibes durch den Äther, bad, bad vibes. Ich hab mir nicht absichtlich das Bein gebrochen, okay? Penny … Komm schon. Eine klitzekleine Antwort für die beste Freundin? Selbst wenn sie es kolossal verbockt hat?

»Wer ist Nathalie?«

»Hey.« Ich drehe das Display so, dass Phillip es nicht mehr sehen kann, und rutsche gleichzeitig noch ein Stück von ihm weg. Ich klebe schon fast vertikal an der Scheibe.

Der Junge lacht mir ins Gesicht.

»Liest du immer die Privatnachrichten anderer mit?«

»Ich wollte eigentlich nur die Landschaft bewundern, und da hab ich zufällig einen Blick auf dein Handy geworfen. Sie hat sich das Bein gebrochen?«

Ich starre ihn an.

»Wie ist das passiert? Ich meine, die arme Nathalie?«

Ich fürchte, ich starre noch ein bisschen länger, während Phillip das Gleiche tut: Er mustert mich, die Augen, die Nase, die Lippen, von vorn, während das Grinsen auf seinem Gesicht ein neues Ausmaß siegessicherer Tiefe erreicht. Ich speichere die Information ab. Phillip, flirtet schamlos, ist zu selbstgefällig, scheint nichts peinlich.

»Und?«

Penetrant ist er auch.

»Sie hat sich beim Skifahren das Bein gebrochen.«

»Autsch.«

»Vor drei Tagen erst. Kurz vor Abflug. Wir wollten zusammen herkommen.«

»Oh. Fuck.«

Ich wende den Blick ab, zurück zum Fenster. Das alles hier, die Insel, Fuerteventura, der Club, es war ihre Idee.

»Lächelst du auch mal?«

Ich drehe den Kopf. »Sicher. Manchmal.«

Er schüttelt seinen, wie man den Kopf über ein trauriges Kind schüttelt. »Ich wette, du wirst hier jede Menge Spaß haben, Penny«, sagt er. »Auch ohne deine Freundin Nathalie.«

Wie auf Stichwort kündigt mein Handy die nächste Nachricht von ihr an. »Würdest du …«

»Oh, ja, klar.« Er rückt ein Stück von mir ab, zwinkert mir zu, natürlich tut er das. Dann zieht er sein eigenes Telefon aus der Hosentasche und beginnt, darauf herumzuscrollen.

NATHALIE: Wenn es irgendwie möglich ist,
komme ich nach, okay?
Bis dahin musst du einfach durchhalten.

NATHALIE: Pennybunny?

PENNY: Ich melde mich später, ja? Sonst kotze
ich dem Typ neben mir noch in den Schoß.

NATHALIE: Hä?

PENNY: Bin im Bus.
Du weißt, dass mir schlecht wird.

NATHALIE: Was für ein Typ???

Ich beiße mir auf die Unterlippe, um nicht zu lächeln, denn die Wahrheit ist, mir ist heute nicht wirklich danach. Als Nathalie mir von ihrem Beinbruch erzählte und davon, dass sie ihren Job im Club Solana nicht würde antreten können, war ich natürlich in Versuchung, ebenfalls zu Hause zu bleiben, aber was wäre die Alternative gewesen? Das Studium nicht abzubrechen? Mich weiter mit meinem Vater auseinanderzusetzen? Also, ja: Der Entschluss, das nächste halbe Jahr auch ohne Nathalie durchzustehen, ist gefasst, nur glücklich macht er mich nicht.

NATHALIE: Scheiße, du wirst massenhaft Sex haben.
Wahnsinnigen, aufreibenden, lebensverändernden, erderschütternden Sex!

NATHALIE: Sag mir, dass du wenigstens die Kondome eingepackt hast. Sag es mir!!!

Und nun muss ich doch lachen. Und Phillip wirft mir einen Blick zu, als hätte er es gleich gewusst.

3

MILO

Easy

»Mmmmh, was haben wir hier? Spinat und Kiwi?«

»Sellerie, Apfel und Grünkohl.« Ich greife nach einem der schmalen Gläser, auf die ich den breiigen Saft verteilt habe, und reiche es Helena über die Theke. »Schmeckt garantiert so grün, wie es aussieht.«

Helena nimmt das Glas und lächelt mich an, als seien Zeit und Raum stehen geblieben und wir nicht inmitten dieses kolossalen Frühstückschaos. Jetzt, kurz nach neun, ist am meisten los, es wimmelt von Touristen, von Eltern, Kindern, Großeltern, Paaren, Teenagern. Sie alle drängen um die Buffet-Tische, als wären hier nicht Tonnen von Essen aufgestapelt, als gäbe es nicht für wirklich jeden etwas und das nicht zu knapp. Eier – hart, weich, gerührt, gebraten, pochiert; Obst, geschnitten, als Smoothie, als Saft; Speck, Würstchen, Haferbrei, Buchweizengrütze, Käse, Wurst, Braten, Fisch. Es gibt Kuchen zum Frühstück, Croissants, Pancakes oder Gemüsesticks. Es ist sogar möglich, sich ein Steak braten zu lassen.

»Der schmeckt göttlich, Milo. Fabulös.«

Ich sehe sie an. *Sie* sieht mich an, als sprächen wir nicht über einen Sellerie-Grünkohl-Smoothie, sondern von ganz etwas anderem.

»Du kamst gestern Nacht nicht mehr vorbei«, sagt sie, und, bevor sich jemand wundert, ja: Sie spricht so, wie man normalerweise nur schreiben würde. Präteritum, nur selten Perfekt. *Kamst vorbei*, nicht *bist vorbeigekommen*. Als ich Helena das erste Mal begegnet bin, gleich in der ersten Woche nach meiner Ankunft, fand ich ihre Ausdrucksweise belustigend bis befremdlich, doch inzwischen habe ich mich daran gewöhnt. Und inzwischen sind wir zusammen. Irgendwie. Wir haben es nie ausgesprochen, aber es fühlt sich so an, und es fühlt sich gut an, denn abgesehen von ihrer Schwäche für die deutsche Grammatik ist Helena perfekt. Für mich. Für jeden anderen hier vermutlich auch (es gibt genügend Jungs um mich herum, die ihr Interesse bereits bekundet haben), aber insbesondere für mich. Sie ist fröhlich. Von Grund auf gut gelaunt. Freundlich. Leicht – und ich meine das nicht im physischen Sinn. Sie als Person vermittelt eine Leichtigkeit, die sich auf mich überträgt und, ja, was soll ich sagen? Ich mag es, mich zur Abwechslung einmal unbeschwert zu fühlen. Und das tue ich. Denn mit Helena ist alles einfach.

»Es ist spät geworden an der Bar. Und am Ende waren nur noch Xavier und ich da, um aufzuräumen.«

»So etwas dachte ich mir schon.« Sie lächelt immer noch und nippt nach wie vor an ihrem Smoothie. »Allerdings war es die letzte Nacht, die ich das Zimmer für mich hatte. Heute reist meine neue Mitbewohnerin an. Ich soll sie später in Empfang nehmen.«

»Ah, okay.« Ich nicke. Das hatte ich tatsächlich vergessen. Es ist nicht so, dass Helena und ich die Finger nicht voneinander lassen können, aber sollte es doch mal so sein, ist es mit der Privatsphäre auf diesem Gelände nicht wirklich weit her. Die meisten der Mitarbeiter sind in Doppelzimmern untergebracht, in der Regel mit Leuten, die sie noch nie zuvor gesehen haben. Ich beispielsweise lebe mit Severin zusammen. Severin ist Österreicher, sieht aus wie ein Riesenbaby, ist sehr schüchtern und hält dennoch ausschweifende Reden, leider im Schlaf. Er ist einer der Gründe, warum ich nachts kaum ein Auge zukriege; mein Leben der andere.

»Es tut mir leid«, sage ich zu Helena. »Wir holen das nach.«

»Ja, das werden wir.« Sie hält mir ihr leeres Glas hin. Den Blick voller Versprechen. »Wie sieht dein Plan für heute aus?«

»Erst Smoothies, dann die Bar am Erwachsenenpool. Mittagspause von 13 bis 15 Uhr, dann Technikprobe im Theater. Sundowner auf der großen Terrasse ab fünf, später Theater und dann wieder Bar.«

Sie nickt. Zieht anschließend einen Zettel aus der Tasche ihrer weißen Shorts, wirft einen Blick darauf und sieht dann wieder mich an. »Ich weiß nicht, ob wir es vor der Mittagspause schaffen – das wird ein voller Tag und wir sind auf dem ganzen Gelände unterwegs. Aber vielleicht können wir zusammen essen. Ich versuche es. Bei den Theaterproben sehen wir uns dann spätestens.«

»Alles klar.«

»Haben Sie noch welche von diesen grünen Dingern?«

Ein Wunder, dass Helena und ich in dem Frühstücksandrang überhaupt drei Worte miteinander wechseln konnten – muss daran liegen, dass die Gemüse-Smoothies nicht wirklich zu den Knüllern hier gehören. Doch nun sind sie leer und ich bücke mich hinunter zum Kühlschrank, ziehe eine bis zum Rand gefüllte Kanne mit grünem Glück hervor und gieße ein paar weitere Gläser ein. Als ich die Karaffe zurückstelle, kniet plötzlich Helena neben mir.

»Küss mich«, sagt sie.

Für einen Moment sind wir unbeobachtet von den Augen der Gäste, der Kollegen, der Chefs. Ich schmiege meinen Mund an ihren, sanft, zärtlich, und so verweilen wir einige Sekunden, bis sich unsere Lippen gleichzeitig zu einem breiten Grinsen verziehen. So ist das mit Helena und mir. Unkompliziert. Easy. Könnte nicht besser sein. Ehrlich nicht.

4

PENNY

Licht und Schatten

Das Psychologiestudium hat mir nicht gutgetan. Besser gesagt, die drei Semester, die ich brauchte, um festzustellen, dass es mich noch verrückter machen würde, als ich mich ohnehin schon fühle. Jemand, der den halben Tag damit verbringt, sich selbst, andere und sämtliche Beziehungen untereinander zu analysieren, sollte sich möglichst nicht noch professionell damit beschäftigen, stimmt's? Es sei denn, er möchte am Ende zu der seltenen Spezies gehören, die innerhalb von knapp zwei Jahren sechs verschiedene Verhaltensstörungen entwickelt. Nicht wirklich, versteht sich, aber mindestens gefühlt. *Gefühlt* ist es mir gelungen, mich in jeder einzelnen möglichen Psychoneurose wiederzuerkennen, die mir über den Weg lief.

Im Moment würde ich mich in die Kategorie »schizoide Persönlichkeitsstörung« einstufen. Zurückgezogen, einzelgängerisch, tut sich schwer damit, Freude zu empfinden. Passt. Davor hielt ich mich eine Zeit lang für emotional instabil und *davor* betitelte ich meine mutmaßliche Störung gern als *histrionisch*.

Nein, das ist keine offizielle Diagnose.

Nur die Laienbetrachtung einer Spinnerin.

Ich zoome mich aus meinen Gedanken zurück ins Hier und Jetzt, ins grelle Licht der südspanischen Landschaft, in den holprigen Bus, neben Phillip, einem von zig anderen Fremden, mit denen ich in den kommenden sechs Monaten zusammenarbeiten werde. Aus dem Plan, mich hinter Nathalie zu verstecken, ihren schweigsamen, unsichtbaren Schatten abzugeben, wird nun nichts, und das allein ist Herausforderung genug. Ich hoffe nicht, dass von mir verlangt wird, Anschluss zu finden oder so etwas in der Art. Ich bin keine große Socialiserin. Und ich möchte es auch gar nicht sein. Weshalb eher fraglich ist, ob ich die richtige Person bin für diesen Job hier. Nathalie, sie wäre darin aufgegangen. Aber schon beim Casting wurde deutlich, dass ich nicht gerade ein Naturtalent bin. Schon nach den ersten Minuten trug man mir auf, ein bisschen *gelöster zu lächeln* und *zugänglicher auf Fremde zu wirken.* Und ja, ich weiß, wie das klingt. Und ja, sie nennen es tatsächlich Casting. Und ich vermute, sie haben mich allein wegen Nathalies unstrittiger Begabung für Animation mit durchgewunken. Sie ist wie gemacht für diesen Job, passt perfekt ins Profil. Genau wie Phillip, denke ich.

Er surft, hat er mir erklärt, aber irgendwie ahnte ich das bereits. Er sieht aus wie ein Surfer. Und wie jemand, der nebenbei noch jeden möglichen anderen Sport betreibt, denn auch das trifft auf Phillip zu. Er ist 24, dies ist sein viertes Jahr auf Fuerte, wo er bis zu neun Monate bleibt, weil: Auf den Kanarischen Inseln mit ihrem fabelhaften Klima ist durchgehend Saison. Phillip schätzt die Anlage (weitläufig, hoch über dem Meer, super Wetter, ein abgeschlossener Bereich fürs Personal) und seine Mitstreiter (nur coole Leute, Hammer-Spaß, Mega-Partys). Das alles klingt immer weniger nach mir und immer mehr nach Nat, und auf einmal habe ich Mitleid mit ihr. Ich bin anhaltend deprimiert und unterbewusst wahrscheinlich ein bisschen sauer auf sie.

Doch sie tut mir auch leid. Es war ihr Traum, und ich bin dabei, ihn zu leben, obwohl ich das ganz sicher niemals wollte.

Wir sind da. Der Bus hält vor einem imposanten, schmiede-eisernen Tor, das sich wie von selbst für uns öffnet. Wir haben noch nicht ganz gehalten, da ist Phillip schon aufgesprungen und zerrt seine Tasche aus dem Gepäckfach. »Hey«, sagt er. »Penny.«

Ich weiß nicht. Vielleicht hat er Gefallen an meinem Namen gefunden.

»Soll ich dich begleiten? Bei deinem ersten Schritt auf heiligen Boden?«

»Nein, aber … nein, danke. In der Mail stand, ich soll mich zuerst am Empfang melden.«

»Okay.« Dieses Grinsen. Es hängt über mir wie ein rosa Wattebausch, da hat Phillip mir schon längst den Rücken zugekehrt und den Bus verlassen.

In Gedanken mache ich mir eine weitere Notiz: Ist es gewohnt, dass man ihm Aufmerksamkeit schenkt. Ob ihm bewusst ist, dass es oftmals gerade diesen Menschen nicht gelingt, sie auch zu halten?

Ich steige als Letzte aus dem Bus. Schnalle meinen Rucksack um und gehe zu der Klappe, hinter der der Fahrer all unsere Koffer verstaut hat. Ich nehme meinen entgegen, rolle ihn ein Stück zur Seite und bleibe stehen.

Ich kann das Meer riechen.

Das Salz schmecken.

Die Sonne auf der Haut spüren, durch den dichten Stoff meiner schwarzen Kapuzenjacke hindurch.

Ich sehe mich um, nehme die Details in mich auf: die weiß getünchte Mauer, die grünen Palmspitzen, die sich dahinter im Wind wiegen, die Sonnen aus Eisen, die das Eingangstor der Clubanlage zieren. Als ich den Blick wieder nach vorn richte, steht ein Mädchen da und blendet mich mit ihren strahlend weißen Zähnen.

»Hi, ich bin Helena. Willkommen im schönsten Club der Insel«, sagt sie, bevor sie noch einen Schritt nach vorn macht, um mich zu umarmen, und das zu schnell für mich, um auszuweichen. Also bleibe ich stehen, steif wie ein Brett.

»Du bist Penny, richtig? Wow, deine Wimpern sind unglaublich.«

»Danke. Und, ja. Ja, das stimmt. Ich soll hier …«

Helena hebt die Hand. »… erst mal ankommen.« Sie strahlt und strahlt und ich muss daran denken, dass es nicht umsonst *die schöne Helena* heißt, denn dass dieses Mädchen schön ist, daran gibt es keinen Zweifel.

Sie ist groß, mindestens anderthalb Köpfe größer als ich, sie besteht fast nur aus schlanken, wohlgeformten Beinen und langen blonden Haaren, die sie auf ihrem Kopf zu einem unordentlichen Knoten zusammengerafft hat. Ihre Augen sind braun. Groß, rund und freundlich. Ihre Wangenknochen sind hoch, ihr Hals grazil, ihr Mund klein, aber voll und fast wie ein Herz geschwungen.

Ich bin mir sicher, sie hat schon mit vier im Ballettstudio an der Stange getanzt, so eine ist Helena. Sie sieht so anders aus als ich, ich könnte ohne Probleme als ihr Negativ durchgehen.

»Man trug mir auf, mich um dich zu kümmern.«

Meine Lippen öffnen sich, kein Ton kommt heraus. Man trug ihr auf, sich um mich zu kümmern. Vielleicht ist das tatsächlich die schöne Helena, denke ich. Anmutig und aus der Zeit gefallen.

»Ich werde deine Patin sein für die kommenden zwei Wochen.« Sie greift nach meinem Rollkoffer. »Jeder, der hier anfängt, bekommt eine Patin oder einen Paten an die Seite gestellt, das erzählten sie dir sicherlich beim Casting? Ich zeige dir alles, die Anlage, die Zimmer, erkläre dir die Stundenpläne und deine Aufgaben und stehe dir jederzeit für Fragen zur Verfügung.«

Sie hat ihre Endlos-Beine in Bewegung gesetzt, und ich habe Mühe, ihr zu folgen. Wir laufen einige Stufen nach oben, passieren ein kleineres Tor, erreichen den Rand eines baumgesäumten Platzes, auf dem Kinder durcheinandersausen, während Eltern ihnen nachjagen. Poolgeräusche dringen zu uns herüber. Aus irgendeiner Box pumpt ein schneller Bass.

»Am besten holen wir dir zuerst deine Uniform, ja? Dann kannst du dich von dieser Jacke befreien, sie sieht furchtbar warm aus.«

»Uniform.« Das Wort ist nicht mehr als ein Hauch.

Helena lächelt, während sie mit beiden Händen an ihrem Körper entlang nach unten streift, als wollte sie sich zum Verkauf anbieten. »Gelbes Oberteil, weiße Hose oder Rock oder Shorts. Die Farben des Sommers.«

Ich nicke. Dass es im Club Solana Sunshine eine Kleiderordnung für die Mitarbeiter gibt, wusste ich bereits. So kurz davorzustehen, diese Farben tatsächlich zu tragen, ist jedoch etwas völlig anderes als die Vorstellung davon.

»Du trägst gern Schwarz?«

»Ja.« Immer. Seit ich denken kann. Seit ich sechzehn bin. Immer.

Helena neigt den Kopf und mustert mich eingehend. »Du gewöhnst sich dran. Wie auch an alles andere. Versprochen.« Sie hakt sich bei mir unter, der Griff fest und unerschütterlich, und zieht mich weiter ins Innere der sonnenbeschienenen Anlage, die in den kommenden Monaten mein Zuhause sein soll.

5
MILO

Von Katzen und Menschen

Seltsam, aber wahr: Katzen lieben mich mehr als Streifen-hörnchen. Klingt komisch? Was soll ich sagen, ich habe Beweise. Und ausreichend Zeit und Muße, mir über solche Dinge den Kopf zu zerbrechen.

»Hi, Gigi. Cómo estás?« Ich gehe auf die Knie und warte auf die sandfarbene Katze, die mir über den kurz geschorenen Rasen entgegentrippelt. Als sie mich erreicht, schmiegt sie sich einmal an mein Knie, schon liegt sie im Gras und bietet ihren Bauch zum Kraulen an. Ich tue, wie mir befohlen. Gigi schnurrt und wälzt sich, und ich denke nicht an all die anderen Katzen, die mich in meinem bisherigen Leben begleitet haben.

Und dann tue ich es doch.

An manchen Tagen ist es schwerer als an anderen, sich nicht daran zu erinnern, wo man herkommt und wer man war, bevor man für den Solana Sunshine Club ein unverbindliches Lächeln aufsetzte und seine Persönlichkeit an der Garderobe abgab.

Ich bin mit Tieren aufgewachsen, denn meine Eltern sind leicht fanatisch in dieser Beziehung. Beide Tierärzte. Beide aktiv im Tierschutz engagiert. Sie haben sich auf einer Demo gegen Laborversuche kennengelernt und verbrachten unzählige ihrer Urlaube in südlichen Ländern, wo sie kostenlos bedürftige Katzen und Hunde versorgten.

Zu Hause hatten wir immer welche, vorwiegend solche, die niemand sonst aus dem Tierheim holen wollte, dreibeinige Hunde, diabetische Frettchen, die scheusten Katzen. Wellensittiche lebten bei uns, Papageien, Schildkröten, Ratten, Chinchillas. Sämtliche Streuner der Nachbarschaft landeten in unserem Wohnzimmer, Igel überwinterten im Schuppen. Einige Jahre lang stakten Hühner durch unseren Garten, die Aktivisten aus einer Legebatterie befreit hatten, und für kurze Zeit hielten wir ein Schwein. Wer nun annimmt, all das hätte meine Kindheit zu einer glücklichen gemacht, könnte gar nicht richtiger liegen.

Mein Bruder und ich, wir wuchsen behüteter auf als die Kinder in Bullerbü, nichts konnte unsere Welt erschüttern. Wir hatten alles, und davon zu viel. Und meine Eltern, sie haben nichts falsch gemacht. Offiziell zumindest nicht. Sie haben nichts falsch gemacht, und trotzdem ist mein Bruder jetzt tot.

Ich sehe auf Gigi herunter, die ihren Kopf in meine Hand schmiegt, als wäre ich die Liebe ihres Lebens. Ich kraule sie ein letztes Mal hinter den Ohren, stehe auf und setze den Weg in Richtung Poolbar fort, das kleine Fellknäuel dicht auf meinen Fersen.

Um auf die Streifenhörnchen zurückzukommen: Auf Fuerteventura gibt es jede Menge davon. Das heißt, es sind nicht wirklich Streifenhörnchen, auch wenn sie schwer danach aussehen, laut Wikipedia sind es Atlashörnchen aus der Familie der Borstenhörnchen und ... whatever. Sie sehen aus wie Mini-Eichhörnchen, nur eben mit Streifen auf dem Rücken. Es gibt Trillionen davon auf der Insel, so viele, dass sie als Plage gelten, und die Einheimischen werden nicht müde, Touristen davor zu warnen, sie zu füttern. Xavier, einer der Spanier, die abends mit uns die Bar schmeißen, versteht es, mit den blumigsten Worten über die Tiere zu fluchen (nicht, dass ich viel davon verstehen würde, doch es klingt Furcht einflößend).

Wie dem auch sei: Die Clubanlage befindet sich auf einer Art Klippe über einem Sandstrand, und in den Steilwänden dieser Klippe leben Hunderte von den besagten Hörnchen. Sie sind süß (*Was?* Tierliebe wurde mir sozusagen in die Wiege gelegt) und verfressen, und sie sind so zahm (und verfressen), dass sie sich bedenkenlos von Touristen mit Gurkenscheiben füttern lassen (unnötig zu erwähnen, dass frische Gurken beim Frühstücksbuffet zur beliebtesten Gemüsesorte zählen). Es gibt eine Terrasse unterhalb der Anlage, auf dem Weg hinunter zum Strand. Dort versammelt sich eigentlich immer irgendeine Familie und die Hörnchen knabbern Gurkenscheiben aus der Hand.

Warum ich das erzähle?

Nun, weil sie es bei mir nicht tun. Ist das zu fassen? Der Junge, der schon Spatzenküken mit der Pipette großgezogen und ehrenamtlich auf einem Gnadenhof Ställe ausgemistet hat, wird ausgerechnet von einer Bande Streifennagern ignoriert, die ansonsten jedem, wirklich *jedem* aus der Hand frisst. Ich kann nicht behaupten, dass mich das kaltlässt. Dass ich es nicht immer mal wieder versuchen würde. Und ich mache Gigi dafür verantwortlich, wenn auch nur, um meinen Stolz zu wahren. Diese kleinen Biester halten mich für einen Katzenflüsterer, das ist die einzige Erklärung, richtig? Und die Katze ist nun mal der natürliche Feind des Atlashörnchens, auch so viel konnte ich mittlerweile beobachten.

Ich öffne die Glastür zum Spa-Bereich, nicke Lydia zu, die die Wellness-Rezeption betreut, nehme ihren missbilligenden Blick zur Kenntnis, den sie der um mich herumscharwenzelnden Gigi zuwirft, und verlasse das Gebäude nach ein paar Schritten wieder, um zum Pool zu gelangen. Da liegt er, nierenförmig und himmelblau, wie es sich gehört. Der Wind malt ein wirres Muster auf seine spiegelnde Oberfläche, die Palmen, die diese Oase säumen, knistern mit ihren Blättern. Ich atme tief ein, nehme die klare Luft in mir auf, richte den Blick auf den Ozean dahinter, das satte Ultramarin, die flirrende Weite. Für eine Sekunde erlaube ich mir, an Jannis zu denken. Daran, dass er all das nicht sehen kann. Dass niemand ihm die Möglichkeit gegeben hat, an das Gute zu glauben, an eine Zukunft, und ich frage mich, womit ich es verdient habe, hier zu sein und mich aus meiner Vergangenheit zu schälen, während meinem Bruder dies für immer verwehrt bleibt, weil er tief unter der Erde liegt, kalt, verrottet.

Ich zwinge mich dazu, ins Hier und Jetzt zurückzukehren, Gigis schmeichelnde Bewegung an meinem Bein zu spüren, die Geräusche um mich herum wahrzunehmen, an Atlashörnchen und Gurken zu denken. Ich drehe mich um und mache mich daran, die runde Hütte aufzusperren, die die Poolbar beherbergt.

Es gilt, Bananenshakes vorzubereiten, Zitronenwasser und Eistee. Und ich könnte mir nichts vorstellen, das ich in diesem Augenblick lieber täte, rein gar nichts.

6

PENNY

Der Junge aus dem Schrank

Ich bin erst drei Stunden hier, und schon raucht mir der Kopf, als hätte ich Mathe-Abi geschrieben. Helena hetzt mich von einem Ende der Anlage zum anderen, vom Schwimmpool zum Funpool, vom Fitnessraum durch das Kunstatelier hin zu den Tennisplätzen, vom Kinderclub ins Fotostudio in den kleinen Minisupermarkt, der auch eine Boutique ist. Dort soll ich demnächst eingelernt werden, erklärt sie, doch erst müsse ich mir noch den Rest des Clubs ansehen. Also rennen wir weiter, kommen aber kaum voran, weil Helena alle paar Schritte aufgehalten wird, von Crew-Mitgliedern und Touristen gleichermaßen. *Hi, Helena, wie geht's, Helena, kommst zu später ins Theater, Helena, wir haben Sie gestern beim Bingo vermisst, Sie Liebe.* Jedem einzelnen dieser Gesprächspartner werde ich namentlich vorgestellt, auf dass ich mich künftig ebenfalls nicht mehr unerkannt fortbewegen kann, denn: Gästekontakt ist ausdrücklich erwünscht. Der Solana Sunshine Club ist eine einzige große Familie, die sich im besten Fall jedes Jahr wiedertrifft.

Amen.

Als wir endlich den Teil des Grundstücks erreichen, in dem sich der Mitarbeitertrakt befindet, bin ich schätzungsweise zwanzigtausend Schritte gelaufen und ordentlich durchgeschwitzt. Ich wurde über den Dresscode informiert, darüber, dass es im Speisesaal beinah ausschließlich Zehnertische gibt, damit sich jeder zu jedem setzen muss (Gästekontakt, Gästekontakt, *Gästekontakt!*), ich erfuhr, dass wir alle an sechs Tagen der Woche arbeiten und dass diese Tage meist frühmorgens beginnen und erst gegen Mitternacht enden. Schließlich berichtete meine Patin freudestrahlend, dass jedes Teammitglied an mindestens zwei der täglich für die Gäste aufgeführten Theaterproduktionen teilzunehmen habe – »der beste Job von allen«.

Ich bin mir da nicht so sicher. Ich bin mir überhaupt über nichts mehr sicher, und es mag an Helenas Energie liegen oder an meiner eingerosteten Stimmung, doch so aufreibend habe ich mir meine Ankunft auf dieser Insel nicht vorgestellt.

Wir nehmen die Treppe in den zweiten Stock, betreten den gemauerten Außenbalkon, über den man die Zimmer erreicht, und ich überlege gerade, wie ich mich am besten aus dieser Theaternummer herauswinde, als Helena vor der letzten der dunkelrot gestrichenen Türen stehen bleibt.

»Tadaaaa – nuestra habitación. Unser Zimmer.«

Sie dreht den Schlüssel im Schloss und ich folge ihr in den Raum, ein ganz normales Doppelzimmer, mit zwei einzelnen Betten allerdings. Die Wände sind in einem hellen Orange gestrichen, wie die meisten Gebäude hier, die Möbel sind weiß, die Vorhänge blau.

»Immer zwei teilen sich ein Zimmer, das wusstest du, nicht?«, fragt Helena.

»Ja. Doch.« Ich nicke. Das wusste ich. Ich hatte nur nie einen Gedanken daran verschwendet, da ich bis vor wenigen Tagen noch davon ausgegangen war, dass ich mein Zimmer mit Nathalie teilen würde.

43

»Wäre das Bett an der Wand in Ordnung für dich? Ich schlief bisher schon in dem hier, am Fenster.«

»Klar, kein Problem.« Ich lasse die Tasche mit den Clubklamotten auf das mir zugewiesene Bett fallen, und Helena rollt meinen Koffer neben den Nachttisch. Über ihr Kopfteil hat sie Lichterketten drapiert, ein Zickzack aus winzigen gelben Sternen.

»Weißt du was?« Sie mustert mich fröhlich. »Ich lasse dich für einen Augenblick allein. Nimm dir Zeit, spring unter die Dusche, wenn du magst, zieh dich um, und wir treffen uns in einer halben Stunde wieder. In Ordnung?«

»Oh, ja«, erwidere ich. Es ist schwer, Helenas Enthusiasmus standzuhalten, doch ich bemühe mich.

»Weißt du noch, die Gabelung, an der wir auf dem Weg hierher rechts abbogen?«

»Die kurz nach dem Minimarkt?«

»Genau die. Wenn du dort links hinuntergehst, kommst du zum Erwachsenenpool. Da warte ich auf dich. Gut?«

»Sicher.« Am Erwachsenenpool. Was auch immer das sein soll. Offensichtlich spiegelt sich die Frage auf meinem Gesicht wider, denn Helena beginnt zu lachen.

»Erwachsenenpool heißt lediglich, dass der Zugang erst ab sechzehn gestattet ist. Was den Gästen ohne Kinder ein wenig Ruhe verschafft. Oder den Elternteilen, die sich ein paar Stunden von der Familie erholen wollen. Mein Freund arbeitet dort an der Bar, aber ich warte vorm Eingang auf dich.«

»Okay.«

»Und dann gehen wir essen. Milos Schicht endet um eins.«

Milo. »Alles klar.« Ich kannte mal einen Milo. Doch das ist lange her. Zu lange, um das merkwürdige Gefühl in meinem Inneren zu rechtfertigen, das sich jetzt einstellt. Ich habe ewig nicht an Milo gedacht. Und dieses Gefühl, das hatte ich längst vergessen.

Helena lässt die Tür hinter sich ins Schloss fallen und automatisch atme ich aus. Mir war nicht klar, wie sehr ich die letzten Stunden unter Strom gestanden habe, bis die Anspannung nun von mir abfällt.

Ich schäle mich aus den Trägern meines Rucksacks, ziehe das Handy hervor und sende ein kurzes Stoßgebet an den Gott, der die Gebühren für Datenroaming abgeschafft hat. Bestimmt zwanzigmal hat Nathalie den Satz *Was ist das für ein Typ?* in unseren Chat gehackt.

Sie wird mir fehlen. Als wäre das nicht von vornherein glockenklar gewesen.

Gott, sie wird mir fehlen.

> PENNY: Ich wünschte, du wärst hier.
> Ich vermisse dich jetzt schon.

NATHALIE: Aaaw, du bist so süß.

NATHALIE: Was ist das für ein Typ?

NATHALIE: ???

NATHALIE: Tell me, Bunny!!!

Ich schnaube. Nur nicht sentimental werden, weil Nathalie weiß, dass es das für mich nur schlimmer macht.

> PENNY: Oh, der Typ ... der ist heiß.
> Blond, blaue Augen, Surfer. Genau dein Fall.

NATHALIE: Ich hasse dich. Dich und den
wahnsinnigen Sex, den du in
den nächsten Monaten haben wirst.

PENNY: Sicher. Das hört sich
total nach mir an.

NATHALIE: Ich beneide dich so.

PENNY: Und ich hoffe, du wirst
allen Grund dazu haben.

Eine weitere Nachricht ploppt auf, diesmal von meinem Vater, und sofort schiebt sich eine Wolke vor die Sonne, zumindest vor meine.

DARTH VADER: Bist du gut gelandet?

PENNY: Ja.

DARTH VADER: Gut.

NATHALIE: Sex, Sex, Sex.

Ich werfe das Handy aufs Bett, wuchte meinen Koffer daneben und durchsuche den Inhalt nach meinem Waschbeutel. Ich fühle mich besser nach einer schnellen Dusche, aber nicht gut genug, um mich in den weißen Jeans und dem gelben, ärmellosen Top wohlzufühlen. Ich stelle mich vor den Spiegel an der Schranktür und zucke zusammen bei meinem Anblick. Keine Ahnung, wann ich das letzte Mal so helle Farben getragen habe. Vermutlich niemals. Ich schminke mein Gesicht ebenmäßig und die Augen dunkel. Zupfe meinen

Pony zurecht. Dann mache ich mich auf den Weg zu unserem Treffpunkt.

Ich würde gern behaupten, die nun folgende Begegnung habe sich angekündigt, durch Donner oder eine Rauchwolke oder mystische Trommeln oder irgendeinen anderen schicksalhaften Vorboten, was weiß ich, doch leider geschah nichts dergleichen. Die Welt blieb nicht stehen, sie wurde nicht aus den Angeln gehoben. Niemand jubelte, kein Nobelpreis wurde verliehen, kein Organ transplantiert. Niemand bereitete mich schonend darauf vor, dass sich mein Leben von jetzt auf gleich um hundertachtzig Grad drehen würde.

Er stand einfach da.

Milo.

Der Junge aus dem Schrank.

Der Kuss meines Lebens.

Drei Jahre und sieben Monate später im Club Solana Sunshine, Fuerteventura, Spanien.

Ich kannte mal einen Milo?

What the fuck?

7

MILO

Geister der Vergangenheit

Penny Fuchs wiederzusehen trifft mich so unvorbereitet, dass ich für ein paar Sekunden nicht mehr weiß, wo ich bin und was ich hier tue. Fest steht, ich trage ein gelbes Poloshirt, eine weiße Jeans und das erforderliche Solana-Sunshine-Lächeln auf den Lippen, sprich: Ich sehe aus wie ein Poolboy, abzüglich des Keschers, und bin dieser Begegnung absolut nicht gewachsen. Ich bin auch Penny nicht gewachsen. Ihr nicht und nicht dem, wofür sie steht. Für eine Vergangenheit, die ich lieber abstreifen würde, was mir beinah gelungen wäre ... Und auf einmal ist es, als hätte sie mich eingeholt.

Penny sieht komplett verändert aus, weshalb ich sie erst auf den zweiten Blick erkenne. Die Haare sind ab, nur noch kurz über kinnlang. Und sie sind schwarz gefärbt. Ihr Gesicht rahmt ein Pony, ihre Augen ein Kranz dichter schwarzer Wimpern. Sie sind so kunstvoll verklumpt, dass das eigentlich nur mit Absicht geschehen sein kann. Ihre Augen sehen aus wie Sonnenblumen. Nur dass sie nicht golden sind, sondern grün, und groß, besonders das. Sie starrt mich an, während sie in Helenas Schlepptau auf die Poolbar zusteuert, runzelt die Stirn, ihr Mund öffnet sich in stummem Erstaunen, ihre Augen weiten sich noch ein kleines bisschen mehr.

Auf der Stelle beginnt mein Puls zu rasen.

Penny.

Penny Fuchs.

Hier.

In meinem Club.

Nicht mein Club natürlich, aber immerhin der Ort, an dem ich mich nun endlich eingelebt habe und von dem ich dachte, dass ich dort sicher niemanden treffen würde, den ich von früher kenne. Ganz sicher nicht sie. Doch nun steht Penny vor mir, neben einer strahlenden Helena, die nicht nur anderthalb Köpfe größer ist, sondern auch um etliche Watt heller leuchtet als das Mädchen neben ihr. Ich bin ehrlich verstört. Besagtes Sunshine-Lächeln, das ich mir ziemlich mühevoll antrainiert habe, ist längst von meinem Gesicht gerutscht.

»Milo!« Helena hat die Bar erreicht, hüpft auf einen der Hocker und beugt sich über die Theke. Sie glüht praktisch vor Freude, nichts Neues hier, doch zum ersten Mal, seit ich sie kenne, wünschte ich, sie wäre ein kleines bisschen realer. Mit Helena zusammen zu sein ist großartig, denn es nimmt dem Leben all die scharfen Kanten. Hier allerdings, zwischen Penny Fuchs und mir, wirkt sie auf einmal wie einer dieser aufziehbaren Hundewelpen aus der Werbung. Zu positiv. Zu perfekt. Nicht echt.

Ich bringe ein eloquentes »Hi« hervor und kann mein Glück kaum fassen, als am anderen Ende der halbrunden Bar jemand nach einem Cappuccino ruft. Das verschafft mir geschlagene vier Minuten, um mich von dem Schock über Pennys Anwesenheit zu erholen und mir zu überlegen, was ich am besten zu ihr sage.

Shit.

Vermutlich lautet die Frage nicht, was ich zu ihr sage, sondern was sie über mich zu sagen hat, nämlich all den anderen hier im Club: *Was, ihr wusstet gar nicht, dass Milo ein Krimineller ist? Doch, es stimmt, er hat schon immer Ärger gemacht. Ist von der Schule geflogen, nicht nur von einer. Irgendwas mit Drogen. Vielleicht auch Diebstahl. Es heißt, er habe mal im Jugendknast gesessen.*

Dann stimmt es nicht, dass du ihn mal geküsst hast?

Kein Kommentar.

Ich beginne mit der Kaffeezubereitung, stopfe Espressopulver in das Sieb, stelle die Tasse darunter, schäume Milch auf. Werfe meinen zwei Besucherinnen über die Schulter hinweg einen Blick zu. Helena redet auf Penny ein (über das Röcheln der Maschine kann ich die Worte nicht verstehen), während Penny mich nicht aus den Augen lässt. Was sie denkt, ist unmöglich abzulesen. Vermutlich kann sie ebenso wenig fassen wie ich, dass wir uns hier gegenüberstehen. Vielleicht plottet sie auch schon meinen Niedergang. Ich weiß nicht, was von jetzt an passieren wird, aber eins ist sicher: Die Chance, ein anderer Milo zu sein als der, der ich in München war, ist mit Pennys Anwesenheit rapide gesunken. Sie wird allen erzählen, wer ich gewesen bin. Und wenn sie damit fertig ist, wird wahrscheinlich auch herauskommen, dass ich den Job hier nur bekommen habe, weil mein Vater die Organisation unterstützt, die auf der Anlage die Katzen versorgt. Das, und er kennt den Direktor.

Ich schiebe der älteren Dame ihren Cappuccino über den Tresen, erwidere das Lächeln und drehe mich zu den beiden Mädchen um. Ich atme einmal tief durch. Was auch immer passiert, ich kann es nicht ändern.

»Hi noch mal. Sorry für die Unterbrechung.«

»Kein Problem.« Helena legt einen Arm um Pennys Schultern, die daraufhin kaum merklich zusammenzuckt. Ich bemerke es doch. Und ich frage mich: Wenn sie sich in den vergangenen vier Jahren kein bisschen verändert hat, habe ich es dann auch nicht?

»Das ist Penny. Meine neue Mitbewohnerin. Und mein Patenkind für die kommenden zwei Wochen. Sie ist super und aus München, wie du! Penny, das ist Milo.«

Helena sieht von einem zum anderen, und ich entscheide innerhalb einer Millisekunde, dass es eine richtig schlechte Idee wäre, so zu tun, als ob Penny und ich uns nicht kennen. Also sage ich: »Hi, Penny. Ich …« *Nun komm schon.* »Beinah hätte ich dich nicht erkannt. Die Haare …« Ich räuspere mich. Was für ein grandioser Gesprächsbeginn.

Helena sagt: »Hä?«, im gleichen Augenblick, in dem Penny antwortet: »Ja, ähm, und du? Jetzt Brille?«

Nie ist eine Begegnung dämlicher abgelaufen, so viel ist sicher.

»Ihr zwei kennt euch?«

Ich sehe erst Helena an, dann Penny, die blass geworden ist. Vielleicht ist sie auch nicht blass geworden, sondern nur ziemlich hell geschminkt. All die Sommersprossen sind weg. Es ist, als hätte sich die Penny von damals einmal auf links gedreht, so verändert sieht sie aus. »Wir sind zusammen zur Schule gegangen. Ein Jahr zumindest. Wie geht's?« *Wie geht's. Genau, Milo.*

»Wow, was für ein Zufall!«

Immerhin Helena hat ihre gute Laune nicht verloren.

»Ja, was für ein Zufall«, wiederholt Penny.

»Gehen wir essen. Ihr müsst mir alles erzählen!«

»Unbedingt.« Ganz allmählich komme ich mir vor wie in einem Theaterstück. »Unbedingt müssen wir das.«

Wenn ich Penny Fuchs eines zugutehalten kann, dann, dass sie nicht sofort mit dem herausrückt, was sie weiß. Wir sitzen beim Essen und beantworten abwechselnd Helenas Fragen über das Wie, Wo, Woher und Wahnsinn, und Penny beschränkt sich mit ihren Aussagen auf das Nötigste.

»Ihr wart nur ein Jahr zusammen auf der Schule?«

»Ja.«

»Wie kam das?«

»Milo stieß irgendwann in der Elften zu uns und am Ende des Schuljahres ging er wieder.«

»Wieso?«

»Eine Entscheidung meiner Eltern.«

»Ah.«

Penny und ich tauschen einen Blick. Am Ende wird dieses Gespräch vielleicht mehr über Helena aussagen als über uns beide, zum Beispiel, dass sie zwar eine reizende, liebenswerte Person ist, dafür aber nicht sehr viel Interesse für die tieferen Ebenen der menschlichen Existenz aufbringt. Was mir nicht zum ersten Mal entgegenkommt.

»Und gingt ihr in dieselbe Klasse?«

»Nein.«

»Hattet ihr viel miteinander zu tun?«

Stille.

Dann: »Nein.«

Und wieder Helena: »Verrückt. Ich traf bisher noch niemanden im Club, den ich von zu Hause kenne. Aber vielleicht kommt das ja noch.« Sie zuckt mit den Schultern, versenkt die Gabel in ihrem Salat und sieht von einem zum anderen. Vergnügt. Ich schwöre, seit ich mit Helena zusammen bin, verwende ich Wörter, die ich zuvor nur aus Büchern kannte. Unterm Tisch drückt sie mein Knie, während sie sich halb umdreht und über die Schulter ein Gespräch jemandem aus ihrer Tanztruppe beginnt.

Ich atme ein, hörbar, mir war gar nicht aufgefallen, dass ich die Luft angehalten hatte. Dann sehe ich Penny an. Und ich kann spüren, dass ihr mein Blick nicht gefällt, doch ich bringe es auch nicht fertig, wegzusehen. Bilder tauchen auf vor meinem inneren Auge. Nicht sehr angenehme. Und dann die besten, die sich aus meiner Erinnerung hervorkramen lassen, und die Kombination aus beidem sorgt dafür, dass mir so plötzlich übel wird, dass ich den Teller von mir schiebe. Ich starre auf Pennys Lippen, dann auf den Blätterkranz, der neuerdings ihre Augen umrahmt. Dies ist das Mädchen, das ich im Arm hielt, während sich mein Bruder hinter den Mülltonnen eines Parkplatzes einen tödlichen Cocktail mixte. Sie war die Letzte, die ich geküsst habe, in meinem Leben *davor*.

8

PENNY

Ich habe ihren Freund geküsst

Ich hatte vergessen, wie sehr mich Milos Blicke beunruhigen.
Wir sitzen in diesem schrecklich überfüllten Restaurant der
Clubanlage, seine Freundin zwischen uns, Menschen über-
all um uns herum, die Geräuschkulisse ein säuselnder Tick
in meinem Unterbewusstsein, und dennoch ducke ich mich
weg unter all dem und tauche wieder auf, auf der anderen
Seite, ein paar Jahre zurück, inmitten eines Schulhofs in
München, unter einem grauen Himmel, an einem beliebigen
Nachmittag.

Milo steht dort. Er lehnt am Tor zu den Fahrradständern,
am äußeren Rand des Pausenhofs, da, wo er meistens steht,
ein gutes Stück entfernt von allen anderen, weit genug weg
von Nathalie und mir. Seine Haare sind kürzer. Er trägt keine
Brille. Er sieht jünger aus, und das ist er auch, sechzehn,
höchstens siebzehn. Er hält ein Buch in der Hand. Ein Paper-
back, windig und zerknautscht, man sieht ihn eigentlich nie
ohne. Milo ist neu an der Schule. Er ist meistens allein. Wenn
er überhaupt mit jemandem zusammensteht, dann mit zwei
Typen aus der Dreizehnten, von denen es heißt, man könnte
bei ihnen alles kaufen, was das Leben besser macht. Das und
seine unnahbare Art tragen nicht gerade dazu bei, dass sich
Milo reibungslos in den Schulkader einfügt, im Gegenteil. Er

ist ein Außenseiter und er hat sich diese Position selbst gewählt. Er sieht dir nicht in die Augen. Wenn dich dennoch zufällig sein Blick streift, ist es, als träfe dich ein Schuss in die Körpermitte, heiß, scharf, tödlich.

Ich weiß, dass viele von den Mädchen Milo mögen. Also, nicht mögen, es ist mehr ein Anhimmeln aus der Ferne. Ich denke, sogenannte Bad Boys kannten die meisten von uns bislang nur aus Romanen, die überwiegende Anzahl an Jungs in unserem Umfeld ist zu einfach gestrickt und zu uninteressant, um diesem Stigma gerecht zu werden, selbst wenn sie sich noch so mies verhalten. Milo dagegen … Er hatte sich vielleicht nicht um den Titel bemüht, und dennoch stand er ihm prächtig. Dem Außenseiter mit den falschen Freunden, gut aussehend, unnahbar, ein bisschen gefährlich, wenn man den Gerüchten Glauben schenken wollte. Von denen es reichlich gab. Er sei von zig Schulen geflogen, bevor er zu uns kam, hieß es. Hatte ein paar Jahre in einem Heim für Schwererziehbare verbracht und einige Monate im Jugendknast, wegen Drogenhandels. Soweit es Milo Kolberg betraf, hielt sich von ihm fern, wer bei Verstand war, und das war ich. Das war ich.

Bis zu dem Abend, an dem ich mich sieben Minuten mit ihm in einen Schrank sperren ließ.

Aus dem Augenwinkel betrachte ich Helena. Ich kenne das Mädchen überhaupt nicht, und dennoch habe ich ihren Freund geküsst. Und nicht nur das. Vergessen konnte ich es auch nie.

Vor einigen Jahren
in einem Schrank

PENNY

Ich brauchte etwa anderthalb Minuten, bis mir aufging, dass ich seine Stimme zuvor nur selten gehört, aber dennoch sofort erkannt hatte: Milo. Milo Kolberg kniete vor mir auf diesem halben Quadratmeter Schrankboden, und für einen Augenblick war ich zu perplex, um zu atmen. Der Gedanke, aufzuspringen und wegzurennen, überkam mich so vehement, dass er mich wie versteinert an Ort und Stelle hielt.

Milo.

Milo.

Ich starrte in die Dunkelheit vor mir und versuchte, den Jungen auszumachen, den ich nur von Weitem kannte. Er ging auf meine Schule, aber nicht in meine Klasse, war in meinem Jahrgang, gehörte aber nicht zu meinem Kreis. Er gehörte zu gar keinem Kreis, und das aus gutem Grund, und ich fragte mich, ob Nathalie wusste, dass er der Junge war, den die anderen mir für dieses bescheuerte Spiel in den Schrank schicken würden; sie stand immerhin draußen, hatte mich angestachelt, wie üblich, war mitverantwortlich dafür, dass ich hier drin saß, und machte für gewöhnlich einen Bogen um Milo, so wie wir alle es taten.

Gott, wenn ich das gewusst hätte. Wenn ich gewusst hätte, dass …

Mein Herz begann zu rasen, als wollte es unbedingt als Erstes aus diesem Schrank fliehen. Ich sah Milos Gesicht vor mir, die hellen Augen, die mittelbraunen, zu ungekämmten

Haare, der misstrauische Blick, der zu einer bitteren Linie gezogene Mund. Vielleicht war es doch nicht Milo Kolberg, der mir gerade gegenübersaß, der sich unsicher räusperte und Dinge fragte wie: »Und? Wie bist du hier gelandet?« Ich hätte ihn selbstbewusster eingeschätzt, niemals so verunsichert. Cooler und abweisender und – *was machte er in diesem Schrank?* Also war seine Frage doch nicht so dumm, oder? Und die ehrliche Antwort darauf hätte wohl gelautet: Meine Mutter ist ein Arschloch. Und um ein Mal so zu sein wie sie, saß ich in diesem Schrank, um mit einem wildfremden Jungen rumzumachen, mit Zunge, mit *allem*, wie zynisch ist das?

Erneut spürte ich Wut in mir aufsteigen, heiß, wild, unaufhaltsam. Draußen schrie jemand »*FÜNF*«, und in einer Art Übersprunghandlung schoss ich nach vorn, mein angestauter Ärger der Wind in meinem Rücken, und fiel quasi in Milos Arme, der überrumpelt vor mir zurückwich.

»Woah.«

»Ähm …«

»Was tust du? Was …«

Und dann küsste ich ihn einfach. Jedenfalls versuchte ich es. Meine Lippen berührten seine nicht mal eine Sekunde, da schreckte er zurück und – dem dumpfen Geräusch nach zu urteilen – knallte mit dem Hinterkopf gegen die Schrankwand.

»Oouh.«

»Na großartig.« Gott, wie peinlich. Hastig rutschte ich von ihm weg

»Warte mal!«

»Hey!« Ich schlug nach seiner Hand, die meine Brust gestreift hatte, und beinahe hätte ich laut losgelacht. Was taten wir hier, um Himmels willen? Im Nachhinein denke ich, dass es keine peinlichere Zeit im Leben geben kann, als sechzehn zu sein – sechzehn, unsicher, ungelenk und trotzdem irgendwie … *zu allem bereit.*

»Wolltest du mich gerade küssen?«

»Nein, ich wollte dich zwangsbeatmen, weil ich dachte, du seist inzwischen verstorben. Was stimmt nicht mit dir? Denkst du, ich sitze zum Spaß in diesem beschissenen Schrank?«

Ich hörte ihn lachen und aus peinlich wurde peinlicher.

»Schön, dass ich dich amüsiere.«

»Sorry.« Er lachte immer noch. Und dann: »Ich würde dich ehrlich gern küssen.«

Ich weiß noch, dass ich dachte: Wenn zwei sich gleichermaßen blöd anstellen, wird am Ende vermutlich ein Marshmallow draus.

Ich würde dich ehrlich gern küssen.

Ich überlegte. Eine Sekunde lang. Zwei.

»Okay.« Mein Herz überschlug sich fast.

Er griff nach meiner Hand, und ich ließ es zu, dass er mich zu sich zog.

Er roch gut. Viel besser, als es seine düstere Erscheinung hätte vermuten lassen.

Ich war ihm so nah, dass die feinen Härchen auf seiner Wange meine Nasenspitze kitzelten, doch näher traute ich mich nicht.

»Your turn«, wisperte ich. Feige, feige, feige.

Und dann, *dear God*, glitt seine Hand meinen Rücken hinauf, in meinen Nacken, umschloss meinen Hinterkopf, und ich spürte seine Lippen auf meinen, den sanften Druck und dann den widerspenstigen Sog, als sie sich wieder von meinen lösten.

Für einige Wimpernschläge verharrten wir so: dicht an dicht, die Münder nur einen Fingerbreit voneinander entfernt. Unser Atem vermischte sich, die Schläge unserer Herzen auf einmal das einzige Geräusch zwischen uns, immer lauter und schneller werdend. Ich fragte mich, ob Milo meine Angst schmecken konnte; meine Angst und die Tatsache, dass ich noch nie zuvor einen Jungen geküsst hatte, noch nie jemandem so nah gewesen war.

Ich spürte seine Hand in meinen Haaren, sie vergrub sich darin, der Daumen strich meinen Nacken hinunter, und ich unterdrückte den Schauer, den die Berührung verursachte.

Meine Lider flatterten zu.

Und auf einmal war da nur noch Lust, und ich hatte keine Ahnung, wo die herkam oder wie ich überhaupt sicher sein konnte, dass es das war, was ich empfand.

Als sich unsere Lippen das nächste Mal trafen, konnte von sanftem Druck keine Rede mehr sein. Meine Hände vergruben sich in Milos Haaren, seine schoben mich näher zu sich heran. Er küsste mich, wieder und wieder, entschlossener, als er meine Reaktion darauf richtig deutete, er sog an meiner Oberlippe, dann zog er meine Unterlippe zwischen seine Zähne.

In dem Augenblick, in dem mir klar wurde, dass ich es wollte – dass ich genau das wollte, und mehr –, hielt ich für eine Sekunde inne, bevor ich mich noch enger an Milo drängte, es irgendwie schaffte, mich umständlich auf seinen Schoß zu setzen, mich an ihn zu pressen und dann meinen Mund wieder auf seinen. Ganz kurz schoss mir der Gedanke durch den Kopf, dass ich mich vermutlich dämlich anstellte und plump und dass Milo spätestens jetzt bemerkt haben musste, dass ich absolut unerfahren war auf diesem Gebiet, nicht halb so selbstsicher, wie ich es die ersten zwei Minuten vorgegeben hatte zu sein. Dann wiederum dachte ich, dass etwas, das sich so unglaublich gut anfühlte, doch auf keinen Fall falsch sein konnte. Und zuletzt, kurz bevor ich alles um mich herum vergaß, bevor ich schmolz und in der Dunkelheit zerrann, da wurde mir klar, dass Milo Kolberg für immer der erste Junge sein würde, den ich geküsst hatte.

9

MILO

Was uns nachts wach hält, ist nicht der Sex

Ich schlafe schlecht in dieser Nacht, noch schlechter als gewöhnlich. Nach vollen drei Stunden, die ich mich ruhelos hin und her gewälzt habe, gebe ich auf und bleibe auf dem Rücken liegen, resigniert, mit offenen Augen. Ich starre nach oben. Ich denke daran, dass Helenas Zimmerdecke über ihrem Bett mit einem zerzausten Wust aus Lichterketten verziert ist. Ich denke daran, dass Penny diese Lichter jetzt sieht, da sie sich mit Helena das Zimmer teilt. Ich sehe Penny vor mir, wie sie auf die Poolbar zukommt, und den Moment, in dem sie erkennt, wen sie vor sich hat. Ich sehe uns beide im Restaurant, Helena dazwischen, die unausgesprochenen Fragen wie ein Gasballon über unseren Köpfen. Ein Zucken in die falsche Richtung und *wooosh* – das Ding fliegt uns um die Ohren. Was allerdings Pennys Schaden nicht sein soll. Sie ist nicht diejenige mit der schäbigen Vergangenheit, dem Sündenregister, dem falschen Umgang. Sie ist nicht die Person, die jedem um sich herum, inklusive der eigenen Freundin, verschwiegen hat, wo sie herkommt. Was sie ausmacht. Dass ihr Dämonen folgen, egal, wohin sie geht.

Ganz offensichtlich auch nach Fuerte.

Ich kann nicht behaupten, Wiedersehensfreude in Pennys Blick erkannt zu haben – wenn ich ehrlich bin, war da überhaupt nichts. Die übliche Penny-Indifferenz, würde ich sagen. Weiß der Himmel, was hinter der Stirn dieses Mädchens vorgeht. Vor unserem Kuss in diesem Schrank hatte ich noch kein Wort mit ihr gewechselt. Hinterher allerdings auch nicht. Als hätte es die sieben Minuten, die wir bei diesem blöden Partyspiel quasi ineinandergekrochen sind, nie gegeben. Es war ihr lieber so, nehme ich an. Wer bin ich, ihr das zu verdenken? In einem abgelegenen Teil meines Gehirns frage ich mich, ob sie manchmal an den Kuss denkt. Ob sie sich überhaupt daran erinnert.

Nicht so wie ich, vermutlich.

Nicht so wie ich.

»Weil ich derjenige bin, der zuerst zieht«, ruft Severin aus dem Bett neben meinem.

Ich sehe nicht einmal mehr hin, um zu prüfen, ob er wach ist, weil ich weiß, dass er schläft. Aus den Bruchstücken, die er mir jede Nacht entgegenschleudert, könnte ich seine komplette Lebensgeschichte nachbauen, doch so weit reicht mein Engagement nicht. Severin hat schon Unmengen erzählt auf diese Weise. Etwas Interessantes war bislang nicht dabei.

In meiner Nachttischschublade fische ich gerade nach einem Paar Ohropax, als ich noch etwas anderes höre, ein Kratzen. Es kommt von der Terrassentür. Ich stehe auf, um sie zu öffnen, und habe das kaum einen Spaltbreit getan, da schiebt Gigi ihren Kopf hindurch. Ihr von der Nachtluft kühles Fell streift meine Wade, bevor sie zielstrebig durchs Zimmer tänzelt, auf mein Bett springt und sich dort am Fußende zusammenrollt.

Ich öffne die Tür weiter. Zu Gigis Glück haben Severin und ich ein Zimmer mit Gartenzugang, von denen es für das Personal eher wenige gibt. Zu Gigis Pech plagt Severin eine

Katzenallergie. Und für beide hoffe ich, dass die Luft, die jetzt ins Zimmer strömt, die gemeinsame Nacht erträglich macht.

»Du weißt, du darfst dich nicht erwischen lassen«, murmle ich Gigi zu, während ich mich vorsichtig mit dem Rest des Lakens zudecke, ohne sie aufzuscheuchen. Ich bringe es nicht übers Herz, sie rauszuschmeißen. Die Wärme ihres kleinen Körpers an meinen Beinen und das leichte Vibrieren, mit dem sie sich in den Schlaf schnurrt, sind wie ein Stück Zuhause hier in der Fremde, ein Stück Kindheit, ein Stück Geborgenheit.

Vermutlich ist es dieser letzte Gedankenfaden, der mich am Ende einschlafen lässt.

Und dann träume ich von Penny.

Ich träume, wie ich im Dunkeln ihren Körper ertaste, wie meine Hände ihre schmale Taille umklammern, wie ich den harten Bund der Jeans unter meinen Fingerspitzen spüre und den Streifen weicher Haut darüber. Vielleicht war die Enge des Schranks schuld, vielleicht die Dunkelheit, vielleicht das dumpfe Stampfen um uns herum, aber was auch immer da zwischen uns war, spannte sich binnen Sekunden zum Zerreißen, wurde heißer, unerträglicher, atemloser, schoss so schnell von null auf hundert, dass mir schwindlig wurde. Ich denke nicht, dass ich damals schon von Pheromonen gehört hatte oder davon, dass es zwischen manchen Menschen mehr Chemie, mehr sexuelle Anziehung gibt als zwischen anderen. Im Nachhinein muss ich sagen – *hell, yes*. Und das mit sechzehn. Wie gut können Küsse sein, wenn man offiziell noch nicht mal die Pubertät hinter sich hat?

Selbst jetzt, wo ich nur davon träume, geht mein Atem schneller. Meine Lippen öffnen sich, und allein die Vorstellung, ihre Hand schiebt sich über meinen Bauch nach unten …

Ich schlage die Augen auf im selben Moment, in dem Helena mir ihre Zunge in den Mund schiebt. Ich weiß sofort, dass es Helena ist, denn ja, selbst im Schlaf erkenne ich den Unterschied. Helena liegt halb über mir in dem maximal einen Meter breiten Bett, sie küsst mich, feucht und eindringlich, während ihre Hand in meinen Boxershorts dabei ist, etwas vorzufinden, das unglücklicherweise überhaupt nichts mit ihr zu tun hat.

»Hi.« Sie haucht in mein Ohr. »Welch herrliche Begrüßung.«

»Mmmmh.« Ich versuche, im Hier und Jetzt anzukommen, mich auf das Mädchen in meinem Bett zu konzentrieren, den Traum abzuschütteln und das schlechte Gewissen, das es Helenas Fingern in meiner Unterhose gerade etwas schwerer macht als noch fünf Sekunden zuvor.

Ich lege meine Hand auf ihre. »Severin ist hier.«

»Ich weiß.«

Sie stützt sich auf den Ellbogen, und ich denke schon, sie rückt von mir ab, als sie stattdessen ein Bein über meine schwingt, und dann sitzt sie auf mir. Sie trägt einen kurzen Bademantel, was mir erst auffällt, als sie den Gurt öffnet und den Stoff über ihren nackten Körper gleiten lässt.

Die Tür steht weit offen. Mondlicht fällt ins Zimmer, malt Streifen auf Helenas weiße, makellose Haut. Ich frage mich, was sie mit Gigi angestellt hat, und im nächsten Moment, was eigentlich los ist. Hätte sich diese Szene heute Morgen abgespielt, ich hätte weder an die Katze gedacht noch an Severin, ich hätte Helena mein hart erkämpftes, unverkrampftes Strahlen geschenkt und ihr gegeben, wofür sie gekommen ist, ohne mir meine Überraschung anmerken zu lassen. Darüber, dass sie das noch nie getan hat. Dass sie sich noch nie mitten in der Nacht so gut wie nackt in mein Zimmer geschlichen hat, um mich mit einer Hand in meiner Hose zu wecken.

Ich frage mich, ob sie über einen siebten Sinn verfügt. Ob sie erahnt hat, unter all ihrer vorgeblichen Unbekümmertheit, dass zwischen mir und Penny irgendwann einmal in einem anderen Leben etwas gewesen ist. Das, oder Penny hat Helena etwas über mich erzählt. Was genau das sein könnte, ist mir allerdings nicht ganz klar. Zumindest hat es Helena nicht die Lust auf Sex mit mir vertrieben.

Ich muss zugeben, ich bin verwirrt. Verwirrt und voller unguter Gefühle. Denn während Helena sich nach vorn beugt, während ihre Brüste meinen Oberkörper streifen, sie ihren Schoß über meinen platziert und mir ein zittriges »Kondom, wo?« ins Ohr haucht, komme ich so gut wie gar nicht damit klar, dass ich mich anscheinend nicht dagegen wehren kann, ausgerechnet jetzt an eine andere zu denken.

10
PENNY

Licht und Schatten

Nach sechs Tagen im Solana Sunshine Club steht zumindest eines fest: Es bleibt nicht viel Zeit für eingebildete Psychosen. Keine Zeit, über Dinge nachzugrübeln wie diese Sache mit meinem Vater. Oder was ich nach Spanien mit meinem Leben anstellen werde. Ich habe kaum mehr an Nathalie gedacht, geschweige denn an meine Mutter. Dafür bin ich zu müde. Viel, viel zu müde. Und alles tut weh. Die Arme, die Beine, die Füße, der Kopf. Gefühlt ist der Muskelkater bis in meine Fingerspitzen vorgedrungen, was nach den Stunden, die ich damit zugebracht habe, Obst zu schälen und Gemüse zu schnippeln, kaum verwundert. Und ja, ich habe meine innere Zynikerin zum Leben erweckt. Auch das hat der Solana Sunshine Club vollbracht.

In diesen sechs Tagen, die ich jetzt hier bin, habe ich von morgens sieben bis nachts halb zwölf durchgepowert, und es würde mich wirklich überraschen, wenn es auch nur irgendeine Aufgabe auf diesem Riesengelände gäbe, mit der ich noch keine Bekanntschaft gemacht habe. Wobei, das ist gelogen. Es würde mich überhaupt nicht überraschen, keineswegs. Anbei eine kurze Übersicht dessen, was ich bereits alles auf meiner Liste abhaken darf:

Da wäre also besagte Obsttheke mit ihren Abertausenden

Früchten, hinter der ich geschwitzt habe, weniger allerdings als im Aquarellstudio, wo ich Helena dabei half, mit einer Horde Kleinkindern T-Shirts zu bemalen, ich habe mit einer Gang etwas größerer Kinder Müll am Umwelttag gesammelt, spielte Pizzabäckerin am Abend, Cocktailserviererin am Nachmittag, ich unterhielt Gästekontakt an der Bar und ja, als absoluten Höhepunkt meiner Karriere darf ich wohl meine Teilnahme am Clubtanz betrachten, den ich bereits dreimal das Vergnügen hatte, am Pool aufzuführen, lucky me. Zwei Schritte nach links, zwei nach rechts, die Arme rotieren vor der Brust, dann Drehung, vier Schritte geradeaus, Oberkörper vorbeugen …

Abends falle ich todmüde ins Bett, unfähig, auch nur noch eine Nachricht abzusetzen, geschweige denn mit Nathalie zu facetimen. Ich versinke schlicht ins Koma. Ich bin so kraftlos, es bleibt nicht mal mehr die Energie für einen Gedanken an *Ihr-wisst-schon-wen*.

Milo.

Okay.

Das ist gelogen.

Ich denke an Milo, vor allem deshalb, weil ich ihn seit meiner Ankunft so gut wie nicht mehr gesehen habe und nicht einschätzen kann, was das bedeutet. Ist es Zufall? Gehe ich ihm unbewusst aus dem Weg? Meidet er mich? Ist es, weil ich Dinge über ihn weiß? Und sollte ich die für mich behalten? Hat er Helena erzählt, was er getan hat?

In der Regel ist das der Punkt, an dem mein Gedankenrad zu einem quietschenden Halt kommt, denn: Es geht mich nichts an. Richtig? Was auch immer er getan hat – die Drogen, das Dealen, der Jugendarrest –, liegt in der Vergangenheit und … ich weiß nicht. Ich weiß es einfach nicht. Ich weiß ja nicht mal sicher, ob es stimmt. Alles, was damals verbreitet wurde, waren Gerüchte. Und ich sage nicht, dass ich nicht anfällig bin dafür, was der Großteil anderer Menschen zu glauben scheint. Ich sage nur, dass ich Dinge nicht unbedingt weitererzählen möchte, von denen ich nicht absolut sicher sein kann, dass sie stimmen.

Der Milo hinter der Poolbar, der mit diesem aufgesetzten Grinsen alten Damen Kaffee zubereitet, er wirkt so völlig anders als der Milo, den ich kannte. Der mürrische, verschlossene Milo, der nur für einen kurzen Augenblick aus sich herausgekommen ist, für sieben Minuten in einem Schrank.

Ich schüttle den Gedanken ab. Wie jedes Mal, wenn er mir zu nah kommen will.

Helena ist nett. Sie ist witzig, freundlich, hilfsbereit. Sie ist eine, die jeden Abend ein Instax-Foto in ihr Tagebuch klebt mit dem Moment, der sie besonders glücklich gemacht hat, und seit ich hier bin, war ich jedes Mal mit auf diesem Bild. Weil, Helena ist nun mal … Helena. Aber sie ist nicht meine Freundin. Sie ist nicht Nathalie, und ganz abgesehen davon, scheint sie begeistert zu sein von Milo, denn er ist auf den restlichen Aufnahmen zu sehen.

Der neue Milo.

Geht dich nichts an, Penny.

Es ist gleich halb sechs und ich bin auf dem Weg zum clubeigenen Amphitheater. Ich übertreibe nicht. Das Rundtheater mit seinen steil nach unten abfallenden Rängen ist tatsächlich einem Amphitheater nachempfunden, und es wird mit einer Inbrunst bespielt, vor der Verweigerer wie ich am liebsten davonlaufen würden. Ich kann nicht spielen. Weder das noch singen noch tanzen. Ich habe es nie getan und nie das Bedürfnis danach verspürt. Und seit dem Casting wusste ich, dass es zum Job gehört, an mindestens zwei der rund fünfzehn Produktionen teilzunehmen, die im abendlichen Wechsel aufgeführt werden, doch aus mir heute unerklärlichen Gründen nahm ich an, ich würde schon irgendwie darum herumkommen. Oder Nathalie vorschieben. Oder ... oder ...

Nun.

Beides ist hinfällig jetzt.

Nicht nur ist Helena begeisterte Tänzerin, wie sich herausstellte, sie ist auch fest entschlossen, mich für die Theaterwelt des Clubs zu begeistern. Weshalb sie mich in die Garderobe bestellt hat, die ich allerdings erst einmal finden muss.

Im Stechschritt eile ich über die Anlage, von den Mitarbeiterquartieren durch den Park, am Erwachsenenpool vorbei zur Boutique, wo ich Ramón zuwinke, der sie leitet, zur Bar, in deren Außenbereich gerade der allabendliche Sundowner serviert wird. Automatisch halte ich Ausschau nach Milo, nur um mich im nächsten Moment darüber zu ärgern.

Du bist froh über jeden Augenblick, in dem du ihn nicht triffst, ermahne ich mich selbst, bevor ich die Tür zum Theater aufstoße und mich Stille verschluckt.

Ich bin erst einmal hier gewesen, am Tag meiner Ankunft, an dem mich Helena durch den Club gehetzt und so gut wie jede Tür aufgerissen hat, die auf unserem Weg lag. Ich warf einen flüchtigen Blick auf Ränge und Bühne, auf der gerade eine Besprechung stattfand, inmitten von wild durcheinandergeschobenen Kulissen, schon hatte sie mich wieder nach draußen gezogen. Als jetzt die Tür hinter mir ins Schloss fällt, ist der Raum ein völlig anderer, und ich halte überrascht die Luft an. Die Bühne ist leer, bis auf ein kreisrundes Podest, das aussieht, als müsste es Teil einer Spieldose sein. Wie alles um mich herum ist es in warmes rotes Licht getaucht, und dennoch scheint es mir zwischen den Steinstufen der Ränge deutlich kühler als draußen. Ich bin nicht sicher, ob es der Temperaturabfall ist, der mir Gänsehaut verursacht, oder die Stimmung, die das leere Theater in mir wachkitzelt. Fast bedächtig schreite ich die Stufen zwischen den Sitzreihen hinab, ich weiß nicht mal, warum, ich sollte Helena in der Garderobe treffen, wo auch immer das sein mag. In der Bühnenmitte bleibe ich stehen, um mich umzusehen, und dann erleide ich beinah einen Herzstillstand, als plötzlich ein Scheinwerfer aufblendet und mich in grelles Spotlight taucht. Tatsächlich stolpere ich ein paar Schritte, bevor ich mich wieder fange und mit der Hand die Augen abschirme.

Lautsprecher knacksen. Mein Herz rast wie wild.

»Hast du dich verlaufen?«

»Frag mich das noch mal, wenn man mich reanimiert hat.«

Lachen. Leise und heiser. Milo. Und aus irgendeinem Grund bleibe ich stehen, als wäre ich festgewachsen.

Mehr Knacksen. »Wo du gerade hier bist, könntest du dich kurz auf das Podest stellen? Ich bin dabei, das Licht einzurichten.«

Ich werfe einen Blick auf besagtes Podest, dann in die Richtung der Technikkabine. Sie liegt unmittelbar zwischen den zwei Eingängen, die ins Theater führen, und von dort aus hat Milo jeden meiner Schritte beobachten können.

Der Gedanke verursacht ein Kribbeln in meinem Nacken, doch ich tue, worum er mich bittet, klettere auf das kreisrunde Podium, lasse unschlüssig die Arme herabbaumeln, verschränke sie dann vor der Brust.

Der Lichtkegel, aus dem ich eben getreten bin, erlischt, zwei Sekunden später trifft er mich erneut. Milo richtet den Scheinwerfer ein Stück nach hier, ein Stück nach da, schließlich sagt er: »Kannst du dich etwas aufrichten?«

Ich recke das Kinn nach oben. Milo korrigiert den Scheinwerferstrahl, dann die Farbe, von Weiß zu Orange, zu Grün, zu Blau, wieder von vorn.

Und noch einmal halte ich den Atem an, während mein Herz mir davongaloppiert. Ich fürchte, ich werde verrückt. Oder warum kommt es mir so vor, als badete ich in diesem Licht, dem Licht, mit dem Milo mich einhüllt, mit dem er mich berührt … *Was stimmt nicht mit mir? Das ist lediglich ein blöder Lichtkegel, und das da oben ist Milo, an den du hundert Jahre nicht gedacht hast.*

Ich muss mich daran erinnern, wo ich bin. Und wer. Und mit wem ich es zu tun habe. Er mag anders aussehen als damals und sich anders geben, doch er ist immer noch Milo. Der Milo, der mich so wild und entschlossen geküsst hat wie keiner nach ihm. Der mich dann keines Blickes mehr gewürdigt hat, bevor er von der Schule verschwand, so plötzlich, wie er aufgetaucht war, von einem Tag auf den anderen. Autodiebstahl, hieß es.

»Alles klar, danke.«

Diesmal zucke ich zusammen bei seiner blechernen Lautsprecherstimme, ich springe von dem Podest und laufe so schnell ich kann zum Bühnenrand.

Wieder dieses fürchterliche Knacksen. »Penny?«

Ich bleibe stehen. »Was?«

»Zu den Garderoben geht es da lang.« Der Scheinwerferkegel, dieses Mal ein dunkles, irgendwie anrüchiges Blau, schwenkt ein Stück nach links und zeichnet so den Weg zum anderen Ende der Bühne, wo ein schwerer Stoff vor eine Wand gespannt wurde.

»Hinter dem Vorhang.«

Wortlos drehe ich mich um und gehe in die Richtung, die Milo mir aufgezeigt hat, darum bemüht, auf keinen Fall in sein blaues Licht zu treten.

»Da bist du!«

In der Sekunde, in der ich die Umkleide betrete, hat Helena mich am Arm gepackt und zieht mich hinter sich her in einen kleinen, neongrell ausgeleuchteten Raum, den nur ein schmaler Gang von der Bühne trennt.

»Ich überlegte gerade, dich zu suchen. Wo bist du gewesen? Egal. Komm, wir müssen dich ankleiden, wir sind spät dran.«

»Mich ankleiden?« Ich stolpere hinter Helena her, die sich durch eine beachtliche Ansammlung von Leuten rempelt, bevor sie abrupt stehen bleibt und ich auf sie drauffalle.

»Hier!« Sie greift nach einem Stoffknäuel und drückt ihn mir in die Hand. »Schnell, zieh dich um.«

»Was ist das?«

»Dein Kostüm. Na los! Wir sollten längst oben sein.«

»Oben? Wo oben?« Ich drehe das sogenannte Kostüm in meiner Hand und beäuge es skeptisch. Nach der geringen Menge Stoff zu urteilen, kann es nicht sonderlich voluminös sein, so viel steht fest, dazu ist es für jemanden, der normalerweise Schwarz trägt und … Schwärzer, ein bisschen zu rosa und ein Stückchen zu glitterig.

»Was ist das?«, wiederhole ich.

»Das, meine Liebe, ist ein Nummerngirl-Kostüm. Für dich. Heute steht eine kleine Promo-Runde im Restaurant auf dem

Programm, für den Casino-Abend hinterher. Dein vorsichtiger Einstieg in die Welt des Theaters. Tadaaaa! Eine tolle Übung.«

Der Casino-Abend. Ich erinnere mich. Er war irgendwo auf meinem übervollen, unübersichtlichen Dienstplan eingezeichnet, keine Ahnung, wo, aber nicht heute Abend.

»Er wurde verschoben«, erklärt Helena prompt. »Eigentlich sollte heute nach dem Dinner ein Boccia-Turnier stattfinden, doch dazu ist es zu windig.«

»Oh.« Noch einmal betrachte ich das Kostüm in meiner Hand. »Was hat ein Nummerngirl im Casino verloren?«

Helena lacht. Es klingt so glockenklar wie ein Gebirgsbach. »Das ist eine so schlaue Frage, Penny! Und die Antwort lautet: gar nichts. Wir verwenden das Kostüm einfach mehrfach. Ursprünglich fertigte Inez es für den Showboxkampf an, den wir eine Zeit lang aufführten. Jetzt tragen es die Mädchen, die am Roulettetisch die Kugel drehen oder beim Blackjack Karten verteilen. Heute du.« Sie lächelt mich so zärtlich an, als hätte sie mir gerade ein Familienerbstück überreicht.

»Ich drehe die Kugel?«

»Oder verteilst Karten.«

»Ich habe noch nie …« Ich besinne mich eines Besseren und führe den Satz nicht zu Ende, denn ehrlich – was sollte es helfen? Allerdings …

»Ich werde das nicht tragen.«

»Wieso nicht?«

»Weil …«, beginne ich, falte das Minitrikot auseinander und halte ihr den Mini-Minirock unter die Nase, »… das kein Kostüm ist, sondern Arbeitskleidung. Für eine andere Branche.«

76

»Du wirst hinreißend darin aussehen!«

»Werde ich nicht. Weil ich es nicht tragen werde.«

Helena schmollt. Wäre sie nicht so ein irrsinnig authentischer Mensch, in manchen Augenblicken könnte man sie für aufgesetzt halten.

»Ich werde das nicht anziehen«, wiederhole ich, und schließlich wirft sie seufzend die Hände in die Luft.

»Von mir aus! Dann trägst du eben das hier!«

11

MILO

Gedankenkarussell

Das Beste an meinem Job im Solana Sunshine Club? Ich bin so gut wie rund um die Uhr beschäftigt. Die Zeit, an etwas anderes zu denken als daran, Cocktails zu mixen, Gemüse zu pürieren, Häppchen zu verteilen oder die Technikregler für eines der Theaterstücke zu schieben, ist auf ein Minimum begrenzt. Was gut ist. Je weniger Möglichkeit mir bleibt, den Kopf einzuschalten, umso besser.

Vor einer halben Stunde rief mein Vater an. Das war, kurz nachdem sich Penny auf dem Weg zu den Garderoben ins Theater verlaufen hatte, und ich denke, ich stand noch ein kleines bisschen unter Schock deswegen.

Seit ihrer Ankunft hier habe ich Penny nur selten gesehen. Die ersten zwei Wochen im Club sind für jeden Anfänger schwierig – man wird von einem Ende zum anderen geschleppt und in gefühlt fünfzig Jobs auf einmal eingearbeitet. Das Ganze dauert sechzehn bis achtzehn Stunden am Tag, und ist man damit durch, fällt man ins Bett wie ein Toter (in Pennys Fall wie eine Tote). Man gewöhnt sich an all das, an das frühe Aufstehen und den späten Feierabend, und hat man sich erst dran gewöhnt, wird man feststellen, dass danach noch lange nicht Schluss ist: In irgendeinem Zimmer ist immer irgendeine Party, je wärmer die

Nächte werden, desto mehr verlagert sich die Action an den Strand.

Penny ist jetzt knapp eine Woche hier, doch ob sie bei einem dieser Get-togethers dabei war, kann ich nicht beantworten, denn meist fehlt mir selbst die Lust dazu. Ich weiß nur, ich bin ihr so oder so seit ihrer Ankunft hier nicht begegnet. Und ich habe mich durchaus schon gefragt, ob das damit zusammenhängen kann, dass sie mir aus dem Weg geht, aber irgendwie glaube ich es nicht. Es ist ja nicht so, dass sie Grund hätte, mich zu hassen, oder vice versa. Wir hatten, abgesehen von den bereits erwähnten sieben Minuten, keinerlei Kontakt. Das heißt nicht, dass sie nicht jede Scheiße, die je über mich erzählt wurde, gehört haben kann. Und auch nicht, dass sie es nicht irgendwann irgendwem hier weitererzählt. Ich glaube nur nicht, dass sie es bisher getan hat. Jedenfalls nicht Helena gegenüber. Bis auf ihr seltsames Auftauchen in der ersten Nacht habe ich kein Anzeichen bemerkt, dass sie Pennys und meine Geschichte überhaupt interessiert. Und vielleicht war nicht einmal diese Nacht ein Indiz. Vielleicht hatte Helena einfach Lust auf Sex.

Shit, ich drehe mich im Kreis. Dabei wollte ich doch an nichts anderes denken als daran, Cocktails zu mixen, Gemüse zu pürieren, Häppchen zu verteilen. Aber wie Penny dastand, mit ihrer weißen Shorts im bunten Scheinwerferlicht, die Arme vor der Brust verkrampft, das Kinn nach oben gereckt – okay, keine Ahnung. Keine Ahnung, was dieser Anblick in mir heraufbeschworen hat. Ich weiß nur, dass ich weder rauche noch trinke und für beides gute Gründe habe, doch dass ich, nachdem Penny von der Bühne geflohen war, gern mit wenigstens einem von beidem angefangen hätte.

Jedenfalls hatte Penny die Bühne gerade verlassen, als mein Vater anrief, um mir den nächsten Schock zu verpassen. Ich bin seit vier Monaten auf Fuerteventura, noch dazu auf seinen ausdrücklichen Wunsch hin, und in der ganzen Zeit hat er sich kein einziges Mal bei mir gemeldet. Moment, ich korrigiere: Er hat mich auch davor nie angerufen, das ist schlicht nicht sein Kommunikationsmedium. Meine Mutter ist diejenige, die telefoniert oder Nachrichten schickt. Mein Vater nie. Umso beunruhigender, dass er es jetzt tat.

»Hey, was gibt's? Ist alles in Ordnung bei euch? Ist was mit Mama?«

»Nein, nein, natürlich nicht, alles bestens, wie immer. Ich werde doch meinen einzigen Sohn anrufen dürfen, oder? Mal fragen, wie es so läuft in der Ferne, im sonnigen Süden?«

Drei Sätze, so viel Schrott auf einmal. Alles bestens, alles klar. Nichts war mehr gut, seit Jannis gestorben ist, und nichts wird so schnell auch nur annähernd wieder so sein wie vorher. *Wie läuft es in der Ferne? Im sonnigen Süden?* Es war seine Idee, dass ich im Club seines alten Schulfreundes arbeite, es war seine Idee, nicht meine. Ich habe mitgemacht, weil ich denke … ich denke, ich schulde meinen Eltern diesen Abstand, diese Möglichkeit zu vergessen, und bin ich nicht hier? Also, wozu sticheln? Warum … ach, egal. Schlimmer als dieser Satz kann ohnehin kein anderer sein.

Ich werde doch meinen einzigen Sohn anrufen dürfen.

Die Stille, die dieser Aussage folgte, hätte tödlicher nicht sein können. Das Gespräch danach – erstklassig. Bis jetzt ist mir nicht klar, weshalb mein Vater überhaupt angerufen hat, aber es war eine reichlich dumme Idee. Eine richtig dumme Idee. Sein einziger Sohn, meine Fresse. Achtzehn Jahre lang bin ich nicht sein einziger Sohn gewesen, und ich kann kaum fassen, dass er das gesagt hat. Je mehr ich darüber nachdenke, desto wütender werde ich. Ich denke, er hatte getrunken. Das Letzte, was meine Mutter jetzt braucht, ist ein Ehemann, der seinen Scheiß in Alkohol ersäuft. In meinem Inneren brodelt es, die Stimmen, die danach schreien, ich hätte zu Hause bleiben sollen, sie nicht allein lassen dürfen, was bin ich für ein Sohn, der einfach abzischt, wenn es schwierig wird, sie sind zu einem unaufhörlichen Brüllen angewachsen, doch sie können die, die mich dazu gebracht haben zu gehen, nicht übertönen.

Je weniger meine Eltern von mir zu sehen bekommen, desto besser. Ein Foto am Tag, damit meine Mutter weiß, dass es mir gut geht. Das war's. Je weniger ich sie erinnere, umso schneller werden sie … ich weiß nicht. Heilen? Vergessen, welche Rolle ihr jetzt einziger Sohn beim Tod des anderen spielte? Verzeihen?

Ich werfe die Tür zum Theater so energisch hinter mir zu, dass sie mit lautem Donner ins Schloss kracht. Ich habe noch circa fünfzehn Minuten, bis ich oben im Restaurant sein muss, für was auch immer, ich hab's vergessen. Drei Minuten der verbleibenden Zeit verbringe ich damit, den Pfad entlangzusprinten zu einer der etwas abgelegeneren Liegewiesen, auf der kurz vor dem Abendessen so gut wie nichts mehr los ist. Ich jogge über den Rasen, Handy in der Hand. Ich bleibe erst stehen, als mich die Uferböschung davon abhält, die Klippe hinunterzustürzen.

Es ist windig. Wie so oft. Ich stemme mich gegen die kühle Seeluft, die das Meer zu uns nach oben drückt, die Haare tanzen wie irre um mein Gesicht, mein Poloshirt flattert, der Wind beschert mir eine Gänsehaut. Das ist gut. Sehr gut sogar. Ich sollte ein Stück abkühlen, bevor meine Mutter mitkriegt, dass etwas nicht stimmt.

Ich rufe ihren Kontakt auf, atme einmal tief durch und halte das Handy an mein Ohr.

»Milo?«

»Hi, Mom. Ich wollte nur mal kurz Hallo sagen. Wie geht's dir?« Scheiße, das klang bescheuert. Absolut schwachsinnig.

»Ist irgendetwas passiert? Du hörst dich seltsam an. Milo?« Da haben wir es. Schon ist sie aufgebracht.

»Nein! Nein, nein, nein«, sage ich schnell, »ehrlich nicht. Alles ist cool. Ich dachte, ich melde mich mal wieder.«

»Okay.« Noch nicht ganz überzeugt, ich höre sie seufzen, doch sie belässt es dabei. »Es geht mir gut. Fantastisch. Wirklich, es könnte nicht besser sein. Die Magnolienblüte hat schon begonnen.«

Ihre Stimme klingt kein bisschen ironisch, sie meint das absolut ernst. Sie bemüht sich. Aber ich glaube ihr nicht.

»Deinem Vater geht es auch gut, er ist unten im Keller. Mit der Buchhaltung beschäftigt, schätze ich. Willst du ihn sprechen?«

»Nicht nötig, danke.« *Buchhaltung, klar.* »Was machst du gerade?«

»Ich bin im Garten, ein bisschen Unkraut jäten. Was man so macht an einem Sonntag. Die Magnolie blüht so wundervoll.«

»Ja. Ja, ich weiß.« Ich kneife die Augen zusammen und atme gegen das Bedürfnis an, das Telefon über die Klippe zu schleudern. Hinter meinen Lidern beginnt es zu kribbeln, ich nehme die Brille ab und drücke mit Daumen und Zeigefinger gegen die Lider.

»Ich schicke dir ein Foto«, sagt meine Mutter.

»Mom, hör mal, ich dachte …« Shit. Ich will das nicht sagen, aber mein Vater und … ach, scheiß drauf. »Ich dachte, ich könnte früher nach Hause kommen, eventuell schon nächsten …«

»Oh, Milo! Du machst dir Gedanken um uns, stimmt's? Ich wusste es. Das musst du nicht. Bleib du in Spanien, ja? Uns könnte es nicht besser gehen, und du …« Sie führt den Satz nicht zu Ende, und das muss sie auch nicht. Ich habe keine Ahnung, wie lange meine Mutter denkt, sie könne ihr Unwohlsein mir gegenüber verbergen, aber ich lasse ihr die Illusion. Auch das bin ich ihr schuldig.

Ich schlucke. Ich werde mir überlegen müssen, wie ich das künftig regle, die Sache mit meinem Vater zum Beispiel. Ich nehme mir vor, ein bisschen aufmerksamer zu sein. Ich will nicht … Ich setze die Brille zurück auf die Nase, bevor ich ein weiteres Mal tief, tief einatme.

»Wie läuft's in der Praxis?«

»Sehr gut, wie immer.«

Vielleicht irre ich mich auch. Vielleicht ist alles in bester Ordnung und mein Vater hat nur versehentlich, im Übereifer, diesen dummen Spruch über seinen einzigen Sohn gebracht.

»Ich muss aufhören, Milo, die Tiere füttern.«

»Klar, natürlich. Mach's gut, okay? Ich melde mich wieder.«

»Ich schick dir ein Foto.«

»Ja, ich dir auch. Mach's gut.«

Sie hat die Verbindung bereits beendet. Mir fällt auf, dass

sie kein einziges Mal danach gefragt hat, wie es mir geht, was ich mache, was mit mir los ist.

Auf dem Weg zurück ins Restaurant fällt mir noch etwas anderes auf. Heute ist nicht Sonntag, wie meine Mutter in ihrer aufgesetzten Fröhlichkeit verkündete, es ist Donnerstag.

Ich beiße die Zähne zusammen, so fest, dass mein Kiefer schmerzt.

12
PENNY

Herzkönigin

Die Alternative zum freizügigen Sexarbeiterinnen-Dress ist etwa einen Meter breit, eins dreißig hoch und so sperrig, dass ich damit kaum durch die Tür passe, geschweige denn mich durch ein überfülltes Restaurant quetschen sollte. Ich versuche es trotzdem. Das besonders Dumme am überdimensionierten Speisesaal des Solana Sunshine Clubs? Seine Mitte bildet das ausladende Buffet mit etwa zwanzig verschiedenen Stationen, die jeder Gast passieren muss, bevor er sich in die einzelnen Räume und an die Großtische verteilt. Ich schaffe es bis zum Dessertbuffet, bevor ich hängen bleibe. Eine Ecke meines Kostüms hat sich in den kleinen Gläschen mit Mangomousse verfangen und schiebt eine beachtliche Ansammlung davon gen Tischkante.

»Hey! Vorsicht!«

Erschrocken drehe ich mich um und kann mit rudernden Armen gerade noch verhindern, dass mir eine Batterie Minidesserts vor die Füße fällt. Milo ist von irgendwoher an meine Seite gesprungen, um mich zu retten. Er mustert mich, während er die Gläschen wieder in ihre vorgeschriebenen Reihen sortiert, das Gesicht ausdruckslos, der Tonfall nicht.

»Wie ich sehe, hast du die Garderobe gefunden?«

»Mmmmh.« Ich sehe nicht an mir herunter, sondern halte

seinem Blick stand, während wir uns gleichzeitig aufrichten.
»Ist das aus …« Mit einer fahrigen Handbewegung deutet er auf die quasi lebensgroße Spielkarte, die Helena mir ohne zu zögern über den Kopf stülpte, nachdem ich das Cheerleader-Kostüm verweigert hatte. Sie misst, wie schon erwähnt, einen Meter auf einen Meter dreißig und reicht mir bis weit über die Knie. Dazu trage ich Sneaker. Ich sehe absolut lächerlich aus.

»Alice im Wunderland«, vervollständige ich mürrisch.

»Oh, ja, sicher. Herzkönigin.«

Um mich herum schieben sich Menschen an meinen Spielkartenkanten vorbei, sie drehen mich hierhin und dorthin, aber aus irgendeinem Grund bin ich festgewachsen. Milos Stimme ist die eine Sache, die Art, wie er *Herzkönigin* betont, das andere. Bevor ich ernsthaft darüber nachdenken kann, was heute mit mir los ist, wieso ich mich eben schon in seiner Nähe seltsam gefühlt habe und es jetzt wieder tue, habe ich auf dem Absatz kehrtgemacht und will in die entgegengesetzte Richtung davonstürmen, da rumple ich mit Helena zusammen.

»Hier bist du! Ich glaubte dich schon verloren.«

»Nein, ich, äh … bin hängen geblieben.«

»Okay, dann – versuchen wir es weiter, ja? Bleib einfach hinter mir, lächle nett, den Rest überlässt du mir, in Ordnung?«

Über meine Schulter wirft sie Milo eine Kusshand zu und ich spüre seinen Blick in meinem Nacken, er brennt sich in die empfindliche Haut, und auf einmal wünschte ich, ich hätte mich für das sexy Kostüm entschieden, das Helena jetzt trägt, nicht für diesen albernen Karnevalsaufzug, in dem ich mir dumm, lächerlich und hässlich vorkomme.

Und dann verfluche ich mich dafür.

Gott, Penny.

Was ist nur los mit dir?

Ich straffe die Schultern.

Es ist mir egal, was Milo Kolberg von mir hält, Himmel noch mal. Ich bin fast vier Jahre ohne ihn ausgekommen, habe nicht an ihn gedacht, keine Sekunde damit verschwendet, mich zu fragen, was er wohl von mir hält, ich werde jetzt nicht damit anfangen.

Nicht, dass ich dazu in der nächsten Stunde Gelegenheit finden würde. Dafür bin ich zu sehr damit beschäftigt, in meiner sperrigen Verkleidung mit Helena Schritt zu halten, die wie eine Aufziehbarbie durch die Menge hüpft, um für den anstehenden Casino-Abend zu werben.

»Das sollten Sie sich auf keinen Fall entgehen lassen«, ruft sie strahlend, während sie goldglänzende Jetons an die Erwachsenen verteilt. »Versuchen Sie Ihr Glück beim Roulette, Blackjack oder am Pokertisch.«

Während Helena einen flinken, wenngleich immer noch grazilen Slalom zwischen den Tischen vollführt, sorge ich mit einem tollpatschigen Spießrutenlauf für allgemeine Belustigung, weshalb mein Gesicht mittlerweile sicher genauso rot ist wie das Herz auf meinem Kartenblatt.

»Hier.« Helena drückt mir einen Korb in die Hand. »Für die Kinder.«

Laut ruft sie: »Und weil die Kleinen heute leider keinen Zutritt zu den Spieltischen haben, schenkt Tante Penny euch ein paar leckere Münzen zum Essen.«

»Umpf.« Ich hab noch nicht eins und eins zusammengezählt, da rennt schon das erste halbe Dutzend Kinder in mich hinein, um den Korb mit den Schokotalern zu plündern.

»Hey!« Und nun muss ich mich auch noch gegen eine Horde Kleingangster behaupten. Was um Himmels willen habe ich mir dabei gedacht, diesen Job anzunehmen?

Auf dem Weg nach draußen begegnen wir Phillip, der sich am Salatbuffet bedient, in weißen Shorts, Flipflops und nach einer Woche schon so braun gebrannt, dass das Blau seiner Augen hervorsticht wie ein Soßenfleck auf einem weißen T-Shirt. Er lacht mich an, oder aus, ich bin nicht sicher, und ich lächle gequält zurück.

»Heb mir ein paar Münzen auf, dann schau ich heute Abend bei dir vorbei«, ruft er mir zu, und ich weiß nicht, wie er es schafft, diesen eigentlich harmlosen Satz anzüglich klingen zu lassen, doch es gelingt ihm.

Statt einer Antwort verdrehe ich die Augen.

Helena sieht erst mich an, dann wirft sie Phillip einen Blick zu, bevor sie mir nach draußen folgt.

»Wer war das denn?«

»Phillip.«

»Von der Sportcrew?«

»Ich denke schon. Er surft.«

»Mmmh. Woher kennst du ihn?«

»Er saß im Bus neben mir.« Ich bin die Treppen, die vom Restaurant auf den Platz führen, quasi hinuntergeflogen. »Der Bus, der uns vom Flughafen abgeholt hat.«

»Aaaah.« Helena ist ebenfalls stehen geblieben. Sie hält den nun leeren Korb, der zuvor mit Jetons gefüllt war, umklammert, die großen Augen funkeln mich an. »Er ist süß.«

Ich hebe die Brauen.

»Gib es schon zu: Er ist niedlich.«

»Er ist ein Surfer.«

»Du sagst das, als wäre das ein Makel.« Sie lacht. »Ich

kenne dich noch nicht gut, Penny Fuchs, doch schon jetzt denke ich, du solltest unbedingt ein bisschen mehr Freude in dein Leben lassen.«

Sie grinst und dann hüpft sie davon, und ich beeile mich, ihr in die Garderobe zu folgen.

Sie hat recht, sie kennt mich nicht. Und dennoch haben mich ihre Worte an Nathalie erinnert, und plötzlich habe ich eine ungeahnte Sehnsucht nach jemandem, der mich tatsächlich kennt.

»Was kommt als Nächstes?«, frage ich, nachdem ich mich von der blöden Spielkarte befreit habe und zurück in meine Alltagskluft geschlüpft bin. Die Clubuniform ist definitiv nicht meine erste Wahl, aber immer noch besser als diese Verkleidung.

»Abendessen«, sagt Helena. »Dann eine Pause für dich, während ich beim Stück mitmache, dann erneutes Umziehen für den Casino-Abend, vorher noch der Clubtanz an der Bar.«

Ich verziehe das Gesicht. Gott, dieser Clubtanz.

»Willst du wieder als Spielkarte gehen oder hättest du für heute Abend lieber ein anderes Outfit?«

Ich stöhne auf. »Sag mir nicht …«, doch im selben Moment ist Helena in Gelächter ausgebrochen.

»Keine Sorge.« Sie zupft an einer meiner Haarsträhnen. »Wir lassen uns was Schönes für dich einfallen.«

»Ich kann es kaum erwarten.«

Eine weitere Stunde und einen Teller Spaghetti Verdure später sitze ich zwischen mindestens einhundertfünfzig anderen Gästen im abgedunkelten Theater und sehe mir die *Abba*-Revue an, die an diesem Abend gespielt wird. Es ist ein Phänomen, dieses Theater. Als ich das erste Mal davon gehört habe, dass in diesem Club jeden Abend ein anderes Stück aufgeführt wird, dachte ich, das kann niemals funktionieren. Wer, bitte, interessiert sich dafür, im Sommerurlaub in einer stickigen Miniaturarena einer Laientruppe zuzusehen, die noch dazu zu hundert Prozent aus Mitarbeitern besteht? Nun, inzwischen weiß ich es besser. Die Ränge des kleinen Amphitheaters sind an jedem Abend bis auf den letzten Platz gefüllt, das Dargebotene kommt hervorragend an, doch was mich am meisten überrascht hat, ist die Qualität der Produktionen. Die *Abba*-Revue ist zwar erst das zweite Stück, das ich sehe, doch sie ist erstaunlich. Was einer sehr erfahrenen Choreografin aus Frankreich zu verdanken sei, erklärte mir Helena. Das, und dem Umstand, dass die allermeisten Teammitglieder vom gleichen Glückstrank gesüffelt zu haben scheinen wie meine Zimmergenossin. Allüberall herrscht Freude, gute Laune, Enthusiasmus. Als würden sie uns das Zeug ins Wasser mischen.

Irgendwie sind alle gut, doch Helena sticht besonders hervor, was mich in keinster Weise wundert. Und natürlich ist sie diejenige, die bei »The Winner Takes It All« auf das Ballerina-Podest gehoben wird, elegant, souverän, majestätisch. Sie ist unsagbar schön. Extrem talentiert. Und wirklich wahnsinnig nett. Und dann gleitet dunkelblaues Scheinwerferlicht über die strahlend weiße Helena, und mein Herz beginnt zu rasen. *Das gleiche Scheinwerferlicht, von dem du dich heute Nachmittag gestreichelt gefühlt hast,* flüstert eine Stimme in mir.

Gott, Penny, du bist nicht nur verrückt, du bist außerdem eine Heuchlerin. Und auf einer Skala von eins bis schizophren extrem gut dabei.

Ich widerstehe dem Drang, mich umzudrehen und einen Blick auf den Glaskubus zu werfen, in dem ich Milo vermute. Stattdessen ziehe ich mein Handy hervor und öffne den Chat mit Nathalie. Ganze zwei Nachrichten habe ich in den vergangenen sechs Tagen an sie abgesetzt, »Es geht mir gut, wenig Zeit« und »Bin todmüde, melde mich später«. Nathalies Antwort ist von gestern Vormittag. Ich werfe einen Blick auf die Bühne, wo mindestens zwanzig Jungs und Mädchen durcheinanderwirbeln, »Waterloo« dröhnt aus den Boxen um mich herum, es ist laut, bunt, niemand wird mich vermissen.

Mit dem Smartphone in der Hand balanciere ich durch die Reihe, renne, immer zwei Stufen auf einmal, nach oben, taste nach der Öffnung in dem schweren, dunklen Vorhang, finde den Ausgang und schleiche mich hinaus, um mich mit der einzigen Person im Umkreis von knapp 4000 Kilometern auszutauschen, die mehr von mir weiß als meinen Namen.

13
PENNY

What's up?

PENNY: Ich hab grad ne Minute. Hast du Zeit?

NATHALIE: Nur, weil du gerade eine Minute hast,
heißt das noch lange nicht, dass ich alles
stehen und liegen lasse.

NATHALIE: Ok. Ich tu's. Was treibst du? Wo bist du gerade?

PENNY: Bei den Pools.

NATHALIE: Shit, ich beneide dich. ICH BIN NEIDISCH!

PENNY: Du musstest ja unbedingt Skifahren gehen …

NATHALIE: Ich lass es jetzt sein mit dem Sport.
Zumindest mit dem vertikalen …

PENNY: 😳 Keine Details bitte.
Oder vielleicht doch. Später.

PENNY: Milo ist hier.

NATHALIE: Welcher Milo?

PENNY: Wie viele Milos kennst du?

NATHALIE: Noch mal Shit.

NATHALIE: Milo.

NATHALIE: Hat er dich erkannt?
Hast du mit ihm geredet?

PENNY: Ja, er hat mich erkannt. Und ja, ich habe mit ihm geredet, wir arbeiten schließlich im selben Club. Seine Freundin ist meine sogenannte Patin. Du erinnerst dich? So eine Art Aufseherin, die dich die ersten zwei Wochen übers Clubgelände schleift und dir sagt, was du zu tun hast? Wir teilen uns ein Zimmer.

PENNY: Weil du nicht hier bist, wie ich hinzufügen möchte.

NATHALIE: Wow.

NATHALIE: Warte, ich bin kurz sprachlos.
Schick mir ein Foto von den Pools.

PENNY: Pool with a view.

NATHALIE: Es ist furchtbar.
Es sieht genauso aus wie auf der Homepage.
Pool mit Meerblick.

NATHALIE: ICH HASSE DICH!

NATHALIE: Nein, nicht wirklich, ich vermisse dich schrecklich.

NATHALIE: Milo hat eine Freundin.

NATHALIE: Weiß sie, was er für einer ist?

PENNY: Ich habe keine Ahnung, was sie über Milo weiß. Und es geht mich auch nichts an. Oder?

NATHALIE: Weiß nicht. Vielleicht haben die Leute
da im Club keine Ahnung, dass sie es mit
einem Kriminellen zu tun haben, und
vielleicht sollten sie es wissen? Vielleicht
sollte SIE wissen, mit wem sie ins Bett steigt?

PENNY: Wir wissen nicht mit Sicherheit,
dass Milo kriminell ist.

NATHALIE: Wir wissen, dass er Autos knackt und
dann von der Bildfläche verschwindet.

PENNY: Hast du ihn dabei gesehen?

NATHALIE: Komm schon, Penny.

PENNY: Na und? Vielleicht hat er
seine Strafe verbüßt, vielleicht macht er hier
einen Neuanfang. Vielleicht hat er Helena
auch alles von sich aus erzählt.

NATHALIE: Seine Freundin heißt Helena?

PENNY: Er kommt mir nicht sonderlich
verbrecherisch vor.

NATHALIE: ☺

NATHALIE: Du bist süß. Wie kommt einem
jemand verbrecherisch vor?

PENNY: Okay. Lass uns von was anderem reden.

NATHALIE: Sieht er immer noch so gut aus
wie damals in der Schule?

PENNY: Er trägt jetzt Brille. Und hat die Haare länger.

NATHALIE: Uuuuuuh. Schick mir ein Foto.

PENNY: Spinnst du? Ich hab
kein Foto von ihm.

NATHALIE: Dann mach eins.

PENNY: 😳 😳 😳 Vergiss es.

NATHALIE: Du weißt, dass du es willst.

PENNY: Ich weiß, dass ich das
ganz sicher nicht will.

NATHALIE: Dann findest du ihn auch nicht mehr scharf?

PENNY: NAT!!!

NATHALIE: Wir alle wissen, dass du scharf auf ihn warst,
spätestens seit Schrank-Gate.

PENNY: Wer ist wir alle?

NATHALIE: Ich. Also. Was wirst du unternehmen?

PENNY: Was soll ich unternehmen?
Wir sind beide hier gestrandet. Punkt.

NATHALIE: Hoffentlich fühlt er sich nicht bedroht.
Ich meine, wenn du als Einzige weißt,
wer er wirklich ist? 😳

NATHALIE: Vielleicht will er dich mundtot machen.
Mit seiner Zunge. In deinem Hals 😜

PENNY: Du bist unmöglich. Und ich muss los.

NATHALIE: Schick mir ein Foto.

95

14

MILO

Wer durchschaut hier wen?

Es gibt Menschen, die sind perfekt für einen Job wie diesen: offen, aufgeschlossen, positiv, begeisterungsfähig, kontaktfreudig, you name my worst nightmares, you got it. Wie Helena beispielsweise. Ich finde Helena mega, sonst wäre ich kaum mit ihr zusammen, doch es ist schwer zu leugnen, dass wir unterschiedlicher nicht sein könnten. Feuer und Wasser, Erde und Luft, Essig und Öl. Kann sein, ich hab mich angepasst in den letzten Monaten, zumindest habe ich es versucht – das mit dem Lächeln und der guten Laune und … Schon während ich das denke, verschlechtert sich besagte Laune wieder. Was hab ich mir da vorgemacht? Fake it until you make it? Ich muss nur einen Blick auf Penny werfen, um mir klarzumachen, dass in dem Spruch weniger Wahrheit steckt als in einer Packung Fruchtzwerge Vitamine.

Sie sieht großartig aus, obwohl sie sich wahnsinnig unwohl fühlt, man merkt es ihr an. Ich würde darüber lachen, wenn sie nicht den Eindruck erwecken würde, als stünde sie kurz davor, hingerichtet zu werden. Ich wünschte, ich hätte keinen so guten Blick auf sie. Doch von meiner Position an der Bar aus kann ich kaum woanders hinsehen, also beobachte ich Penny schon den halben Abend lang, wie sie da hinter dem Blackjack-Tresen steht, Karten verteilt, verzerrte

Miene zu einem harmlosen, wenngleich aufreibenden Spiel macht.

Casino-Abende sind überwiegend Glitter und Glamour, und das Personal ist dazu aufgefordert, seinen Teil des Vertrags zu erfüllen. Weshalb Helena Penny in einen schwarzen Anzug gesteckt hat, mit weißer, glänzender Bluse und hohen, offenen Schuhen. Die Art, wie sie auf diesen Schuhen läuft und wie oft sie an der Bluse herumzupft, müsste eigentlich jedem klarmachen, dass das nicht das Outfit *ihrer* Wahl ist, und trotzdem hat sie eine Handvoll Verehrer um sich, die Penny ansehen, als sei sie das neue Bond-Girl. Wie ich schon sagte, sie sieht großartig aus. Mit ihrer schwarzen, halblangen Ponyfrisur und dem seltsamen Blümchenkranz, der ihre Wimpern sind, wirkt sie wie ein aus der Zeit gefallener Stummfilmstar. Akkurat, unnahbar und genau deshalb umso anziehender. Bei dieser ersten Begegnung am Pool hätte ich sie kaum erkannt, doch jetzt wird mir klar, dass Penny zwar ihr Aussehen verändert hat, ansonsten aber nach wie vor das Mädchen ist von damals: das mit dem verschlossenen Blick und der abweisenden Haltung, das jeden auf mindestens eine Armlänge Abstand hält – es sei denn, sie klettert in einem dunklen Schrank auf deinen Schoß.

Ich drehe mich weg.

Was ich eigentlich damit sagen will, ist, dass Pennys Anblick mich an einer sehr empfindlichen Stelle trifft, nämlich genau da, wo ich einsehen muss, dass es sich mit mir vermutlich genauso verhält wie mit dem Mädchen, das ich von früher kenne. Präziser: Meine Haare sind länger geworden, ich hab mich gegen Kontaktlinsen und für eine Brille entschieden, hab ein dämliches Grinsen aufgesetzt und mich dazu überreden lassen, einen lächerlichen Clubtanz einzustudieren, doch darunter, tief in mir, oder gar nicht mal so tief, bin ich immer noch der, der ich damals schon war.

In der nächsten halben Stunde konzentriere ich mich zur Abwechslung mal auf das, wozu ich eingestellt wurde, nämlich Cocktails zu servieren. Am heutigen Glanztag gibt es drei zur Auswahl: einen Gin Tonic mit Kaktusfrucht und Minze, einen Strawberry-Daiquiri und einen Moscow Mule, für jeden Geschmack etwas. Der Vorteil an so einer All-inclusive-Geschichte ist der, dass man sich nur wenig mit Bonieren und Kassieren aufhalten muss, da vermutlich achtzig Prozent der Getränke inkludiert sind. Der Nachteil ist, dass man normalerweise auch kein Trinkgeld bekommt. Normalerweise. Denn es gibt tatsächlich Gäste, die einem den ein oder anderen Schein zustecken. Nur sind das dann meist die, die man am liebsten großräumig umgehen würde.

Der Solana Sunshine Club ist ein Familienclub und zum überwiegenden Teil machen hier Familien Urlaub. Was nicht heißt, dass es nicht trotzdem Freundinnen gibt, die gemeinsam verreisen, oder Paare – *oder* Paare, die besser keines mehr wären. Letztere sind die, von denen man gern mit kleinen Aufmerksamkeiten bedacht wird. Je später der Abend, desto großzügiger die Gesten.

Ich erzähle das deshalb, weil Penny eben erwähnte Aufmerksamkeit zuteilwird, und wie es scheint, ein Stück zu viel davon. Der Mann ist um die vierzig, schätze ich, und er hockt seit mindestens zwei Stunden an Pennys Kartentisch, alle Aufmerksamkeit auf sie gerichtet, wenn er nicht gerade Cocktail um Cocktail von einem der Tabletts pflückt, mit denen Helena und ein paar andere sogenannte Nummerngirls zwischen den eleganten Hoch- und Spieltischen balancieren, die auf der Außenterrasse verteilt stehen. Penny scheint von der Zugewandtheit des Typen nicht sonderlich begeistert. Je lauter, forscher und ungelenker er mit ihr flirtet, desto mehr versteinert ihr Gesichtsausdruck und umso mechanischer werden ihre Bewegungen. Ich habe nicht den Eindruck, dass es ihr gelingt, das dämliche Verhalten des Typen so leichtfertig wegzustecken, wie Helena das tun würde – mit freundlicher, sehr bestimmter Ablehnung. Gerade eben sieht Penny ungefähr so freundlich aus wie ein Rauch schnaubender Drache. Und als der Mann jetzt nach der Hand des Drachen greift statt nach den Karten, drängle ich mich kurz entschlossen an Xavier vorbei, raune ihm zwei Sätze zu und bin schon an Pennys Tisch, wo ich sie zur Seite ziehe.

»Du wirst hinter der Bar gebraucht.«

»Was?«

»Xavier braucht deine Hilfe.« Ich nicke in Xaviers Richtung, der Penny seinerseits bedeutet, zu ihm hinter den Tresen zu kommen.

Sie sieht von mir zu ihm und wieder zurück.

»Ich übernehme deinen Tisch, okay?«, erkläre ich, bevor ich sie in Richtung Bar schiebe.

Für eine Sekunde sieht sie mir in die Augen, eine Mischung aus Verwunderung, Erleichterung und Verwirrung im Blick. Schließlich nickt sie, dreht sich um und schwankt auf ihren High Heels davon.

Die Blackjack-Spieler sind nicht sonderlich begeistert von ihrem neuen Host, und ich bin nicht sonderlich begeistert von Mr Touchy. Auf der anderen Seite bin ich spektakulär gut darin, den fröhlichen Animateur zu geben.

Ich spüre Pennys Blicke auf mir. Ich weiß, dass sie mich durchschaut, während ich so tue, als sei nie etwas gewesen.

15

PENNY

Verpasste Chancen

Ich kann meine Füße nicht mehr spüren. Vor zehn Minuten bin ich endlich diese Folterlatschen losgeworden, die Helena mir aufgezwungen hat – Stilettos, Mega-Absatz, zwei Nummern zu groß und folglich mit Papier ausgestopft, das reichlich Abdrücke auf meinen Zehen hinterlassen hat –, und dennoch ist das Gefühl in ebendiesen Zehen bisher ausgeblieben. Noch nie war ich glücklicher über die weißen Shorts, das blöde, zu helle Top und die Sneaker, und trotzdem hat sich meine Stimmung bislang nicht aufgehellt. Der Abend war unglaublich anstrengend, freundlich formuliert. Und als dieser betrunkene Idiot dann auch noch damit anfing, mich zu betatschen …

Ich gebe einen genervten Laut von mir, und Helena, bis eben mit ihrem Smartphone beschäftigt, sieht auf. »Sorry«, sagt sie. »Ich wollte nicht unhöflich sein.«

»Nein, schon okay. Hatte nichts mit dir zu tun.« Ich lächle gequält. Im Gegensatz zu ihr möchte ich eigentlich nicht höflich sein, doch Helena macht es einem wirklich schwer, sich nicht zumindest ein bisschen Mühe zu geben. Ich frage mich, was einen Menschen wie sie aus der Ruhe bringen kann? Nichts, nehme ich an. Vermutlich nicht einmal die Tatsache, dass ihr Freund eine fragwürdige Vergangenheit hat. Wahrscheinlich hat er es ihr sogar erzählt. Und Helena, Buddhas Tochter, hat die Nachricht mit einem dreifachen Oooommm aufgenommen und unter *Du Ärmster, jetzt wird alles gut* verbucht.

»Weshalb übernahm Milo deinen Tisch? Kamst du nicht gut klar beim Blackjack?«

Von der Seite werfe ich ihr einen Blick zu. Es liegt Besorgnis in ihrem und keinerlei Eifersucht, und … wieso auch, Penny? Ich bin mir ziemlich sicher, es hatte nichts mit meiner Person zu tun, dass Milo glaubte, den Retter spielen zu müssen. Er hätte das für jede andere auch getan.

Ich erzähle Helena von dem Grapscher, während wir unseren Weg ins Zimmer fortsetzen. Inzwischen ist es weit nach elf, Milo, Xavier und eine Handvoll anderer Jungs sind dabei, die Casino-Kulisse wieder abzubauen, doch der Rest wurde weggeschickt. Was wirklich ein Segen ist. Meine wunden Füße schaffen kaum mehr den kleinen Anstieg zu unserem Gebäudekomplex, mein Rücken schmerzt ebenfalls. Ich bin müde, aus unerklärlichen Gründen hungrig und extrem mies gelaunt.

»So ein Widerling«, kommentiert Helena, als ich geendet habe. »Natürlich flirten wir auch mal in unserem Job, wenn die Stimmung passt und es harmlos ist. Aber anfassen, das geht entschieden zu weit.« Sie wirft mir einen mitfühlenden Blick zu. »Wie fantastisch, dass Milo das gleich erkannte und dir zu Hilfe eilte.«

Meine Antwort kommt leicht verzögert, aber ich bringe sie heraus. »Ja.«

Wir sind bei unserem Zimmer angekommen, Helena schließt die Tür auf und beinahe stöhne ich vor Erleichterung. Kühle, klimatisierte Luft empfängt uns und Ruhe, und

ich kann es kaum erwarten, unter die Dusche und anschließend ins Bett zu springen. Vielleicht liege ich schon mal
Probe, nur ein paar Minuten lang.

»Nein, nein, keine Chance.«

Bevor ich auch nur meinen Hintern in Richtung Matratze
bewegt habe, hat Helena meinen Arm gepackt und zieht
mich in eine aufrechte Position. »Heute kommst du mit.«

»Was? Wohin?«

»An den Strand. In einer halben Stunde treffen wir uns mit
den anderen. Mach dich ein bisschen frisch, zieh dir was
Hübsches an, wenn du willst, und dann ...«

»Nein, nein, nein.« Ich schüttle den Kopf, mache gleichzeitig ein paar Schritte von Helena weg und verschränke in un-
missverständlicher Deutlichkeit die Arme vor der Brust. »Ich
bin durch. Fertig. Kaputt. Müde.«

»Bitte.« Helena neigt den Kopf, Hundeblick in Perfektion.
»Nur dieses eine Mal. Mir zuliebe.«

»Nein, ich ...«

»Es gehört zu meinen Pflichten als deine Patin, dich darauf hinzuweisen, dass du dich nicht von vornherein von
den anderen abgrenzen solltest. Wir sind eine große, glückli-
che Clubfamilie, erinnerst du dich? Du solltest dazugehören
und nicht jeden Abend mutterseelenallein in deinem Zimmerchen hocken.«

Zimmerchen. »Ich bin nicht Aschenputtel.«

»Dann benimm dich nicht wie eines.«

»Dann benimm du dich nicht wie meine böse Stiefschwester.«

»Im Gegenteil, ich bin die gute.«

»Hör zu, ich bin kaum eine Woche hier und nicht dran gewöhnt, achtzehn Stunden am Tag zu rackern. Ich brauche ...«

»Du brauchst Ablenkung, ganz genau. Und so viel Spaß, dass dir die Arbeit nicht mehr wie Arbeit vorkommt. Und wer bringt dir Spaß? Die große, lustige Clubfamilie.« Sie stimmt den Song zum Clubtanz an, dann beginnt sie zu tanzen, so übertrieben, dass ich mir auf die Lippen beißen muss, um nicht loszulachen. Ich habe nicht Ja gesagt, aber offenbar hat Helena meinen Gesichtsausdruck richtig gedeutet, denn sie grinst, während sie sich zu meiner Seite des Schranks vortanzt, die Tür aufreißt und damit beginnt, meine Kleidung zu durchwühlen.

»Was machst du denn da?«

»Wir suchen dir etwas Hübsches zum Anziehen!«

»Das ist nicht nötig, ich bleib so, wie ich bin. Und das auch nur eine halbe Stunde, länger nicht. Ich kann mir nicht die Nacht um die Ohren schlagen, wenn ich morgen schon um acht wieder Omeletts in die Luft schleudern soll.«

»Wie alt bist du? Vierzig?«

»Gefühlte fünfundsiebzig.«

»Zieh dir wenigstens irgendwas Schwarzes an, in dem du dich wohlfühlst«, sagt Helena, bevor sie im Bad verschwindet, nur um eine Sekunde später den Kopf wieder aus der Tür zu stecken. »Ich glaube, dort unten ist jemand, der dich interessieren könnte.«

»Was?« Ich habe keinen Schimmer, wen sie meinen könnte, und noch weniger, warum mir Milos Bild als Erstes in den Sinn kommt. Ein Glück, dass *seine Freundin* nicht in meinen Kopf gucken kann.

»Phillip.«

»Phillip?« Ich blinzle überrascht.

Helena grinst. »Du musst nicht so tun, als gefiele er dir nicht. Ich sah deinen Blick, heute Abend im Restaurant.«

»Oh. Nein. Wirklich.« Ich stöhne. »Ich hab dir gesagt, wir saßen nur zufällig in diesem Bus zusammen.«

»Mag sein. Aber ich zog Erkundigungen ein: Er ist solo. Und nett. Und du weißt nie, was sich aus etwas entwickelt, auch wenn man es im ersten Augenblick gar nicht auf dem Radar hat.« Sie lehnt sich in den Rahmen. »Sieh Milo und mich an – als ich ihn kennenlernte, hielt ich nie für möglich, dass sich ausgerechnet mit ihm mehr ergeben würde.«

Ich öffne den Mund und beinahe wäre mir etwas rausgerutscht, etwas in die Richtung: *Oh, du weißt es also? Was Milo früher so getrieben hat? Er hat es dir erzählt?* Doch letztlich verlässt nur ein harmloses »Tatsächlich?« meine Lippen.

Helena strahlt. »*Tatsächlich*. Milo war so in sich gekehrt, als er hier anfing, du würdest es nie glauben, wenn du ihn jetzt siehst. Er war in sich gekehrt, es grenzte an Abweisung. Ähnlich wie du, ein bisschen ausgeprägter noch.«

»Ich bin nicht …«, beginne ich, doch Helena lacht nur.

»Jedenfalls kam niemand an Milo heran, selbst sein Pate – Gilbert, er ist inzwischen nicht mehr hier – warf irgendwann das Handtuch und versuchte es nicht einmal mehr.« Sie zuckt mit den Schultern. »Dabei hätte er nur ein klein wenig mehr Geduld aufbringen müssen. Milo braucht länger als andere, um sich zu öffnen. Doch wenn er es tut …«

Und nun hat ihr Lächeln einen träumerischen Ausdruck angenommen, und ich kann mein Herz nicht daran hindern, schneller zu schlagen, und nicht mein Hirn, mir die Erinnerung an Milos Lippen ins Gedächtnis zu rufen, an seine Hände, seine Stimme, seine …

Ich räuspere mich. Das Geräusch scheint auch Helena ins Hier und Jetzt zurückzurufen. »Es wird Zeit«, sagt sie und verschwindet im Bad.

»Ähm … Helena?«

»Ja?«

Mist. Ich schätze, da war sie, die Chance herauszufinden, was Helena wirklich über Milo weiß, und ihr womöglich den ein oder anderen Hinweis zu geben, aber aus irgendeinem Grund bringe ich es nicht über mich.

»Was?« Sie strahlt. Sie ist verrückt nach ihm. Ich dachte, es würde mir leichterfallen, eine Entscheidung zu treffen, ob ich mich einmische oder nicht, wenn wir uns erst näher kennen, doch das Gegenteil ist der Fall. Die Tatsache, dass ich anfange, sie zu mögen, macht alles nur noch komplizierter.

»Kann ich ans Waschbecken, während du duschst?«

»Natürlich, Dummchen!«

Ich stöhne innerlich. *Well done, Penny, ehrlich – well done.*

16
MILO

Party am Strand

Seit mindestens zehn Minuten stehe ich unter der Dusche, bemühe mich, den Tag von mir zu waschen, doch es gelingt mir nicht. Mein Nacken ist steif und er bleibt es, dem halbherzigen Wasserstrahl sei Dank. Oder aber den Telefonaten mit meinen Eltern, ganz zu schweigen von dem Arschloch, das Penny betatscht hat. Ich hebe mein Gesicht dem Duschkopf entgegen. Lasse das Wasser über Nase und Mund perlen, konzentriere mich auf das Rauschen, übe einen Moment der Achtsamkeit, wie meine Mutter ihn ständig gepredigt hat; früher, *davor*, vor Jannis' Tod, als sie sich noch mit Meditation und sonstigem Dankbarkeitskram aufhielt.

Meine Mutter ist nicht mehr dankbar, denn sie ist nicht mehr dieselbe, seit ihr ältester Sohn starb, und einen Grund dafür, dankbar zu sein, sieht sie nicht länger. Mein Vater auch nicht. Und wie jedes Mal, wenn mich die Erkenntnis einholt, spüre ich, wie sich die Schuld tiefer in mein Innerstes gräbt. Sie würden es nie offen sagen, es niemals zugeben, dass sie genauso denken wie ich. Dass ich etwas hätte tun müssen, um es zu verhindern. Dass ich Jannis stattdessen immer tiefer in die Scheiße geritten habe, immer weiter.

Ich bin so sehr in meine düsteren Gedanken vertieft (auch hier nichts Neues, um ehrlich zu sein), dass ich vor Schreck beinah das Gleichgewicht verliere, als Severin auf einmal vor mir steht, beide Handflächen gegen das Glas der Dusche gepresst, dieser gottverdammte Freak.

»Himmel noch mal, bist du jetzt völlig durchgeknallt? Was soll der Mist?«

»Hast du das Klopfen nicht gehört?«

»Ich stehe unter der Dusche, falls dir das entgangen sein sollte.« Ich drehe das Wasser ab, öffne die Tür, an die dieser Creep seine Nase drückt, und greife nach meinem Handtuch.

»Helena ist da.«

Ich antworte nicht. Wickele mir das Handtuch um die Taille und lasse ihn stehen. »Ich dachte nicht, dass ...« *Wir uns heute noch sehen*, hätte der Satz weitergehen sollen, doch als mir aufgeht, dass Helena nicht allein gekommen ist, bleibe ich überrascht stehen. Penny hat die Augen auf das Handtuch um meine Körpermitte gerichtet, sie sieht kurz auf, dann weg, doch diesmal wird sie ganz eindeutig rot, kein Zweifel hier.

Helena macht einen Schritt auf mich zu und schlingt beide Arme um meinen Nacken. »Wir sind auf dem Weg zum Strand.« Sie küsst mich. »Kommst du? Badehose genügt.« Der Blick, mit dem sie mich bedenkt, ist unschuldig und sexy und typisch Helena, und ich frage mich, ob sie damit beweisen will, dass es ihr egal ist, dass Penny die Szene beobachtet, oder ob genau das Gegenteil der Fall ist. Dass sie es exakt deshalb macht.

»Ich bin hundemüde«, sage ich, mache aber keine Anstalten, mich Helenas Umarmung zu entziehen, nur für den Fall, dass Theorie Nummer zwei der Wahrheit entspricht. Ich habe keinen Grund zu vermitteln, dass es mich stört, wenn sie vor Penny Besitzansprüche anmeldet, überhaupt keinen.

»Umso nötiger wirst du einen Drink haben. Komm schon.«
Noch ein Kuss, länger diesmal. Als sie sich von mir löst, ist
Penny mit dem Inspizieren ihrer Nägel beschäftigt.

»Penny ist auch müde. Sie hat sich trotzdem überreden lassen, mit zum Strand zu kommen.«

»Eine halbe Stunde, maximal. Und davon sind bereits fünf
Minuten um.« Sie könnte nicht gleichgültiger klingen, Seve-
rins Stimme dagegen überschlägt sich beinah, als er sich auf
den Boden wirft, um seine Sneaker unterm Bett hervorzu-
kramen, und ruft: »Bin dabei.« Er hat seinen Blick auf Penny
gerichtet, während er seine Schuhe anzieht, und er lässt sie
nicht aus den Augen, als er sie zuschnürt.

»Komm schon, Milo.« Helenas Hände sind zu meiner Taille
gewandert und umschließen den Rand des Frottees. »Nur einen Drink.«

Ich lasse mir nicht anmerken, was ich von dem Vorschlag
halte (weil sie nach all den Wochen immer noch unberück-
sichtigt lässt, dass ich nicht trinke), stattdessen lege ich meine
Hände auf ihre und schiebe sie ein Stück von mir weg.

»Geht schon mal vor. Ich bin gleich unten.«

Sie grinst, die Unterlippe zwischen die Zähne gezogen. Ich
sehe ihr nach und nicht Penny, als die beiden das Zimmer
verlassen, einen erstaunlich motivierten Severin im Schlepptau.

Der Club liegt so weit über dem Meer, es braucht einhun-
dertdreiundsiebzig Stufen, die sich steil den Felsen hinunter-
schlängeln, um den Strand zu erreichen. Der wunderbar ist,
breit und weiß und weit und den unausweichlich folgenden
Aufstieg in jedem Fall wert. Der Mond steht hoch am Himmel und er leuchtet hell in dieser Nacht. Ich jogge die Treppe

hinunter, die Beschaffenheit der Stufen hat sich mir ins Gedächtnis gebrannt, sie gehören zu meiner Laufstrecke. Ich jogge und ich versuche, mich auf mich zu konzentrieren, auf meine Atmung, und nicht auf die Partygeräusche, die schon von Weitem zu mir heraufschallen. Es wird nicht jede Nacht gefeiert, aber auch nicht selten, und mal ist die Gruppe größer und ausgelassener als an anderen Tagen, so wie heute. Ich spüre, wie sich meine Muskeln anspannen, je mehr ich mich den Kollegen nähere. Ich bin kein Freund von diesen Zusammenkünften. Das Gegröle, Gelächter, das Klirren aneinanderstoßender Flaschen, es erinnert mich zu sehr an Jannis und seine Kumpel und daran, wie eines ihrer Treffen endete.

In der Feuerstelle lodern Flammen. Jemand hat Musik mitgebracht, Hip-Hop dröhnt mir entgegen. Ich rieche Gras und schlage einen Bogen um Toni und seine Clique. Eine Handvoll Leute ist ins Wasser gegangen, auch hier ist das Gejohle groß, zwei Gruppen versuchen, sich gegenseitig zu versenken, wie es aussieht. Es ist Ende April und das Wasser nicht sonderlich warm, aber Alkohol ist bekanntlich ein ziemlich guter Blender, genauso wie das Adrenalin, das uns alle, die wir hier im Solana von sehr früh bis sehr spät auf Hochtouren laufen, am Leben hält.

Es kann anstrengend sein, den ganzen Tag die Gute-Laune-Maske aufzuhaben, und befreiend, sie abends abzuwerfen. Niemand weiß das besser als ich.

Es sei denn …

Penny kommt mir in den Sinn. Von all den Leuten, die ich in den vergangenen Monaten hier kennengelernt habe, ist sie diejenige, die sich am wenigsten gut einfügt, genauso wenig gut wie ich.

Und da sitzt sie, allein, ein paar Meter entfernt von den anderen, in eine schwarze Wolljacke gehüllt, als wollte sie darin verschwinden.

Ich zögere, sicher eine volle Minute lang. Ich war kaum allein mit Penny, seit sie hier ist, zumindest nicht so, dass man sich hätte unterhalten müssen, und ich bin nicht wirklich bereit, in diesem Moment damit anzufangen. Aber ich kann Helena nirgendwo entdecken, Severin ebenso wenig, also … Und nun hat sie mich gesehen, und sich jetzt nicht zu ihr zu setzen, wäre einfach nur dämlich.

»Hi.« Ich lasse mich in gesundem Abstand neben ihr in den Sand fallen. »Wo sind die anderen?«

Sie versteift sich. Ich kann quasi hören, wie sich die Muskeln unter ihrer Haut anspannen, wie der Atem in ihren Lungen stockt, wie sie gefriert. Mit der Flasche in der Hand deutet sie nach vorn, aufs Meer, und ich folge ihrem Blick zu der Gruppe Abgehärteter, die sich kreischend in die Wogen wirft.

»Muss kalt sein«, stelle ich intelligenterweise fest.

»Vermutlich nicht mehr, wenn du genug Alkohol intus hast.«

Aus dem Augenwinkel betrachte ich die Flasche in Pennys Hand. Es ist Wasser, halb leer. Ich frage mich, wie viel Helena und Severin in der kurzen Zeit, die ich gebraucht habe, ihnen zum Strand zu folgen, getrunken haben müssen, um die 19 Grad Wassertemperatur als angenehm zu empfinden. Zumal bei diesem Wind. Er weht Helenas Lachen zu uns herüber.

»Milo!«

Sie kreischt. Ich winke ihr halbherzig zu. Mag sein, ich schätze Helenas Aufgeschlossenheit, ihre Ausgelassenheit, aber nicht in der Gruppe und nicht, wenn sie getrunken hat. Sie kam mir vorhin nicht angetrunken vor. Weshalb ich auf

Shots tippe, viele, in kürzester Zeit, denn die ist schließlich das Einzige, wovon es hier auf der Insel wirklich wenig gibt: freie Zeit zum Feiern, zum Ausruhen, für sich. Weshalb schnelle klare Schnäpse sich größter Beliebtheit erfreuen, um die eingeschränkte Partydauer wettzumachen. Wie ich sehe, hat Helena eine Flasche in der Hand, die sicherlich kein Wasser beinhaltet.

Der Wind hier unten ist stärker als oben in der Anlage, wo er durch zahlreiche Gebäude ausgebremst wird, und ich hätte mir einen Pullover mitnehmen sollen, dazu ist es jetzt zu spät. Und ja, mir ist bewusst, dass ich mindestens schon drei Minuten schweigend neben Penny sitze, weil mir nicht einfallen will, wie ich ein belangloses Gespräch mit ihr anfangen soll, und sie sich auf der anderen Seite keinerlei Mühe gibt, mir entgegenzukommen. Ich bin ein ziemlich guter Schweiger. Normalerweise, heißt das. Normalerweise kann ich gut damit leben, nichts zu sagen, zuzuhören oder auch nicht, mich in mich selbst zurückzuziehen. Ich bin es gewohnt, allein zu sein und etwas abseits von anderen zu stehen. Bei Penny allerdings …

Ich denke zurück an unsere Begegnung im Schrank. Ich konnte noch nicht einmal ahnen, dass Penny diejenige war, die da neben mir hockte, und hatte schon das Bedürfnis, irgendetwas von mir zu geben, die Stille zu brechen, egal wie. Als ob es an ihr läge. Als ob da etwas an ihr wäre, das mich dazu zwingt, mehr aus mir herauszugehen, als ich eigentlich möchte. Und ich will gerade den Mund öffnen, um es schon wieder zu tun, da sagt sie:

»Das da eben, mit diesem Typen … Wen wolltest du retten, mich oder ihn?«

Ich werfe ihr einen Blick zu. Es scheint ziemlich eindeutig, dass auch sie das nur gesagt hat, um dieses dämliche Schweigen zu brechen. Als ginge es ihr genauso wie mir.

»Ihn«, sage ich, und Pennys Mundwinkel zucken, bevor sie wieder aufs Meer hinaussieht. »Du hast ziemlich gefährlich ausgesehen, als er nach deiner Hand gegriffen hat.«

»Gefährlich.«

»Wir sind dazu angehalten, mit den Gästen in Kontakt zu treten, nicht, sie zu schlagen.«

»Oh Gott, ich hätte ihn gern geschlagen.«

»Ja. Genauso wirkte es.«

Ich wende den Blick ab, hin zu Severin und Helena, die nach wie vor durchs Wasser torkeln. Die Wahrheit ist, ich selbst wäre in Versuchung gewesen, dem Kerl eine mitzugeben, wenn er Penny noch etwas länger betatscht hätte. Was nichts, absolut gar nichts mit ihrer Person zu tun hat. Bei jeder anderen meiner Kolleginnen wäre es mir ebenso ergangen. Oder? Wäre es das? Bloß, weil es bisher nicht vorgekommen ist, heißt es nicht, dass es nicht wahr ist, stimmt's?

»Ich denke«, sage ich, während ich mich ihr wieder zuwende, »du kannst auf dich selbst aufpassen. Wenn du das möchtest.«

Sie antwortet nicht. So wie es aussieht, habe ich unser erstes Gespräch nach vier Jahren, das aus mehr als ein paar Worten bestehen könnte, im Keim erstickt.

Sie zieht die Wolljacke über ihrer Brust enger zusammen. Der Wind hat zugenommen und der warme Feuerschein erreicht uns nicht, wir sitzen zu weit davon entfernt.

»Sollen wir zu den anderen gehen?«, frage ich. »Ums Lagerfeuer herum ist es sicher wärmer.«

»Nur zu. Wegen mir musst du nicht frieren.«

Ich strecke die Beine vor mir aus und stütze mich mit den

Händen nach hinten ab. Die Luft ist kühl, aber sie hält mich wach, und ich werde den Teufel tun, Penny hier allein sitzen zu lassen.

»Weißt du, dass Fuerteventura übersetzt *starker Wind* bedeutet?«

Ein prüfender Blick von der Seite. »Nein, wusste ich nicht.«

»Es ist eigentlich immer windig hier, aber im Sommer, wenn es richtig heiß wird, ist es, als würde dir ein Föhn ins Gesicht blasen.«

»Klingt vielversprechend.«

Mehr nicht. So einsilbig. Und wieder dieses Gefühl in mir, das Schweigen brechen zu müssen, ohne auch nur den Hauch einer Ahnung zu haben, warum.

»Okay, Penny, erzähl. Was hast du in den vergangenen vier Jahren so getrieben? Was war los bei dir?«

Ihr Kopf schießt herum. Die Überraschung steht ihr ins Gesicht geschrieben.

»Was? Wir hatten noch gar keine Gelegenheit, uns auszutauschen. Wolltest du nicht studieren oder so etwas?«

Sie runzelt die Stirn. »Woher willst du das wissen?«

»Keine Ahnung. Will nicht jeder studieren, der Abi macht?«

»Nein.«

»Okay.«

»Was ist mit dir?«

»Mit mir?« Ich tue so, als müsste ich überlegen, während ich in Wahrheit nur damit beschäftigt bin, den bekannten Stich in meiner Brust zu ignorieren, den Schmerz über das, was hätte sein können, aber leider nicht ist. Schließlich gebe ich Penny Fuchs einen Teil meiner Wahrheit, indem ich sage: »Ich hab die Schule gewechselt. Ein bisschen später Abi gemacht. Bei meinen Eltern mitgeholfen. Jetzt bin ich hier.«

Hinter uns hat die Party ihren Höhepunkt erreicht, das Gelächter zugenommen, das Geräusch aneinanderklirrender Flaschen, das glühende Holz des Feuers knackt und faucht mahnend unter den abgehackten Beats. Pennys Lippen sind einen Spaltbreit geöffnet. Sie starrt mich an mit ihren Sonnenblumenaugen, und ich schwöre, die unausgesprochenen Fragen darin könnten ganze Kapitel füllen, wenn nicht ein komplettes Buch. Ich weiß nicht, woher, aber ich weiß, was sie denkt. Sie hat gehört, dass ich von der Schule geflogen bin und warum. Sie möchte wissen, ob ich der Kriminelle bin, für den sie mich hält. Denkt sie daran, dass sie diesen Kriminellen geküsst hat? Daran, dass es ihr gefallen hat? Oder daran, dass sie es bereut?

»Noch Fragen?«

Penny blinzelt. »Weiß Helena …«, beginnt sie und dann klappt sie den Mund wieder zu.

Ich neige den Kopf. »Weiß Helena … *was*?«

Sie antwortet nicht gleich. Stattdessen sieht sie aufs Meer hinaus, atmet ein und sagt schließlich: »Ich hätte dich nicht für jemanden gehalten, der gern Animateur spielt.«

»Mmmh. Das zumindest nehme ich als Kompliment, okay?«

Mehr Schweigen. Dann: »Wie bist du auf dieser Insel gelandet?«

Ich sehe sie an. Höre ihre Stimme, doch in meinem Kopf spielt sich auf einmal eine andere Unterhaltung ab.

Wie kommt es, dass du in diesem Schrank gelandet bist?

Wie landet man in einem Schrank? Man öffnet die Tür, setzt sich hinein, schließt die Tür wieder.

»Wie landet man auf einer Insel? Man steigt in einen Flieger, fliegt, steigt wieder aus.«

Im Mondlicht wirkt Pennys helle Haut noch blasser als sonst, doch nun kommt es mir so vor, als hätte sie Farbe angenommen. Sie erinnert sich. Genauso gut, wie ich das tue. Mein Blick fällt auf ihre Lippen, ganz kurz nur, dann sehe ich weg.

»Sorry. Das war irgendwie eine Vorlage. Ab jetzt ernste Antworten. Versprochen.«

Sie gibt einen zweifelnden Laut von sich.

Ich sage: »Meine Eltern haben den Kontakt zum Club hergestellt. Sie arbeiten für die Organisation, die sich um die kostenlose Versorgung der Katzen kümmert.«

»Katzen?«

»Sie sind dir noch nicht aufgefallen?«

»Doch. Ein paar.«

»Offiziell gibt es achtundzwanzig auf dem Gelände, aber wenn du mich fragst, haben sich da ein paar von außerhalb eingeschlichen, um sich am reichhaltigen Buffet zu bedienen.«

Penny sieht verwirrt aus. Für eine Sekunde, schätze ich, hat sie vergessen, was sie eigentlich von mir wissen wollte.

»Am Buffet?«

»Nicht am Gästebuffet natürlich. An den Futterstationen. Sie sind überall auf der Anlage verteilt.«

Sie runzelt die Stirn. Und ich bin automatisch enttäuscht von Helena, dass sie es versäumt hat, Penny gegenüber die Katzen auch nur zu erwähnen. Meine Freundin ist Tieren nicht sonderlich zugeneigt. Und ich bin nicht sicher, was ich davon halten soll.

»Bei Gelegenheit«, sage ich.

»Bei Gelegenheit *was*?«

»Zeige ich dir, wie das mit den Katzen funktioniert.«

Wir tauschen Blicke.

Ich würde zu gern wissen, was in ihr vorgeht.

Was in mir vorgeht, wäre auch nicht uninteressant.

Penny sieht als Erste weg. »Ich bin Nathalie zuliebe hergekommen«, sagt sie, bevor sie aus dem Augenwinkel zu mir herüberschielt. »Meine Freundin Nathalie. Erinnerst du dich?«

»Schätze schon. Groß, dunkle Locken, lautes Lachen?«

»Sie hat mich überredet, beim Casting mitzumachen, dann hat sie sich ein paar Tage vor Abflug das Bein gebrochen.«

»Oh. Shit.«

»Du sagst es.«

»Und du bist allein hergeflogen? Obwohl es gar nicht deine Idee war?«

»Sieht ganz so aus, oder?« Ihr Tonfall bewegt sich zwischen Gereiztheit und Resignation.

»Und?«, frage ich. »Bereust du es schon?«

»Ich denke darüber nach.«

»Du denkst darüber nach, es zu bereuen? Oder darüber, dass du es bereits tust?«

Wieder wirft sie mir diesen Blick zu, er schwankt zwischen Überraschung und dem Widerwillen, dass ich es überhaupt fertigbringe, sie zu erstaunen.

Gut.

Ganz allmählich lerne ich etwas über Penny Fuchs. Was eventuell ganz allmählich auch Zeit wird. Ich meine, mit diesem Mädchen habe ich den coolsten Kuss meines bisherigen Lebens geteilt, und ich weiß nichts über sie, rein gar nichts, außer, dass ihre beste Freundin Nathalie heißt. Darüber hinaus? Keinen blassen Schimmer. Mag sie Musik? Bücher? Wenn ja, welche? Sport? Welchen? Hat sie Geschwister? Einen Freund? Wieso studiert sie nicht, hat sie abgebrochen, was hat sie vor? Ist sie eine, die alles ausdiskutiert, oder eher in sich gekehrt? Augenblick, das weiß ich. Zumindest von der Ferne hat Penny nie den Eindruck auf mich gemacht, sonderlich gesprächig zu sein. Eher eine, die beobachtet. Scharf und, ja, analytisch vielleicht, aber eher zurückhaltend. Keine Zicke. Definitiv nicht. Trotz der unterkühlten Blicke, die sie durchaus verteilen kann. Sie haben weniger Wirkung erzielt, als Penny noch das blasse, rothaarige Mädchen mit den langen Locken war. Ich frage mich, wo das geblieben ist. Warum sie es abgestreift hat wie einen Handschuh.

»Wieso hast du dir die Haare gefärbt?«

Sie blinzelt überrascht. »Aus dem gleichen Grund, weshalb du eine Brille trägst?«

»Weil du schlecht siehst?«

»Ha!«

»Aus welchem Grund sollte ich sonst eine Brille tragen, Penny?«

»Keine Ahnung?« Der Sand zwischen ihren Händen scheint mächtig interessant zu sein. »Um ein anderer zu sein als der, der du in München warst?«

»Aaah.« Ich nicke. »Natürlich, klar.«

Und nun kommt die schlimmste Erkenntnis dieses schon viel zu lang andauernden Tages: Ich weiß so gut wie nichts über Penny, doch sie weiß viel zu viel über mich. Oder sie glaubt, es zu wissen. Was im Zweifel keinen großen Unterschied machen wird. Habe ich recht?

17

PENNY

Geschüttelt, nicht gerührt

Milo sitzt viel zu dicht neben mir.

Er sitzt da, schwarzes T-Shirt, dunkelblaue Jeans, die zu langen Haare zerzaust vom Wind.

Haare, länger als meine.

Haltung, verschlossener als ich, und das, obwohl er sich alle Mühe gibt, gesprächig zu wirken.

Aber dieses Gespräch, es macht mich fertig.

Milo hat eine Art ... so eine Art, über jede Antwort nachzudenken, bevor er sie gibt; in die Stille zu denken, als wäre er allein auf der Welt und hätte alle Zeit dafür.

Und er macht mich nervös.

So, wie er es immer schon getan hat, nur liegen jetzt nicht mehr zehn Meter Pausenhof zwischen uns, sondern zehn Zentimeter Sand.

Ich traue mich nicht, ihn zu fragen, ob Helena weiß, wer er in seiner Vergangenheit war, denn die Wahrheit ist und bleibt: Ich weiß es selbst nicht. Alles, was ich über Milo weiß, sind unbestätigte Gerüchte und die Ahnung, dass sie stimmen könnten. Und jetzt bin ich froh, dass ich Helena gegenüber noch keinerlei Andeutungen gemacht habe. Das ist nicht meine Baustelle. Ich bin nicht hier, um irgendwen daran zu erinnern, was früher einmal war.

»Gut«, beginne ich, nachdem sich das Schweigen zwischen uns schon viel zu lange hinzieht. »Ich werde dann mal …«

»Milo!«

»Ach du … Hilfe, Helena!« Ich rutsche ein Stück zur Seite, nachdem Helena sich quasi auf uns geworfen hat, sie ist klatschnass, ihre Haut schimmert bläulich im Mondlicht, sie zittert und gackert zugleich. »Brrr, kalt«, ist das, was sie über die bebenden Lippen bringt, während sie ungelenk auf Milos Schoß klettert und ihn mit lauten, ungezielten Küssen bedeckt.

Ich sehe zur Seite. Dann auf meine Hände. Ich bin dabei, einen Schluck Wasser zu nehmen, als Milo mit einem Mal »Vorsicht!« ruft, mir einen Schubs versetzt und Helena sich im nächsten Augenblick in den Sand übergibt, eine Haaresbreite von meiner Schulter entfernt.

Und dann lacht sie schon wieder.

»Shit.«

Milo schiebt seine Freundin ein Stück von mir weg und hebt gleichzeitig ihren Oberkörper an, bevor er sich neben sie kniet und damit beginnt, ihr Haare aus dem Gesicht zu streifen. Er hält sie, während Helena lacht und röchelt und mehr klare Flüssigkeit nach oben würgt. »Scheißwodka«, höre ich sie nuscheln, bevor sie weitere, weniger elegante Töne von sich gibt.

Milo sieht zu mir. »Brauchst du dein Wasser noch?«

Ich blinzle auf die leere Flasche in meiner Hand, dann wieder ihn an. Was passiert hier gerade?

»Penny?«

»Scheiße. Moment.« Ich springe auf und laufe zu der Gruppe Jungs, die einen Kreis ums Lagerfeuer gebildet haben. Ich kenne keinen einzigen von ihnen – so viel zum Thema, Phillip sei hier –, doch auf meine Frage nach einer Flasche Wasser strecken sich mir gleich vier entgegen. Ich nehme eine und laufe zurück. Milos Mitbewohner hat sich inzwischen neben ihn in den Sand fallen lassen, weniger blau als grün im Gesicht, während Milo selbst Helena noch ein Stück weiter aufgerichtet hat; sie liegt halb auf seinem Schoß, halb sitzt sie, lacht nicht mehr und atmet dafür schwer.

Wortlos nimmt er mir die Wasserflasche ab, schraubt sie auf und hält sie Helena vors Gesicht.

»Trink einen Schluck.«

»Mmmh.«

»Komm schon.«

Er setzt ihr die Flasche an die Lippen, und beinahe im gleichen Augenblick beugt sie sich nach vorne, um sich erneut zu übergeben. Milo wirft mir einen Blick zu. Sein Mitbewohner – österreichischer Dialekt, Name vergessen – rückt ein Stück weiter von den beiden ab.

»Das war ganz normaler Gin.« Er lallt dezent.

»Ganz normaler Gin«, wiederholt Milo tonlos.

»Kann ich was tun?« Ich knie mich neben ihn. »Wie schaffen wir sie nach oben?«

»Wenn wir nicht wollen, dass sie statt *ganz normalem Gin* einen Cocktail hochwürgt, sollte sie sich erst mal auskotzen, bevor wir sie schütteln.«

Ich beiße mir auf die Lippen. Das ist nicht komisch. Aber die Vorstellung … Ich sehe Milo an, dass er ebenfalls nur mit Mühe ein Lachen unterdrückt, und dann platzen wir beide damit heraus. Ich pruste förmlich, während Milo Mühe hat, sich nicht allzu sehr zu bewegen, um Helena nicht durchzurütteln. Der betrunkene Mitbewohner ruft:»Was ist jetzt komisch? Was ist so komisch?«, und ehrlich, ich weiß es selbst nicht, denn so gut war der Witz gar nicht. Doch Milo und ich lachen noch mehr, so lange, bis wir es nicht mehr tun. Dann sehen wir weg.

Ich fange mich wieder.

Helena atmet schwer.

Milo sagt: »Alles klar, versuchen wir's«, und alle rappeln wir uns aus dem Sand auf.

Wer hätte gedacht, dass eine so zierliche Person wie Helena sich so schwer einen Abhang hinaufhieven lässt? Milo und ich haben je einen ihrer Arme über unsere Schultern geschlungen und brauchen dennoch ewig, sie die steilen Stufen hinauf zur Anlage zu schleppen. Severin, so der Name von Milos Mitbewohner, haben wir unterwegs verloren. Er hat sich etwa in der Mitte des Anstiegs auf eine der niedrigen Steinmauern gelegt und ist anschließend nicht mehr aufgestanden. Er liegt immer noch dort, als wir mit Helena im Schlepptau die letzten Stufen nach oben kriechen.

»Was ist mit ihm?« Ich nicke in Richtung des Österreichers. »Was, wenn er im Schlaf von der Mauer rutscht und den Abhang runterrollt?«

Milo wirft einen Blick zurück, dann auf Helena, bevor er sagt: »Den hole ich später.«

In unserem Zimmer angekommen, setzen wir eine murmelnde, müffelnde Helena auf ihrem Bett ab.

»Wir müssen ihr die nassen Sachen ausziehen«, sagt Milo. »Und, ich weiß nicht, sie vielleicht ein bisschen frisch machen oder so was?«

»Ich übernehme das. Rette du deinen Mitbewohner vor dem sicheren Mauerfall.«

Wieder treffen sich unsere Blicke, wir lächeln einander müde an.

»Alles klar. Danke.«

»Kein Problem. Sie ist immerhin meine Zimmergenossin.«

Milo nickt. Er wirft einen letzten Blick auf Helena, dreht sich um und geht zur Tür. »Penny?«

»Ja?«

Einige Sekunden lang betrachtet er mich, die Pause vorm nächsten Satz, der typische Milo-Moment. Schließlich sagt er: »Ich trage die Brille, weil ich kurzsichtig bin.«

Ich blinzle. »Okay.«

Er hat den Türknauf in der Hand, will gerade durch den Spalt schlüpfen.

»Milo?«

»Ja?«

»Ich …« *Hab mir die Haare schwarz gefärbt, weil ich nicht länger aussehen wollte wie sie.* »Gute Nacht.«

Er nickt einmal, sagt »Gute Nacht« und zieht die Tür hinter sich zu.

18
MILO

Was du glaubst, zu wissen, weißt du nicht

Ich weiß nicht, was Penny meint, über mich zu wissen, aber ich ahne es. Sie glaubt das, was alle anderen glaubten, nachdem die ersten Gerüchte aufgekommen waren.

Es begann mit der Kasse des Schulkiosks. Sie wurde gestohlen, aufgebrochen und später leer in einem der Abfalleimer gefunden. Ich hatte nichts mit der Sache zu tun und wurde dennoch zum Direktor gerufen, was sehr schnell die Runde machte, sehr, sehr schnell. Ich war der Neue im Jahrgang. Der, der nicht einmal zu Beginn des Schuljahres gekommen war, sondern einige Wochen später, was im Grunde nur eines bedeuten konnte: Er hatte die Schule nicht freiwillig gewechselt, sondern war entweder umgezogen – oder geflogen. Was immerhin zur Hälfte der Wahrheit entsprach. Ich war freiwillig gegangen, aber nicht zu hundert Prozent: Die Kreise, die Jannis' Drogensucht und die daraus folgende Anschaffungskriminalität gezogen hatten, waren mittlerweile so groß, dass sie mich erreicht hatten, was weder meinen Eltern noch meinen Lehrern verborgen geblieben war. Ich sollte dazu gebracht werden, Pillen zu verkaufen, um Jannis bei seinen Schuldnern aus der Scheiße zu ziehen. Ich *habe* Pillen verkauft, mich erwischen lassen und die Schule gewechselt.

Im Grunde hätte ich meinen Eltern von vornherein sagen können, dass dieser ganze Aufwand nichts bringen würde. Die Szene, in die Jannis reingerauscht war, ist wie ein riesiger Oktopus mit zig Armen und klebrigen Tentakeln. Sie saugt dich immer wieder an, so lange, bis dir die Luft wegbleibt. Sie zerstört erst dich, dann die um dich herum. Ich habe versucht, Jannis zu retten, und man sieht ja, wie das endete.

Ich habe die Kasse nicht leer geräumt, aber ja, ich hätte es ohne Weiteres getan. Ich *habe* Dinge getan, vorher und danach. Die Frage ist also im Grunde nicht, was Penny meint, über mich zu wissen. Das war sie nie. Denn irgendetwas davon wird schon stimmen.

19

PENNY

Der Beginn eines ereignisreichen Tages

Am Morgen nach ihrem Totalausfall muss ich Helena zumindest eines zugutehalten: Sie leidet wie jeder andere normale Mensch, von göttlicher Contenance keine Spur. Im Augenblick schläft sie, doch die Hälfte der Nacht hat sie gegrunzt, gestöhnt und sich gewunden, ich möchte nicht in ihrer Haut stecken. Nun ist es sechs Uhr fünfundvierzig, ich bin geduscht und angezogen und habe bis zur letzten Sekunde gewartet, um sie zu wecken, doch allmählich wird die Zeit knapp.

»Helena.« Ich rüttle sanft ihre Schulter. »Aufwachen. Es ist schon Viertel vor sieben.«

Sie stöhnt, dann ein qualvolles *Mmmhrmpf*, dann hat sie sich erneut zusammengerollt und die Decke über den Kopf gezogen.

»Wir sollten uns beeilen, wenn du vor dem Teammeeting noch was essen willst. Was ich dir empfehlen würde, ehrlich gesagt. Zumindest ein bisschen trockenen Toast, um … oh, *umpf*.«

Sie ist in solchem Tempo aufgesprungen, dass sie mir mit der Faust einen Hieb gegen das Kinn verpasst. Die Klotür schlägt zu und ich höre Röcheln und Würgen und noch ein bisschen mehr Stöhnen.

Shit.

Ich bleibe auf dem Bett sitzen, unschlüssig, ob ich ihr nachgehen soll oder nicht. Ich entscheide mich für nicht. Sicher besteht keine Gefahr, dass sie in die Schüssel fällt oder ihr sonst etwas passiert da drin, also erspare ich ihr die Peinlichkeit einer Zuschauerin. Stattdessen kümmere ich mich vor dem schmalen Schminktisch um mein Make-up. Die Augen dunkel, die Wangen blass, um die verhassten Sommersprossen zu überdecken. Ein bisschen Öl in die Haarspitzen, um sie daran zu hindern, sich aufzurollen. Ich suche in meiner Schminktasche nach dem Kleber und tupfe einige Tropfen auf meine Wimpern, dann forme ich mit den Fingern die blätterähnliche Struktur nach. Ernst und ausdruckslos sehe ich meinem Spiegelbild entgegen. Ich bin nicht sicher, ob ich mag, was ich sehe, aber ich habe mich in jedem Fall daran gewöhnt, diese andere zu sein.

»Herrje, Penny.« Helena hat die Tür aufgerissen und sich entkräftet gegen den Rahmen sinken lassen. Sie sieht fürchterlich aus. Die Haut fleckig, die Augen rot, eine zittrige Hand auf den Magen gepresst. »Mir ist unglaublich übel. Ich nehme an, etwas stimmte nicht mit dem Gin.« Falls überhaupt möglich, wird Helena bei dem Wort noch ein Stück bleicher, sie lässt sich zurück ins Bad fallen, schon wird geröchelt, was das Zeug hält.

Etwas stimmte nicht mit dem Gin, alles klar. Durch die geschlossene Tür frage ich: »Soll ich dich krankmelden?«, und mehr Stöhnen folgt. »Ich sage im Büro Bescheid, sie sollen ...«

»Neiiiin. Peeeennny!«

»Nein?«

Poltern, die Klospülung, Helenas mitgenommenes Gesicht zwischen Türspalt und Rahmen. »Ich nehme eine Dusche, dann komme ich, okay? Es ist auf keinen Fall …«

Und schon unterhält sie sich wieder mit der Schüssel.

Ich habe nicht den Hauch einer Ahnung, was ich noch sagen, geschweige denn tun soll. Also schlüpfe ich in meine obligatorischen Arbeitssneaker, schnappe mir den Zimmerschlüssel und reiße die Tür auf im selben Moment, in dem Milo Anstalten macht anzuklopfen. Er steht da, einen Arm gehoben, und blinzelt verblüfft. Im Gegensatz zu Helena sieht er nicht nur fantastisch aus, er riecht auch so. Nach Zitrone. Mein Blick haftet einen Moment zu lange auf seinen vom Duschen noch feuchten Haaren, dann blinzle ich mich aus meiner Überraschung und mache die Tür weit, weit auf, sodass es ihm möglich sein sollte, an mir vorbeizugehen, ohne mir dabei allzu nah zu kommen.

»Hi.«

»Hi.« Ich räuspere mich. »Ich wollte gerade zu dir. Helena … äh. Ihr geht's nicht so gut.« Mit einer unschlüssigen Handbewegung deute ich in Richtung Badtür. Wie auf Kommando ertönt Würgen von der anderen Seite.

Hinter seiner Brille heben sich Milos Brauen.

Diese Brille … Für einige Sekunden klebt mein Blick daran. Er sieht anders aus damit. Nicht schlechter, nur anders. Ich würde sie ihm gerne abnehmen, denke ich. Sehen, ob er wirklich kurzsichtig ist oder ob er nicht doch etwas verbirgt. Als hätte er meine Gedanken erraten, legt sich nun auch noch Milos Stirn in Falten.

»Ich wollte nach ihr sehen«, sagt er. »So betrunken wie gestern habe ich sie bisher noch nicht erlebt.«

»So betrunken wie Helena gestern habe ich bisher noch kaum jemanden erlebt«, erwidere ich.

Milo klopft an die Badezimmertür. »Helena? Ich bin's, Milo. Kann ich reinkommen?«

»Nein«, kommt es gejammert zurück. »Wieso holtest du ihn, Penny? Ich bin gleich fertig.«

Pause.

Ich verschränke die Arme vor der Brust, Milo legt den Kopf schief und bringt sein Ohr näher in Richtung Türspalt, doch aus dem Badezimmer kommt kein Ton mehr.

»Helena?«

»Aaaaaaaah.«

»Ich komm jetzt rein.«

Milo öffnet die Tür, und der Anblick, der sich dann bietet, lässt mich nach Luft schnappen. Helena sitzt nicht vor der Kloschüssel, sie liegt daneben. Ihr Mund steht halb offen und ein Rinnsal gelber Flüssigkeit hat sich quer über ihr Kinn seinen Weg gebahnt. Ihre Augen sind weit aufgerissen, ihr Brustkorb hebt und senkt sich mit schnellen, abgehackten Atemzügen.

»Scheiße, Helena, was …«

»Weißt du, wo die Krankenstation ist?«, fragt Milo, während er sich neben seine Freundin kniet und sie schon halb aufgerichtet hat. »Schräg hinter den Fitnessräumen?«

»Ich weiß, wo das ist.«

»Sag dort Bescheid, sie sollen herkommen.«

»Okay.« Wir verlieren kein einziges weiteres Wort. Ich mache mich sofort auf den Weg zur Krankenstation, Milo hat Helena in seine Arme gehoben und trägt sie zum Bett.

Es ist das Letzte, was ich sehe, als ich die Tür hinter mir zuziehe.

Wie sich herausstellt, hat Helena zum einen sehr wahrscheinlich zu viel von dem Gin erwischt, zum anderen aber womöglich eine ordentliche Lebensmittelunverträglichkeit. Die Muscheln in einem der Salate waren gut versteckt und auf Meeresfrüchte reagiert Helena allergisch. Schon morgen dürfte es ihr wieder besser gehen, verkündete der Hotelarzt.

»Kümmere dich um Penny«, jammert Helena.

Woraufhin Milo und ich einen Blick tauschen.

Welch berühmte letzte Worte das sind.

Da die zwei Wochen mit meiner Patin noch nicht vorüber sind, besteht mein Dienstplan nur zu einem Teil aus Jobs, die ich allein bewerkstellige (hauptsächlich die Mitarbeit in der Boutique, aber man hat mir auch schon die Fruchtbar beim Frühstück überlassen sowie den Abräumdienst beim Abendessen). Im Großen und Ganzen jedoch bedeutet es, den überwiegenden Teil des Tages zusammen mit Helena die verschiedenen Stationen abzuklappern, hier und dort reinzuschnuppern, bis sich nach zwei Wochen mein eigentlicher Rhythmus ergibt.

In der Folge hänge ich an diesem Tag statt in Helenas in Milos Schlepptau.

Ich bin nicht sicher, wie ich mich dabei fühle.

Ein kleines bisschen überwältigt, das auf jeden Fall.

Während bei Helena Gin und Muscheln für angespannte Magenverhältnisse sorgen, wirkt bei mir das Gespräch mit ihrem Freund nach. Gestern Abend haben wir uns das erste Mal länger als zwei Minuten miteinander unterhalten, und heute komme ich mir vor, als hätte ich mich mit dem Feind verbündet, einem Feind, den ich nach wie vor nicht einschätzen kann. Denn die Tatsache, dass Milo mir bereitwillig erzählt hat, wie es dazu kam, dass er in diesem Club arbeitet, beantwortet noch lange nicht die Frage nach dem Warum. Nach den vielen Warums eigentlich. Warum ist er damals so plötzlich von der Schule verschwunden? Warum hatte er zu niemandem Kontakt, außer zu den falschen Jungs? Warum hielten sich die Gerüchte um seine kriminelle Vergangenheit so hartnäckig, wenn sie gar nicht stimmten? Warum um Himmels willen ist er damals in den Schrank geklettert, um bei einem blöden Partyspiel mitzumachen?

Ich weiß, dass Milo mir vor unserem Kuss Angst gemacht hat, genauso, wie er mich aus unerklärlichen Gründen faszinierte. Und ich weiß, dass sich meine Gefühle nach den sieben Minuten im Schrank verändert hatten – etwas weniger Angst, etwas mehr Faszination. Das alles verschob sich noch einmal, nachdem er plötzlich verschwunden war und das Gerede um Jugendknast die Runde machte. Es war die richtige Entscheidung, nicht mehr an ihn zu denken.

Denke ich.

Ich habe mich nicht sicher gefühlt in seiner Nähe. Leider hatte das weit weniger mit seiner kriminellen Vergangenheit zu tun als mit mir und dieser seltsamen Anziehung, die ich für ihn empfand.

Ich hatte vergessen, wie sich das anfühlt.

Und befürchte nun, dass ich allmählich anfange, mich daran zu erinnern.

»Penny?«

»Äh, ja?«

»Sollen wir los?«

»Sicher. Mh-mh. Vamos.«

Weil wir echt spät dran sind, fällt das Frühstück aus, was ich als positiv bewerten würde – je weniger Zeit, in der wir genötigt werden, uns auf Konversation zu beschränken, umso besser. Im Teammeeting berichtet Milo von Helenas Lebensmittelvergiftung und gibt an, dass er heute für sie einspringt, was meine Betreuung angeht, und die Runde nickt zustimmend.

Ich weiß nicht, was ich erwartet hatte.

Ich fühle mich, als könnte ich Rettung vertragen, am meisten vor mir selbst.

Nach dem Meeting machen Milo und ich uns auf den Weg, wohin auch immer.

Wir sind beide echt gut darin. Zu schweigen, meine ich. Stumm gehen wir nebeneinanderher, die Sohlen fast lautlos auf dem asphaltierten Weg, der sich durch die Anlage schlängelt, das Rauschen des Windes in den Palmen das einzige Geräusch so früh am Morgen.

Allmählich beruhige ich mich wieder, beziehungsweise mein Herzschlag tut es. Ich bin nicht sicher, weshalb mich die Aussicht, den Tag mit Milo zu verbringen, so aufwühlt. Ist es die Tatsache, dass ich nach wie vor nicht weiß, wer er wirklich ist? Oder der Umstand, dass ich immer, wenn ich ihn ansehe, an den Moment denken muss, den wir in diesem vermaledeiten Schrank zusammen hatten? Und schon wieder drehen sich meine Gedanken im Kreis, bis Milo sagt: »Wir sind gleich da«, und sie jäh zum Halten bringt.

»Was? Wo?«

Von der Seite wirft er mir einen Blick zu. Selbst seine Blicke sind hier anders, so wie sich der komplette Milo auf der Insel gewandelt zu haben scheint. Und das ist verrückt. Hör auf, diese völlig verrückten Dinge zu denken.

Milo geht auf ein niedriges Gebäude zu, garagenartig, mit einer roten Tür darin. Er öffnet sie. »Ich bin spät dran. Normalerweise mache ich das vor dem Frühstück.«

»Was machst du vor dem Frühstück? Und wo genau sind wir hier?« Mir ist klar, ich bin keine Woche im Solana Sunshine, das Gelände ist riesig, aber nicht grenzenlos, trotzdem bin ich in dieser Ecke noch nie gewesen.

»Wir sind ziemlich dicht an der nördlichen Grundstücksgrenze«, ruft Milo aus dem Inneren. Ich höre Klappern und schleifende Geräusche, dann erscheint er wieder im Eingang, die Griffe einer Schubkarre umklammert.

»Da unten sind die Tennisplätze, siehst du?« Er nickt nach links und ich folge seinem Blick. Oberhalb der Tennisplätze. Hier war ich tatsächlich noch nicht.

Milo stellt die Schubkarre ab, während er die Tür wieder zuschließt, und mein Blick fällt auf die Säcke, die er daraufgestapelt hat.

»Was ist das?«

»Katzenfutter.«

»Wir füttern die Katzen.«

»Sieht ganz so aus.« Er grinst mich an. »Hattest du nicht erwähnt, du wolltest die Bande kennenlernen?«

Ich hebe die Brauen. Ich habe nichts dergleichen gesagt. Und ich ignoriere meinen dummen Herzschlag, der bei Milos Lächeln einen Zahn zulegt.

Verdammte Hormone. Nichts hat sich geändert. Fabelhaft.

Wie Milo gestern schon beschrieben hatte, sind die Futterstationen auf dem Gelände verteilt, hinter Büschen und Hecken oder in den Gärten zwischen den einzelnen Hotelkomplexen, die sich über das gesamte Areal erstrecken. So gesehen muss es mir nicht peinlich sein, dass sie mir bisher nicht aufgefallen sind, sie sind zwar viele, aber gut versteckt. Als wir bei der vierten Station ankommen, habe ich etwas Wesentliches über Milo gelernt: Der Junge kommt eindeutig besser mit Tieren aus als mit Menschen. Oder formulieren wir es anders: Er scheint sich in Gegenwart der Katzen um einiges wohler zu fühlen als beispielsweise in meiner, jedenfalls gibt er sich offen, freundlich und überaus zugänglich, kein bisschen reserviert, geschweige denn geheimnisvoll.

Warum sollte er auch?

Es sind Katzen!

Je weiter wir uns in die Mitte des Clubs bewegen, desto mehr von ihnen folgen uns, sie umschmeicheln Milos Beine und fressen ihm aus der Hand. Im wörtlichen Sinn.

»Du bestichst sie«, erkläre ich, als mir klar wird, dass er genau das tut. »Was ist das da in deiner Hosentasche?« Ich deute mit dem Zeigefinger, Milo hockt vor mir, die flache Hand ausgestreckt, an der gerade drei der Tiere herumknabbern.

Er sieht zu mir auf, und in diesem gottverdammten Blick, mit dem er mich offensichtlich in den Wahnsinn treiben will, liegt weiß der Himmel was, als er sagt: »Du klingst, als wäre ich ein Krimineller.«

Ich öffne den Mund, schließe ihn wieder.

Milos Lippen verziehen sich zu einem spöttischen Lächeln. »Sie bekommen solides Trockenfutter, aber kaum Nassfutter, weil der Aufwand, die Futterplätze sauber zu halten, zu groß wäre. Ich gebe ihnen manchmal was, wenn ich zwischendrin Zeit finde, das ist aber eher selten der Fall.« Er steht auf, kramt etwas aus seiner Hosentasche und hält mir einen zweifelhaft riechenden Plastikbeutel unter die Nase.

»Katzensnacks«, sagt er. »Mit einem hohen Feuchtigkeitsanteil. Ich will sichergehen, dass sie zu dem Berg an trockenem Futter auch ein bisschen Flüssigkeit aufnehmen.«

»Was ist mit Wasser? Hier stehen überall Näpfe rum.«

»Sicher, aber nicht jede Katze trinkt wirklich gern aus dem Napf. Manche trinken lieber aus Pfützen. Andere sogar aus dem Pool. Das ist weniger gesund.« Er drückt mir das Beutelchen mit den Snacks in die Hand und bückt sich gleichzeitig nach einer zierlichen, sandfarbenen Katze, die uns schon den ganzen Morgen hinterhertrabt.

»Stimmt's, Gigi? Und wer sagt dir nicht zum ersten Mal, dass Chlor nicht gut für dich ist?« Er hebt sie auf seinen Arm, wo sie beide Pfoten auf seine Schultern legt und den Kopf gegen sein Kinn schmiegt. »Exactamente. Yo.«

Milo krault sie hinter den Ohren. Gigis Schnurren ist nicht zu überhören. Ich sehe von ihr in Milos Gesicht und wieder zurück.

»Gib ihr ein Leckerli.«

»Okay.« Ich fische eines aus der Packung und Gigi nimmt es vorsichtig mit ihrer Schnauze aus meiner Hand.

»Na, das schmeckt besser als Chlor, hab ich recht?«

Ich schüttle den Kopf, während Milo die Katze wieder absetzt und stattdessen nach der Schubkarre greift, um die restlichen Futtersäcke zur nächsten Station zu kutschieren. Gigi folgt uns. Milo füllt die Näpfe, ich fülle Wasser auf aus einem Kanister. Abwechselnd verteilen wir Leckereien. Dann geht es zum nächsten Stopp. Und während wir überwiegend schweigend arbeiten, komme ich mir vor wie eine Stalkerin, weil ich den Blick nicht von dem Jungen neben mir abwenden kann. Ist er überhaupt der gleiche, mit dem ich vor vier Jahren auf der Schule war?

»Du hast gesagt, deine Eltern arbeiten für die Organisation, die sich um die Katzen kümmert?«

»Richtig.«

»Inwiefern? Sind sie Vereinsmitglieder oder so etwas? Spenden sie für den Tierschutz?«

»Das sicher auch, aber hauptsächlich sind meine Eltern Tierärzte. Sie haben die Organisation mitbegründet, um den Tieren in Südeuropa besser helfen zu können. Mit den Spendengeldern werden Futter und medizinische Behandlungen finanziert, es können Ärzte bezahlt werden, um die Tiere zu kastrieren, und so weiter.«

»Wow, das ist eine ziemlich gute Sache.«

»Ist es.«

Und ich frage mich, wie ein Sohn von engagierten Tierschützern so ins Abseits geraten konnte. Ich meine – okay. Vorurteile galore! Keine Ahnung, was bei Milo zu Hause los war oder ob überhaupt etwas. Eine kleine Chance besteht, dass sie ihn adoptiert haben.

Als wir am Ende unserer Runde ankommen, ist nur noch Gigi übrig geblieben. Die anderen sind scheuer, schätze ich. Und die Menschen, die uns auf unserer kleinen Wanderung über die Anlage begegnen, sind mehr geworden, nachdem allmählich die Frühstückszeit anbricht. Wie Helena wird auch Milo von den meisten Gästen namentlich begrüßt, von den weiblichen nicht unenthusiastisch. Doch im Gegensatz zu Helena wirkt Milos Lächeln, sagen wir, professionell. Eingeübt. Es gehört zur Show.

Und vermutlich solltest du aufhören, dir über einen Typen den Kopf zu zerbrechen, der drei Schritte neben dir geht.

»Ich bin mit Tieren aufgewachsen. Falls du dich fragst,

warum ich mit Vierbeinern besser klarkomme als mit Menschen.« Er grinst, aber er sieht mich nicht an dabei.

»Wie kommst du darauf, dass ich das gedacht haben könnte?«, frage ich und sehe ebenfalls in die andere Richtung.

Das letzte Stück unseres Wegs verbringen wir schweigend. Mal wieder. Erst als wir die Futterutensilien zurück in die Garage gebracht haben, fragt Milo:

»Von zehn bis eins bist du in der Boutique, richtig?«

»Stimmt. Boutique. Du?«

Ein Seitenblick. Der achtundneunzigste. Womöglich habe ich es nicht anders verdient, immerhin klinge ich neuerdings wie jemand, der gerade erst sprechen gelernt hat. Zumindest in Milos Gegenwart ist das so. Einsilbige Sätze, abgehackte Fragen, seltsame Ausrufe wie »Du bestichst die Katzen!« Wenn ich in den kommenden Wochen gezwungenermaßen noch mehr Zeit mit Milo verbringen muss, sollte ich meine extrem durcheinandergeratenen Gefühle vermutlich auf die Reihe bekommen. Er tut es auch. Mit keiner Silbe lässt er sich anmerken, dass unsere gemeinsame Vergangenheit von irgendeiner Bedeutung für ihn wäre. Weder dass wir zusammen zur Schule gegangen sind, noch dass dieser Umstand bedeutet, dass ich mehr über ihn weiß als die meisten anderen Menschen hier. Es scheint ihn nicht zu kümmern. Auch nicht, dass er mich geküsst hat und dass dieser Kuss so ziemlich das … Okay, Penny. Schluss. Lass deine Gedanken nicht dahin ziehen, darüber waren wir uns doch einig. Nichtsdestotrotz wird mir scheißheiß wie immer, wenn ich an diesen Scheißkuss denke.

»Okay?«

»Was?«

»Hast du zugehört?«

»Äh …« Nicht wirklich. »Ja, also, ich bin in der Boutique. Wie fast jeden Vormittag.«

Milo lacht. Zumindest seine Augen tun es. Zumindest ist es das, was ich hinter der Brille zu erkennen glaube. »Ich bin auf der Terrasse des unteren Restaurants beim Langschläferfrühstück. Und ich würde dich um eins bei Ramón abholen, wenn das für dich in Ordnung ist?«

Ramón. Leitet die Boutique. Abholen. Alles klar. »Alles klar.«

»Alles in Ordnung mit dir?«

»Absolut.«

Als ich in die klimatisierte, für die Gäste noch nicht geöffnete Boutique trete, geht es mir wesentlich besser. Ich denke, ich bin ein bisschen verwirrt, weiter nichts. Von der Sonne. Diesem gigantischen Ausblick, der sich an jeder Ecke aufdrängt. Der viel zu frischen Luft. Und davon, dass jemand, der so cool und distanziert ist wie Milo Kolberg, zum butterweichen Softie schmilzt, wenn sich eine Katze um seine Beine schlängelt.

»War das Milo, mit dem du da eben gekommen bist?« Hinter einem Turm Kartons streckt Ramón den Kopf hervor, die schwarzen Haare zur ordentlichen Tolle frisiert, die dunkelbraunen Augen hellwach und souverän geschminkt. Ramón ist ein Einheimischer. Er sagt, das Letzte, was er jemals wollte, war, länger als unbedingt nötig auf dem kleinen, beschränkten, vertrockneten Fuerteventura zu bleiben, und: »Sieh mich an. Immer noch hier. Achtunddreißig Jahre alt und die Blüte meines Lebens an Wind und Dürre verschenkt.«

Dabei wäre Ramón so gern Rockstar geworden. Rock-'n'-Roll-Star, präziser gesagt. Die Tolle, die aufgekrempelte Jeans, das karierte Hemd, die Hosenträger – seit Jahren steht der Arme quasi in den Startlöchern für den Sprung auf die große Bühne, doch bisher hat es lediglich für Auftritte in der Clubbar gereicht. Ich vermute, sie sind der Grund, weshalb Ramón nach wie vor hier arbeitet, seit mehr als zehn Jahren schon. Das und die Tatsache, dass er die Klamotten in der Boutique zum Einkaufspreis abstauben kann, nachdem er höchstpersönlich die Bestellungen aufgegeben hat.

Ich mag Ramón. Neben Helena ist er derjenige im Club, den ich bisher am besten kennengelernt habe, was allein daran liegt, dass die Boutique mein Hauptarbeitsplatz ist. Ob ich dafür dankbar sein soll? Ich bin nicht sicher. Ich meine, der Laden ist eng, schummrig, ohne Aussicht, allerdings klimatisiert, Ramón ist nett, die Arbeit okay, die Musik ebenfalls. Aber Milo von seinen Bars und Terrassen aus, er kann das Meer sehen. Und das Atelier, in dem Helena den größten Teil ihrer Zeit verbringt, ist von Haus aus ein megacooler Arbeitsplatz.

»Er ist ein Schnuckel, oder? Auf seine eigene abweisende Sieh-bloß-nicht-zu-oft-in-meine-Richtung-Art.«

Ach ja. Und Ramón ist schwul. Und er nennt mich Penélope statt Penny.

Tja.

»Helena ist krank, deshalb hat Milo mich heute mitgenommen«, sage ich so beiläufig wie möglich. »Wir haben die Katzen gefüttert.«

»Ah, die Katzen.« Ramón schnalzt mit der Zunge. »Sie wären eine Plage, wenn diese blöden Hörnchen nicht noch schlimmer wären.«

»Hörnchen?«

Mit einer eleganten Handbewegung winkt er ab. »Erzähl mir mehr von deinem Morgen mit Milo«, sagt er, und dann: »Nein, warte, heben wir uns das Beste für den Schluss auf. Erst mal Helena. Definiere *krank*.«

»Was sind das für Kartons? Sollen die ausgepackt werden?«

»Ja, ja.« Ramón schiebt sich an mir vorbei und hievt seinen maximal eins sechzig großen Körper auf den Tresen. Er beugt sich nach hinten, zieht seine Gitarre hervor und steckt den Kopf durch den Gurt. Schon erklingen die ersten Akkorde. Elvis, vermute ich. Nicht, dass ich Expertin in Schlagern der Fünfzigerjahre wäre, aber … Ramón.

Ich beginne damit, die Kartons auszupacken, und werfe einen Blick in den obersten. Sonnencreme. Davon kann man in diesen Breitengraden wohl kaum genug haben.

»Und Helena?«, singt Ramón.

»Hat sich den Magen verdorben.« Ich trage die Kiste mit Sonnenschutz zum entsprechenden Regal und sortiere nacheinander die Flaschen ein.

»An Alkohol oder irgendetwas anderem?«

»Meeresfrüchte. Muscheln.«

»Mmmh.« Schrammel, schrammel.

Ich mag Ramón und ich kenne ihn ein bisschen besser als andere, aber lange nicht gut genug, um mit ihm über Kollegen zu tratschen. Falls es das sein sollte, worauf er hinauswill. Ich bin nicht gut darin zu lästern. Um zu lästern, bedarf es eines gewissen Maßes an Vertrauen, über das ich in der Regel nicht verfüge. Ich weiß nicht, woran das liegt. Ich meine, ich habe keine sonderlich schlechten Erfahrungen damit gemacht, Menschen zu vertrauen … und *pling*, fällt mir meine Mutter ein. Wenn das kein Vertrauensbruch war, dann weiß ich auch nicht.

Als hätte Ramón einen siebten Sinn für meine Gedanken, fährt er fort: »Gut, belassen wir es dabei, sie ist also krank. Und deshalb hat Milo sich heute Morgen um dich gekümmert, ja?«

Der Tonfall.

Ich schnaube. »Was auch immer du damit andeuten willst, er hat sich nicht *um mich gekümmert*. Wie schon gesagt, er hat mich mitgenommen, die Katzen zu füttern.«

»Ja. Das hat er wohl.« Ramón seufzt. Seine Gitarre säuselt eine schnulzige Melodie, die mir vage bekannt vorkommt.

»Lass dir eines gesagt sein, Penélope: Ich habe viele gut aussehende Jungs kommen und gehen sehen im Solana Sunshine. So einer wie Milo war selten dabei.«

Über die Schulter werfe ich Ramón einen Blick zu. Er besagt, neben vielen anderen Dingen, so etwas wie: *Bist du nicht etwas zu alt für … du weißt schon wen?*

»Penélöpchen, der Junge ist volljährig«, sagt er prompt. »Und gucken darf man. ¿Verdad?« Damdadadam, macht die Gitarre.

Ich falte den leeren Karton auseinander, um ihn besser zu stapeln, und nehme mir den nächsten vor: Er ist randvoll mit Sonnenbrillen.

»Auf die Ständer damit, auf die Ständer damit«, trällert Ramón, und ich verdrehe die Augen, während ich den Brillenständer aus dem hinteren Teil der Boutique nach vorn schleppe.

»Was also ist so besonders an Milo?«

DaddeladdeladdelamDAMDAM! »Ich wusste, es interessiert dich, süße Penélooooooope.«

»Tut es nicht. Ich bin lediglich ein empathischer Mensch. Du möchtest über deine sexuellen Vorlieben sprechen und ich unterstütze dich dabei.«

»Als ob.« Er lacht wie eine Hyäne, die Beine weit von sich gestreckt, der Gitarrenkorpus jetzt eine Trommel. Bei jedem anderen würde es mich nerven, dass man mich die Arbeit machen lässt, anstatt selbst mit anzupacken, doch bei Ramón seltsamerweise nicht. Er ist zu unterhaltend. Pure Ablenkung. Vielleicht verschanze ich mich deshalb gern in der Boutique. Keine Sonne, kein Meer. Aber auch kein Milo und keine Grübeleien darüber.

Zumindest beinah.

»Kennst du River Phoenix?«

»Wen?«

»Aaaah, ihr jungen Dinger. Wie alt bist du, gutes Kind?«

»*Gute* zwanzig.«

»Zwanzig. Mmmmh.«

»Was ist mit diesem River Phoenix?«

»Er war ein Schauspieler, sí? Jung, schön, erfolgreich. Starb an einer Überdosis, da war er noch nicht so alt wie du jetzt. In den Armen seines Bruders, Joaquin. Joaquin Phoenix. Kennst du den?«

»Joaquin Phoenix. Klar kenne ich den.«

»Gut. Immerhin. River jedenfalls, ja? Er sah aus wie Milo. Die hohen Wangenknochen, die zu langen Haare, und es gibt Fotos von River, auf denen er eine Brille trägt.«

»Wahnsinn.«

»Wenn ich es sage.«

»Ich sag doch, *Wahnsinn*.«

»Du kannst ihn googeln.«

»Ja. Sicher.«

»Hoffnungslos.« Mit einem letzten, dissonanten Akkord legt Ramón die Gitarre beiseite, springt vom Verkaufstresen und läuft zu den Kartons, um womöglich zur Abwechslung mal etwas Sinnvolles zu tun. »Der Rest ist für die Knabberecke. Gummibären, Schokoriegel, Kaugummi, dieser Kram.« Er hebt eine der Boxen hoch und reicht sie mir. »Weißt du, was die größte Ähnlichkeit zwischen Milo und River Phoenix ist?«

»Nein, Ramón. Aber ich kann es kaum erwarten, davon zu hören.«

»Die Unergründlichkeit.«

Ich seufze. Erstens wegen Ramóns dramatischer Betonung, zweitens, weil ich ganz allmählich einen Themawechsel herbeisehne. Der Name Milo scheint mich zu verfolgen. Heute – und gestern auch schon. Oder, sind wir mal ehrlich, seit ich hier angekommen bin. Bis eben hatte ich allerdings angenommen, dass mir zumindest an diesem Zufluchtsort eine Pause vergönnt sei.

»River Phoenix war ein großartiger Schauspieler«, nuschelt Ramón zwischen zwei Bissen Snickers. So viel zum Thema, etwas Sinnvolles tun. »Aber er war auch immer ein Mysterium. Schüchtern. Scheu.« Er haucht die Worte, bevor er sein lautstarkes Schokoriegel-Knatschen fortsetzt.

Ich muss lachen, aber ich beiße nicht an. Stattdessen nehme ich mir einen der letzten beiden Kartons vor, den mit den Gummibären.

»Jedenfalls stelle ich mir vor, dass River Phoenix niemandem den echten River gezeigt hat«, sagt er abschließend. »Und das, schätze ich, hat unser Milo auch nicht vor.«

Der Vormittag verläuft glücklicherweise ohne weitere Milo-Kolberg-Vorträge. Es kommt eine größere Lieferung Kleidung, die Ramón allein im Hinterzimmer auspackt, während ich vorne im Laden Sandeimerchen, Zeitschriften und Sonnenhüte verkaufe. Im Grunde ist das hier mehr ein Kiosk als eine Boutique, obwohl der überwiegende Teil der Waren aus Sport- und Strand- und Sommerkleidung besteht. Darüber hinaus aber verkauft Ramón alles von der Tagescreme zu Tampons, Taschentüchern und Tütensuppen, als gäbe es in dem All-inclusive-Club nicht schon genug zu essen. Kurz bevor wir für die Mittagspause schließen, brummt mein Handy in der Tasche meiner Jeans.

UNBEKANNTE NUMMER: Hi, Milo hier.
Kannst du in 15 Minuten am
Erwachsenenpool sein?

PENNY: Hi, Penny hier. Und ja.

Das war's. Kein weiteres Wort. Ich nehme an, er hat meine Nummer von Helena, hält es aber nicht für nötig, mich darüber aufzuklären.

Und ich stehe da, das Smartphone in der Hand, und betrachte mein Spiegelbild in dem bereits schwarz gewordenen Display.

Einspeichern oder nicht, das ist hier die Frage.

Fürs Erste stecke ich das Handy weg.

20
MILO

Von Mäusen und Menschen

Ich sehe nach Helena, bringe ihr Cola und Salzstangen, denn danach ist einem doch, wenn man sich den Magen verdorben hat, richtig? Zumindest hat meine Mutter Jannis und mich damit versorgt, wenn uns zu schlecht war, um etwas anderes zu essen. Die einzige Zeit, in der wir ohne jeglichen Kommentar Cola trinken durften, böses, zuckerhaltiges Teufelszeug. Welch bittere Ironie angesichts der Chemikalien, mit denen sich Jannis später den Körper vollgepumpt hat.

Helena geht es besser. Sie ist nach wie vor blass, beziehungsweise rot gefleckt, oder was auch immer das in ihrem Gesicht ist. Sie schläft die meiste Zeit (vergessen wir nicht den Kater, den sie zu der Vergiftung mit sich herumschleppt) und ist trotz der widrigen Umstände vergnügt wie immer. Es spricht absolut etwas dafür, ein bisschen oberflächlicher durchs Leben zu gehen, richtig? Und ich meine das weder böse noch abfällig noch zynisch. So wie ich Helena kennengelernt habe, ist sie ein fröhlicher, entspannter, zufriedener Mensch, den ich bisher weder traurig noch schlecht gelaunt, nicht einmal nachdenklich erlebt habe. Ich beneide das. Ich wünschte, ich wäre nur einen Tag lang so wie sie. Weil das nicht geht, bin ich vermutlich mit ihr zusammen.

Auf dem Weg zum Pool komme ich im Restaurant vorbei. Es gibt Sandwiches, was mir entgegenkommt, und es sind noch ausreichend Gurkenscheiben da.

Penny sitzt auf der Seite des Schwimmbeckens, die im Schatten liegt. Sie hat sich auf einer Liege ausgestreckt und scrollt auf ihrem Handy.

»Sonne ist nicht so dein Ding?«, frage ich.

»Wir düsteren Gestalten lieben es schattig«, erwidert sie, ohne aufzusehen.

»Ja«, sage ich. »Ich weiß.«

Ich löse meinen Blick von Penny und lasse ihn stattdessen über die spiegelnde Fläche des Pools schweifen, zum Meer. Helena und Penny könnten unterschiedlicher nicht sein. Wobei das meines Wissens nach nicht immer so war. Die Penny, die ich kannte, war keine düstere Gestalt, zumindest nicht äußerlich.

»Lust auf ein Picknick?«

Sie blinzelt zu mir auf. »Picknick?«

»Auch Schattenwesen müssen irgendwann essen, oder?«

Ich warte ihre Antwort nicht ab. Stattdessen steuere ich den Ausgang an, der in den Garten führt, und greife auf meinem Weg zwei Handtücher von einem der Stapel. Ohne mich umzudrehen, gehe ich voran. »Ich bin dicht hinter dir«, ruft Penny spöttisch, während wir den Pfad hinablaufen, der zu der Terrasse oberhalb des Strandes führt.

»Ich weiß«, rufe ich zurück.

Wir sind nicht die Einzigen, die hier ihre Mittagspause verbringen. Die niedrige Mauer, die die etwa zweihundert Quadratmeter große Terrasse umgibt, ist bevölkert von Eltern mit ihren Kindern. Ich drücke Penny eines der Handtücher in die Arme, breite mein eigenes auf der Mauer aus und bedeute ihr, dasselbe zu tun.

»Was? So empfindlich, dein Hintern?«

»Lass es und lebe mit den Ameisen in deinen Shorts.«

Sie verdreht die Augen, doch sie setzt sich auf ihr Handtuch, während ich unser Essen aus der Tüte hebe und je eine Flasche Wasser.

»Ich hoffe, Käse ist okay?«

»Wieso sollte Käse nicht okay sein?«

»Keine Ahnung. Vielleicht bist du laktoseintolerant. Oder vegan. Vielleicht magst du einfach keinen Käse.« Ich zucke mit den Schultern. »Was weiß ich über dich, Penny Fuchs? So gut wie nichts.«

Wir sehen einander an, das Sandwich halte ich zwischen uns. Mich würde ehrlich interessieren, was hinter dieser Stirn vorgeht, aber wie üblich gibt Pennys Blick nichts preis, rein gar nichts. Es ist wie damals auf dem Schulhof, nach dem Kuss, immer noch Fremde, ein bisschen interessierter vielleicht, und auf der anderen Seite so irrsinnig erpicht darauf, dem anderen nichts zu geben, nicht das kleinste bisschen.

»Bist du Vegetarier?«

Und nun hat sie mich doch überrascht. »Wie kommst du darauf?«

»Ich weiß nicht. Allein, dass du danach fragst. Das mit dem Käse.« Sie nimmt mir ein Sandwich aus der Hand, wickelt es aus dem Papier und sieht mich über die Kruste hinweg an. »Und wie du mit den Katzen umgehst, vermutlich.«

Diese Sonnenblumenaugen. Sie machen mich fertig. »Wie …« Mit der Wasserflasche zeige ich unschlüssig in Richtung ihres Gesichts. »Sind das falsche Wimpern?«

»Ja. Nein. Ein paar davon.«

Mit der Hand schirme ich die Augen gegen die Sonne ab. »Du klebst sie zusammen?«

»Mit flüssigem Klebstoff.«

Zwei, drei weitere Sekunden starre ich sie an, dann lasse ich die Hand sinken, wickle mein eigenes Brot aus und beiße hinein. Flüssiger Klebstoff. Alles klar.

»Was zur Hölle? Sind das *Ratten*?«

»Für ein Kellerkind kennst du deine Mitbewohner aber schlecht. Das sind Atlashörnchen.«

»Sie sehen aus wie Hamster.«

»Das kommt der Sache schon näher.«

Penny hat ihr Sandwich sinken lassen und starrt auf die Familie neben uns, deren Söhne im Kleinkindalter mit wachsender Begeisterung Gurkenscheiben an die spanischen Plagegeister verfüttern. Sie halten die Scheibe mit gestreckter Hand von sich, schon ist eins der Tiere nach vorn geschnellt, reißt das Gemüse an sich und verschwindet wieder.

»Gott, die sind niedlich.« Über die Schulter sieht Penny mich an, und zum ersten Mal, seit wir uns hier begegnet sind, habe ich das Gefühl, ihr Lächeln ist ernst gemeint. Und unvoreingenommen. Als hätte sie für eine Sekunde vergessen, wen sie vor sich hat und dass sie mir gegenüber normalerweise deutlich zurückhaltender ist.

»Willst du sie füttern?« Ich ziehe die Schachtel aus der Provianttüte, in die ich eine Handvoll Gurkenscheiben geworfen habe. »Aber ich muss dich warnen – die Biester sind gut darin, mich und meine Mitbringsel zu ignorieren.«

»Wirklich?« Penny lächelt immer noch. Und als hätte sie die Verwunderung darüber von meinem Gesicht abgelesen, lässt sie es wieder. Stattdessen fragt sie: »Wie kann das sein, Mr Katzenflüsterer? Lieben dich nicht alle Tiere?«

»Das ist genau der Punkt, schätze ich. Immer irgendwo ein Katzenhaar an meinem Shirt.« Zum Beweis sehe ich an mir herunter und zupfe eines von Gigis Haaren von meiner Brust. Penny folgt meinen Fingern mit ihrem Blick, sieht kurz auf, dann wieder zu den Hörnchen. Schließlich legt sie ihr Sandwich neben sich aufs Handtuch und greift sich ein paar Gurkenscheiben.

»Kommt her, ihr kleinen Hörnchen. Puttputtputt. Schnickedischnack. Gürkchen für euch.«

Ich kann mir gerade so ein Lachen verkneifen und beiße stattdessen in mein Baguette.

21

PENNY

Theater, Theater!

»Du hast nicht übertrieben. Die Hörnchen verachten dich.«

»Vielleicht gehst du das nächste Mal lieber ohne mich hin.«

»Darauf kannst du dich verlassen.«

Wir sind auf dem Rückweg von unserer Mittagspause, ich habe sämtliche Gurkenscheiben und einen Teil meines Sandwiches an megasüße Nagetierchen verfüttert, das allerdings nur, nachdem ich meine Präsente ans andere Ende der Terrasse getragen habe, ein gutes Stück weg von Milo. Er hat nichts gesagt, doch ich denke, es ärgert ihn. Dass diese kleinen Biester ihn nicht mögen, meine ich. Ihn, den Retter der fuerteventurischen Fauna.

»Es wurmt dich, oder?«

»Was genau?«

»Dass sie dich nicht leiden können.«

Keine Antwort von Milo, oder auch nur eine verzögerte, wer weiß das schon? Der Typ ist unergründlich, womöglich hat Ramón ganz recht.

»Vielleicht.«

Ich schnaube. Milo hat den Mund zu einem Lächeln verzogen, doch er sieht mich nicht an. Gemeinsam gehen wir den Weg zurück ins Clubdorf, am Erwachsenenpool vorbei, durch die Gärten, zum Inneren der Anlage, wo sich unter anderem die Boutique befindet. Wir begegnen einer Reihe Gästen, und wieder ist keiner dabei, der Milos Namen nicht kennt. Als hätte er die unausgesprochene Frage von meinem Gesicht abgelesen, sagt er:»Das kommt vom Job hinter der Bar. Dass die Leute deinen Namen kennen, meine ich. Man sitzt sich fest, fängt an zu plaudern, fragt nach dem Namen des Barkeepers.«

»Klingt nach deinem Traumjob«, sage ich, und erwartungsgemäß erwidert Milo … nichts.

»Helena sagte, du hast heute Nachmittag die erste Probe?«

»Oh, Shit, wirklich? Gott, nein.«

»Was? Keine Lust auf Theater, Theater?«

»*Nein.*« Mitten auf dem Dorfplatz bleibe ich stehen.»Wie kommt es eigentlich, dass du bei keiner Produktion mitspielst?«

Er zuckt die Schultern.»Weil sie jemanden brauchen, der mit der Technik klarkommt. Man kann nicht gleichzeitig auf und hinter der Bühne stehen, liebe Penny.«

Ich verschränke die Arme vor der Brust.»Und der Clubtanz?«

»Was ist mit dem Clubtanz?«

»Na, ich hab dich hier noch nie tanzen sehen. Während ich fast jeden Nachmittag dazu genötigt werde, am großen Pool Mixgetränke zu verteilen und anschließend den Sunshine Reggae zu performen.«

»Ich kann den Clubtanz.«

Ich hebe eine Braue.»Ja. Sicher.«

Milo sieht mich an, ein spöttisches Lachen in den Augen. Dann geht er einfach weiter.

Wenn ich etwas lerne an diesem Tag, dann das: Milo Kolberg steht vielleicht nicht auf der Bühne, doch er spielt Theater, den lieben langen Tag. Dieses Lächeln, von einem hohen Wangenknochen zum anderen? Vor dem Spiegel eingeübt, da wette ich. Es ist für Gäste gedacht, für Kollegen, Kinder, seltsamerweise habe ich auch schon beobachtet, wie er Helena damit beehrt hat. Für wen auch immer es ist, für mich ist es nicht. Ich bekomme selten eine Reaktion von ihm, die sich an seinem Gesicht ablesen lässt, und wenn, dann spielt sie sich in den Augen ab.

Ich frage mich, wie Ramón hinter diese Fassade blicken konnte. Ich meine, Milo ist wirklich gut darin, den charmanten Clubkumpel zu mimen, und ich bin nicht sicher, ob ich irgendetwas anderes in ihm sehen würde, hätte ich nicht das Bild von früher vor Augen.

Und dann gibt es noch etwas, das ich hier und heute gelernt habe: Tage mit Milo vergehen sehr viel langsamer als Tage mit Helena. Sehr, sehr viel langsamer. Ich kann noch nicht sagen, wie ich das finde, ich denke, ich urteile erst einmal nicht darüber. Ich sage auch nichts dazu, dass sie anders sind. Sehr, sehr viel anders.

Ich lasse das einfach so stehen.

Es ist kurz nach zwei, als wir beim Theater ankommen, die Proben beginnen frühestens in einer Stunde, Milo und ich sind allein in dem nicht mal drei Quadratmeter großen Regieraum und mir ist heiß. Ich meine, es ist stickig hier drin. Und Milo und ich, womöglich sind wir aufgeheizt von der Sonne, was weiß ich. Er erklärt mir das Technikpult, die Hebel für die einzelnen Scheinwerfer, die Regler für den Ton. Er sagt, es gibt drei Techniker unter den Solanas, die sich die Produktionen aufteilen, dass pro Abend aber nur einer zuständig ist. Je nach Stück müssen die Scheinwerfer neu eingerichtet werden, wie genau, weiß er inzwischen auch ohne Bühnenbild, das erst später aufgebaut wird. Während die anderen proben, bereitet Milo in der Regel die Technik vor.

»Und heute kannst du mir dabei helfen, wenn du willst. Bis die anderen da sind.«

»Okay.« Ich klinge nicht übermäßig euphorisch.

»Keine Lust?«

»Eher keine Ahnung.«

Eine Sekunde lang sehen wir uns an, dann beugt Milo sich über das Pult, schiebt ein paar Regler hin und her und auf der Bühne flammen der Reihe nach Scheinwerfer auf, weiße, grüne, rote, blaue. Dann dreht er sich zur Tür und geht nach draußen.

»Das Ganze ist keine Raketenwissenschaft«, erklärt er über die Schulter, ganz offensichtlich in der Annahme, ich würde ihm auch ohne Aufforderung folgen. Was ich tue. In der Mitte der kreisrunden Bühne bleibt er stehen und legt den Kopf in den Nacken.

»Wir haben zwölf Scheinwerfer da oben. Sie sind alle weiß und je nach Bedarf werden Farbfolien davorgeschoben. Warte mal.« Womit er hinter der Bühne verschwindet und keine Minute später mit einem rechteckigen Karton wieder auftaucht.

»Hier, siehst du?« Er stellt den Karton ab, kniet sich daneben und hält einige bunte Folien hoch. »Grün, Gelb, Orange, Rot, Blau, you name it.«

»Schwarz.«

»Schwarze Folien wären einigermaßen sinnlos, aber wir haben Grau.« Er zeigt mir die entsprechende Folie. Und sieht zu mir auf. Und ich sehe auf ihn hinunter. Und was auch immer an diesem Tag zwischen uns passiert, es kommt mir eigenartig vor. Ich meine, wir tun so, als wären wir niemand. Einfach ein Typ, der irgendeinem Mädchen, mit dem er zufällig im gleichen Club arbeitet, erklärt, wie es so läuft.

Aber so ist es nun mal nicht.

Ich bin immer noch Penny, und das hier ist immer noch Milo, und wir waren auf einer Schule. Und wir haben uns geküsst.

Ich hole tief Luft und sehe dann zu den Scheinwerfern hoch. »Und wie kommt man da rauf?«

Milo steht inzwischen ebenfalls. »Fliegen.«

Verblüfft sehe ich ihn an. Im bunten Licht der Scheinwerfer funkeln seine Augen wie Eiskristalle.

»Ich hole die Leiter«, sagt er.

Die nächsten sechzig Minuten verbringen wir damit, das Licht für die heutige Vorstellung einzurichten. Zuerst steht Milo auf der Leiter. Wechselt Folien, schwenkt die schweren Scheinwerfer, schickt mich in den Technikraum, um die Lampe entweder aus- oder einzuschalten (wenn sie heiß sind, kann man die Folien nur schwer tauschen). Ich renne die Treppe rauf und runter, um ihm zuzusehen und dann wieder oben die Regler zu bewegen. Ich frage mich, wie er das allein bewältigt. Immerhin muss ich mich nicht mehr fragen, wie sie alle ihre Figur halten bei dem ausladenden All-you-can-eat-Buffet. Der Job ist einfach Knochenarbeit.

»Okay, jetzt du.«

»Ich was?«

Milo klettert von der Leiter. »Folien wechseln. Du hast keine Höhenangst, oder?«

»Nett, dass du fragst, bevor du mich auf eine zehn Meter hohe Leiter schickst.«

153

»Das sind maximal drei.«

Er schiebt sie ein Stück weiter in Richtung rechter Bühnenrand, bückt sich zur Kiste mit den farbigen Aufsätzen und zieht einen grünen hervor. »Ja? Nein? Vielleicht?«

Ich verdrehe die Augen, nehme ihm den Filter ab und klettere auf die Leiter, mit mehr Elan, als ich eigentlich fühle. Ich wusste es bisher nicht, aber Höhe ist womöglich echt nicht so mein Ding.

»Falls es dich beruhigt, ich stehe hier unten und kann dich im Zweifelsfall auffangen«, ruft er. Als ob ich mich in Milo Kolbergs Arme stürzen würde.

Letztlich falle ich nirgendwo runter. Ganz im Gegenteil, ich scheine eine Art Höhenflug zu erleben. Die Arbeit hinter den Kulissen des verlassenen Theaters, das Gefühl, Teil eines kreativen Prozesses zu sein, ist unbeschreiblich. Auch wenn man nur bunte Filter vor Scheinwerfer klemmt und sie hierhin und dorthin richtet und dann Regler nach oben schiebt, die den grauen Stein des Bühnenbodens in allen Farben des Regenbogens färbt. Als Milo und ich unsere Arbeit beenden, bin ich selbst am meisten erstaunt, wie viel Spaß ich daran hatte, wie zufrieden mich die Ansicht der bunt leuchtenden Bühne macht. Ich fürchte schon, ich strahle mit den Scheinwerfern um die Wette, da öffnet sich die Tür zum Theater und mir geht auf, was mich als Nächstes erwartet.

22
MILO

Creepin'

»Na, das nenne ich mal eine schöne Überraschung. Penny!«

»Oh. Phillip.«

»Alle Platz nehmen, bitte, wir haben keine Zeit zu verlieren, hopphopp.«

Ich stehe dabei, als Fabienne die Bühne betritt, annähernd ein Dutzend neue Solanas im Schlepptau, unter ihnen ein blonder Typ, der sich vor Penny aufbaut. Phillip offenbar. Ich kenne ihn nur vom Hallo-Sagen und anscheinend kennt er Penny.

»Cool, wir proben zusammen.« Er grinst sie an, dann mich. »Bist du auch dabei?«

»Technik.«

»Ah, mega.«

»Wir sind zusammen Bus gefahren«, erklärt Penny, und Phillip grinst noch breiter.

»Wie schön, dass ich euch alle für ›Grease‹ gewinnen konnte. Heute ist nur ein erstes Treffen, wir tanzen ein paar Schritte, sehen, wie ihr euch wohlfühlt, wo wir wen einsetzen. Milo, mach uns ein bisschen Licht, bitte – etwas heller als gerade und etwas weniger koloriert. Ihr zwei«, sie nickt Penny und Phillip zu, »setzen.«

Fabienne klatscht in die Hände, Penny klimpert überrascht mit ihren Sonnenblumen-Wimpern, und ich verkneife mir ein Lachen, während ich die Stufen nach oben jogge, um die Bühne von den farbigen Strahlern zu befreien. Soweit ich weiß, ist Fabienne schon etliche Jahre im Club für die Choreografien zuständig, sie ist um die sechzig, groß, breitschultrig, in keinster Weise die zähe, zierliche Ballerina, die man bei diesem Berufsbild automatisch vor Augen hat. Aber sie ist nicht weniger Furcht einflößend. Und die Angst steht Penny ins Gesicht geschrieben.

»Ich sage euch, wie das funktioniert bei uns: Es gibt im Augenblick sechzehn Produktionen, um damit gut zwei Wochen Programm zu füllen, in regelmäßigen Abständen wird eine Show ausgetauscht, sodass im Laufe eines Jahres um die fünfzig gezeigt werden – kein Gast soll sich langweilen, wenn er im Frühjahr und im Herbst seine Ferien bei uns verbringt. Das heißt, wir erarbeiten ›Grease‹, dann vermutlich ›Tanz der Vampire‹, wir suchen noch nach etwas aus den Zwanzigerjahren, möglicherweise ›Chicago‹, oder aber ein Stück in Richtung Stummfilm.«

Fabienne lässt den Blick über die zum Zuhören Verdammten schweifen, er verweilt etwas länger auf Penny, und ich kann mir vorstellen, weshalb. Die schwarzen, kinnlangen Haare, der gerade Pony, die Wimpern – Penny sieht aus wie der Star aus einem Schwarz-Weiß-Film, sicher ohne es zu wollen und trotz ihrer farbenfrohen Clubklamotten.

»Ich fasse zusammen: Heute machen wir die ersten Schritte, dann werden die Rollen verteilt, dann bekommen die täglichen Proben einen festen Platz in eurem Stundenplan, sobald das Stück sitzt, wird nur noch am Nachmittag vor der Veranstaltung geprobt. *Compris?*«

Es ist nicht so richtig fair und in etwa zwanzig Minuten

muss ich draußen an der Bar Sundowner servieren, aber irgendwie möchte ich mir Penny bei ihren ersten Tanzversuchen nur ungern entgehen lassen. Also krame ich etwas länger als nötig in der Technikkabine herum, um von dort einen Blick (oder vielleicht auch mehrere) auf die Bühne zu werfen.

Die Gruppe erhebt sich von den Rängen. Paare formieren sich. Penny wirft einen unschlüssigen Blick in Fabiennes Richtung, da steht Phillip bereits neben ihr. Ich kneife die Augen zusammen, allein um die beiden von hier oben besser sehen zu können. Obwohl Penny gut anderthalb Köpfe kleiner ist als Phillip, obwohl sie dunkel ist, er hell, sie schmal, er breitschultrig, geben die beiden ein hübsches Paar ab, wie sie da nebeneinander auf der Bühne stehen und Fabiennes Einweisung lauschen. Die drückt schließlich den Knopf auf ihrem Gettoblaster und tanzt mit erstaunlicher Geschmeidigkeit (angesichts ihrer voluminösen Statur sowie ihres Alters) die ersten Schritte vor.

Ich weiß nicht, wieso mein Herz auf einmal zu klopfen beginnt, als stünde ein Infarkt bevor. Aber ich weiß, dass es der Augenblick ist, in dem ich beschließe, dass ich aus diesem Theater rausmuss. Ich kann nicht im Dunkeln lauern und Penny Fuchs beobachten wie ein Creep. Das geht nicht. Also drehe ich mich um und flüchte geradezu aus der Regie, die Stufen nach oben, nach draußen, bevor das Mädchen von früher auch nur ihren ersten Schritt getan hat.

23
PENNY

Es war nett heute, schätze ich

> PENNY: Wusstest du, dass Milos
> Eltern Tierärzte sind?

> NATHALIE: Was? Frag mich das noch mal,
> wenn ich wach bin. Wie spät ist es?

> PENNY: Kurz nach halb zwölf.

> PENNY: Und er ist Vegetarier.

> NATHALIE: Wer?

> PENNY: Milo.

Das Telefon klingelt in meiner Hand. Woran ich vermutlich selber schuld bin.

»Okay, was ist mit dir und Milo?«, ist das Erste, das Nathalie sagt, als ich ihren Anruf annehme. Ihre Stimme klingt verschlafen, doch die Neugier hat gesiegt, wie immer.

»Nichts. Ich wusste nur nicht, dass seine Eltern Ärzte sind, das ist alles, und ich dachte, es interessiert dich vielleicht.«

Stille. Dann: »Okay. Ich wiederhole meine Frage: Was ist mit dir und Milo?«

Ich seufze. Grummle ein weiteres klägliches *Nichts*. Und dann erzähle ich Nathalie von meinem bisherigen Tag, die Kurzversion, zusammengefasst.

»Okay, du hast also den Tag mit ihm verbracht und …«

»… und den Abend. Er hinter der Bar, ich davor. Er mit diesem spöttischen Blick in den Augen, ich …«

Nathalie lacht. »Warte, was ist hier los? Wieso analysierst du auf einmal Milo Kolbergs Blicke? Hast du nicht gesagt, er hat eine Freundin? Und hast du nicht gesagt, er sei kriminell?«

»*Du* hast gesagt, er sei kriminell.«

»Wir waren uns einig, dachte ich.«

»Vielleicht. Vielleicht nicht.«

»Mmmmh. Penny?«

»Lass uns von was anderem reden. Wie geht's deinem Bein?«

»Sagen wir, es ist noch dran. Aber der Arzt meint, nach diesem hier kommt erst noch ein Gehgips und das Ganze zieht sich noch ein paar Wochen.«

»Und denkst du immer noch, dass du nachkommen kannst?«

»Erst mal nicht, fürchte ich. In so kurzer Zeit werde ich nicht fit genug, dass ich im Club mitarbeiten könnte. Allein der Clubtanz!«, fügt sie ironisch hinzu. »Ich wäre zu nichts zu gebrauchen.«

»Du könntest es machen wie Milo. Der hat sich bislang noch kein einziges Mal dazu herabgelassen, das Clubgehopse aufzuführen.«

»Womit wir wieder beim Thema wären. Beziehungsweise du. Bei deinem Thema.«

»Vergiss es.«

»Seine Eltern sind also Tierärzte und er ist Vegetarier. Ist da noch etwas, das ich über Milo Kolberg wissen sollte?«

»Ich sagte, vergiss es. Und apropos Tanzen – ich wurde heute zu meiner ersten Theaterprobe genötigt.«

»Und dass du mir das nicht zuerst erzählt hast, spricht soooo Bände über dich und *Milo*.«

»Es ist nichts mit Milo. Also, die Probe.«

»Um welches Stück ging's denn?«

»Um ›Grease‹.«

»Gries? Wie Brei?«

»Nein, ›Grease‹. Wie Schmiere. Du kennst es also auch nicht?«

»Nö, muss ich?«

»Nein. Ist irgend so ein Ding aus den Fünfzigerjahren, schätze ich. Zumindest war die Probe heute quasi eine Rock-'n'-Roll-Tanzstunde.«

»Ah, wäääh. Klingt nach Sport.«

»Das war's auch. Und die Choreografin ist ein Drill-Instructor. Sie hat Phillip und mich ...«

»Moment, Phillip? Ist das der Typ aus dem Bus? Der, mit dem du Sex hattest?«

Ich pruste so laut, dass ich mir danach die Nase wischen muss. Überlass es Nathalie, mich in meinen dunkelsten Stunden aufzuheitern.

»Ja, Nat, genau. Der Phillip, mit dem ich schon auf dem Weg vom Flughafen in den Club heißen Sex hatte. Auf dem Fensterplatz. Genau der.«

»Aaaaaw«, macht sie.

»Lieber Gott, gib mir Kraft.«

»Ich fasse zusammen: Du machst bei einem schmierigen

Theaterstück mit und der superscharfe Phillip ist dein Tanz-
partner?«

»Okay, gut, jetzt weißt du alles.«

»Nicht so zynisch, junge Dame. Schick mir Fotos.«

»Nat!«

»Okay. Also. Warum hast du angerufen?«

»Du hast angerufen.«

»Warum, Penny?«

»Weil … Es war nett heute mit Milo. Schätze ich.«

»Mmmmh.«

»Nat?«

»Hm?«

»Gehen wir schlafen, okay?«

Es ist beinahe Mitternacht, als ich die Tür zu unserem Zimmer
öffne. Im schwachen Mondlicht kann ich Helenas Silhouette
ausmachen – eine schlanke, grazile Figur unter dem weißen
Laken.

So lautlos wie möglich schleiche ich hinüber zu meinem
Bett, einen zaghaften Schritt vor den anderen, und dennoch
regt sich Helena, vermutlich war sie schon wach.

»Penny«, flüstert sie.

Ich gehe zu ihr. »Hallo«, wispere ich ebenso leise. »Brauchst
du etwas?«

Anstelle einer Antwort rutscht sie ein Stück und klopft
auf den frei gewordenen Platz neben sich. Ich setze mich
zögernd. Helena rückt noch weiter und gibt einen Teil ihres
Kopfkissens frei, also streife ich die Schuhe ab und lege mich
zu ihr. Kaum hat mein Hinterkopf das Kissen berührt, hat
Helena mir einen Arm um die Taille geschlungen und ihre
Wange an meine Schulter geschmiegt.

Automatisch versteife ich mich, was Helena allerdings nicht von mir abrücken lässt. Müde sagt sie:

»Es tut mir leid, dass ich dich heute im Stich ließ. Und es tut mir leid, dass du mich gestern so sahst. Ich dachte nicht, dass mich das bisschen Gin so abschießen würde.«

»Es war vielleicht ein bisschen mehr Gin als gedacht.«

»Mmmh.«

»Und das auf die Muscheln, die du nicht vertragen hast.«

»Mmmh.«

»Und wie geht es dir jetzt?«

»Viel besser. Ich schlief und kotzte, schlief und kotzte …«

Ich lächle. Und ich denke, allmählich gewöhne ich mich an Helenas seltsame Sprache, die die komischsten Sätze noch komischer klingen lässt.

»Wie war es mit Milo?«

Ich lächle nicht mehr. »In Ordnung, schätze ich? Wir … haben Katzen gefüttert und im Theater die Scheinwerfer eingerichtet. Solche Sachen.«

»Mmmmmmh.« Der Laut vibriert an meiner Schulter. Helena kuschelt sich näher an mich, und in der Stille, die folgt, beginnt sich auch meine Anspannung zu lösen, ich sinke tiefer in die Matratze, der Tag war lang und womöglich zieht mich auch das schlechte Gewissen in die Dunkelheit hinab. Ich sollte aufhören, mir über Milo Gedanken zu machen, so viel ist sicher. Das hier ist seine Freundin, die furchtbar reizend ist, also …

Ich muss eingeschlafen sein, auf dem Rücken in Helenas Bett, denn ich schrecke auf, als sie sich mit einem »Oh!« plötzlich aufrichtet.

»Heute war deine erste Probe, richtig?«

»Morgen, Helena, okay?«

»Okay.«

Sie legt sich wieder hin, ihr Kopf dicht neben meinem. Ich drehe mich zur Seite und Helena folgt der Bewegung, das Löffelchen, das mich von hinten umarmt.

Mein Blick fällt auf ihre Instax-Kamera, die auf dem Nachttisch liegt, das Tagebuch darunter. Ich frage mich, ob sie heute ein Bild aufgenommen hat, aber selbst eine Helena kann einem vergifteten Tag im Bett nichts Positives abgewinnen. Oder?

Hätte ich heute ein Foto von meinem Tages-Highlight gemacht, welches wäre das gewesen?

In Gedanken gehe ich die vergangenen Stunden noch mal durch, sie waren vollgepackt mit Arbeit, Aufregung, Neuem, Milo, die Szenen blättern sich vor mir auf wie ein Daumenkino.

Und sie halten an bei seinem Gesicht.

Es lächelt, ohne die Lippen zu verziehen, seine Augen funkeln, wie ein Bergsee, so tief, und genauso geheimnisvoll.

Milo Kolberg sollte nicht der letzte Gedanke sein, den ich vorm Schlafen denke, doch ich fürchte, er ist es.

24

MILO

Die Gedanken sind frei

In der Woche, die auf Helenas Ausfall folgt, geschehen seltsame, unerklärliche Dinge. Es ist, als wäre das 100 000 Quadratmeter große Clubgelände auf ein Zehntel seiner Größe geschrumpft, und an jeder Ecke dieser Fläche sehe ich Penny – und das so gut wie unmittelbar, nachdem ich beschlossen hatte, dass es keine gute Idee ist, zu viele Gedanken auf das Mädchen aus meiner Vergangenheit zu verschwenden. Oder Zeit mit ihr zu verbringen. In den ersten Tagen nach ihrer Ankunft sind wir uns so gut wie gar nicht über den Weg gelaufen. Das ist nun offenbar vorbei.

Zunächst begegne ich ihr unten am Strand. Es ist früh, noch nicht einmal sechs, vor etwa so vielen Stunden haben wir uns erst voneinander verabschiedet, doch wie es aussieht, plagen sie an diesem Morgen Schlafstörungen, so wie mich, oder was sonst hat sie hier vor Sonnenaufgang verloren?

Sie hat sich eine der Liegen vom Stapel genommen und kauert auf deren äußerem Rand, die Knie nach oben gezogen, das Kinn darauf abgestützt. Als sie meine Schritte hört, neigt sie den Kopf in meine Richtung, mehr nicht. Es folgt eine Stille, in der gefühlte 240 Volt Spannung liegen, dann die Frage (meinerseits), ob sie mit Gigi und mir auf Fütterungstour gehen möchte *(what the fuck?)*, und die Antwort (ihrerseits und mit jeder Menge Verzögerung), dass ja, das würde sie gern tun.

Wir sehen uns wieder beim Frühstück (nicht sehr überraschend), doch dann am Nachmittag, nach ihrer Tanzprobe, taucht sie auf einmal hinter der Bar auf, um mit mir die Sundowner auszuschenken. Am nächsten Tag das Gleiche, wir treffen uns am Strand, füttern die Katzen, treffen uns wieder im Frühstücksraum, von wo aus sie mit Helena weiterzieht, nur um mir dann doch in regelmäßigen Abständen über den Weg zu laufen; am Pool, beim Kaffeebuffet, wo auch immer.

Was das Schlimmste ist an dem Ganzen? Dass ich mich inzwischen, wenn sie ausnahmsweise mal nicht in Sichtweite ist, frage, was Penny gerade macht. Was nicht gut ist. Ganz und gar nicht gut. Ich schiebe die Gedanken weg, so vehement und so weit es geht, helfen tut es nicht immer. Und ich fürchte, ich bin so auf Penny fixiert, dass ihr Name der erste ist, der mir in den Sinn kommt, als mir jemand von hinten die Augen zuhält.

Was großartig ist, absolut brillant.

»Hallo, Fremder.« Helenas Hände streichen über mein Gesicht, die Wangen hinunter, zum Hals. »Ich suchte dich schon überall. Versteckst du dich hier drin?«

»Ich gehe den Lichtplan durch.« Ich räuspere mich, Helenas Hände sind auf meinem Bauch jetzt, den Kopf hat sie auf meine Schulter gestützt. »Fabienne hat ihn mir gestern erst gegeben. Sie wollen heute einige Stellproben machen.«

»Mmmmmm.« Sie summt den Ton dicht an meinem Ohr, bevor sie damit beginnt, kleine Küsse auf meine Haut zu drücken, Kinn, Hals und Nacken damit zu bedecken. »Oh, du schmeckst gut, Milo Kolberg«, seufzt sie. »So viel besser als die Pizza, die ich eben hatte.«

Ich lache, ich muss mich nicht mal dazu zwingen. Kein Schenkelklopf-ich-mach-mich-nass-Lachen, eher schwach, aber immerhin. Helena ist superlieb, sie ist fröhlich, freundlich, sie will niemandem etwas Böses, und ich habe die vergangenen Tage viel zu wenig an sie gedacht. In ihren Armen drehe ich mich um und drücke ihr einen Kuss auf die Lippen. Dann noch einen. Dann die etwas intensivere Variante.

»Scheint, als wär die Pizza auch ganz gut gewesen«, sage ich schließlich. »Margherita?«

»Funghi.«

»Erstklassige Wahl.«

Helena lächelt, und ich bin ziemlich sicher, irgendwo draußen beginnen Vögel zu zwitschern.

»Wie wär's, wir versuchen, heute Nacht ein Plätzchen zu finden. Nur für uns?«

Ich zögere maximal zwei Sekunden. »Grandiose Idee.«

Das Lächeln wird breiter, mehr Vögel stimmen ein, bevor der Gesang zu einem abrupten Ende kommt, weil die Tür hinter uns aufgerissen wird.

»Hi, kann ich dir helfen mit …« Penny verstummt, als ihr Blick auf Helena fällt; sie sieht zu mir, schnell, dann wieder zu meiner Freundin. »Sorry, ich wollte nicht stören.«

»Tust du nicht.« Ich trete einen Schritt zurück. »Du wolltest mit den Scheinwerfern helfen?«

»Ja, aber …«

»Hey!«

Und schon ist besagte Freundin von mir zu Penny gesprungen, um sie ebenfalls zu umarmen. »Es ist toll, dass du dich so für das Theater erwärmst. Nicht ganz so, wie ich es mir wünschte, aber immerhin.«

Auch Penny bekommt einen Kuss auf die Wange. Sie verzieht keine Miene, doch ich bin ziemlich sicher, dass sie diese Nicht-Reaktion eine ganze Menge Anstrengung kostet. Ich glaube nicht, dass Penny der Typ ist, der gern mit anderen auf Tuchfühlung geht. Wobei ... der Schr... Ich schüttle den Kopf. Hier stehe ich, keine fünfzig Zentimeter von meiner Freundin entfernt, und mache mir über eine andere Gedanken. Schon wieder.

Ich räuspere mich. »Also gut. Ich hab den Lichtplan für ›Grease‹ bekommen. Willst du auf die Leiter oder an die Regler?«

»Was dir lieber ist.«

»Okay, dann bleib hier. Ich stelle die Scheinwerfer ein.« Mit einer Hand an ihrem Rücken lenke ich Helena in Richtung Tür. Diese Kabine ist definitiv zu eng für drei. Wir sind fast draußen, da bleibt sie abrupt stehen.

»Oh! Was machen wir eigentlich am Sonntag?«

»Am Sonntag?«

»Du hast frei, ich hab frei, und Penny hier überlebte zwei Wochen Einarbeitung! Wer wären wir, wenn wir das nicht feierten, hm?« Sie strahlt so umfassend, mein Kiefer beginnt zu schmerzen. »Wir sollten einen Ausflug machen. Penny die Insel zeigen.«

»Oh, nein, nicht nötig. Macht ihr euren Ausflug allein, ich will ... ich kann ...«

»Papperlapapp.« Helena winkt ab (und ja, sie sagt es tatsächlich. Papperlapapp). »Sicher kommen noch ein paar andere mit, du wärst nicht das dritte Rad am Wagen! Abgemacht? Oh, etwas zum Freuen, wie toll ist das?« Womit sie mich ein letztes Mal küsst, nicht zu kurz, Penny zuwinkt und in Richtung Ausgang verschwindet, jeder Schritt ein kleiner Hüpfer.

Penny und ich wechseln einen Blick. Ich drehe mich wortlos um und laufe die Stufen hinunter und zur Mitte der Bühne, wo die Leiter bereitsteht.

25

PENNY

Der Ausflug

Meinem ersten Ausflug auf der Insel sollte ich enthusiastischer entgegensehen, stimmt's? Aber sind wir mal ehrlich: Ich bin seit zwei Wochen hier, mein Körper hat sich mittlerweile vielleicht an den Muskelkater gewöhnt, nicht aber an die Müdigkeit, und alles, was ich außerhalb meiner Arbeitszeit möchte, ist schlafen. Schlafen und möglichst nicht daran denken … Möglichst an gar nichts denken.

»Du verschliefst bereits deinen ersten freien Tag«, trällert Helena, als ich sie höflich angrummle, die Vorhänge wieder zuzuziehen und die Musik leiser zu machen. Unglücklicherweise ist ihr morgendlicher Übereifer ausgerechnet in eine meiner wenigen Tiefschlafphasen gefallen, weshalb ich nun geräderter bin als noch vor ein paar Stunden. Der Schlaf und ich, wir führen neuerdings eine recht komplizierte Beziehung. In den meisten Nächten begegnen wir uns zu spät, nicht lange genug, nicht wirklich oft, manchmal auch gar nicht. Heute war ich bereits zu unchristlicher Zeit hellwach und debattierte mit mir, ob die frühen Fütterungsrunden mit Milo tatsächlich eine gute Idee sind und ob ich nicht lieber im Bett bleiben sollte. Um zu schlafen. Seine Nähe zu meiden. Mich selbst nicht in noch mehr Verwirrung zu stürzen. Über den Gedanken schlief ich ein, und dann – Helena.

Die Matratze kippt ein Stück, als sie sich auf den Rand setzt und nach der Bettdecke greift, die ich über meinen Kopf gezogen habe.

»Aufstehen, Schlafmütze. Heute ist ein großer Tag! Du kommst aus dem Gefängnis frei. Gehe nicht über Los. Ziehe nicht einen Haufen Euro ein.«

»Hmpf.«

»Das sagtest du bereits. Mehrmals. Und jetzt hopp.«

Wobei sie mir einen Schlag auf den Hintern versetzt, der nur noch schwer als freundschaftlich durchgehen kann.

Ich schrecke hoch. »Wow, Helena!«

»Aufstehen! Sagte ich das bereits? In einer halben Stunde sind wir mit den anderen vorm Eingang verabredet. Und zieh deine Badesachen drunter.«

Halbe Stunde. Badesachen. Die anderen.

Die Sache mit der Tiefschlafphase, wenn man ihr unfreiwillig entrissen wird? Sie lässt nicht so leicht locker. Weshalb sich mein Hirn um sich selbst zu drehen scheint, während ich mich stöhnend aufrapple, ins Bad schlurfe und die Tür hinter mir zuziehe, ein bisschen fester als beabsichtigt. Ich steige in die Duschkabine. Drehe das Wasser auf. Was hatte Helena gesagt, wo wir hinwollen? Ich kann mich nicht erinnern. Irgendetwas von einem grandiosen Strand, ergo die Badeklamotten. Und wer waren noch mal die anderen? Für eine Sekunde öffne ich unter dem wohltuenden Wasserstrahl die Augen: Milo wird da sein. Natürlich wird er das. Er ist Helenas Freund. Der Gedanke an ihn ist es, der es am Ende schafft, den letzten Nachhall von Müdigkeit aus meinem Körper zu treiben.

Auf einer Skala von eins bis merkwürdig waren die vergangenen Tage eine glatte Zwölf. Seit dem Morgen, an dem wir das erste Mal zusammen die Katzen gefüttert haben, hat sich so etwas wie ein gemeinsames, unausgesprochenes Ritual entwickelt: Ich stehe vor Sonnenaufgang auf, ziehe meine Sportklamotten über, laufe zum Strand. Treffe Milo, wir joggen. Die Futterrunde kommt als Nächstes. Wir verabschieden uns, ich schaffe es zum Frühstück und sogar noch, vorher zu duschen. Ich weiß nicht. Ich weiß auch nicht, ob Helena darüber Bescheid weiß, dass ich Milo morgens treffe. Ich nehme an, *sie* nimmt an, dass ich Sport mache, und zwar allein – gefragt hat sie bisher noch nicht. Und ich hab es ihr nicht erzählt. Was es irgendwie zu einem Geheimnis macht, das ich nicht vor ihr haben möchte. Das ich überhaupt nicht haben möchte.

Womöglich hat Milo ihr davon erzählt. Ja, womöglich hat er das. Für ihn ist es sicherlich auch viel weniger merkwürdig, denn schließlich ist nichts zwischen Milo und mir, außer vielleicht der Tatsache, dass wir uns von früher kennen, zufällig am gleichen Ort gelandet sind und nun versuchen, etwaige Vorurteile dem anderen gegenüber auszuräumen. Oder, keine Ahnung. Einander abzutasten. Im übertragenen Sinn, versteht sich. Wobei ich nicht behaupten kann, dass ich diesbezüglich schon Fortschritte gemacht hätte. Nach wie vor ist Milo großartig darin, nichts zu sagen. Nach wie vor fällt es mir unglaublich schwer, ihn einzuschätzen. Doch hier, unter der Sonne Spaniens (harhar), hat er etwas von seiner Dunkelheit verloren, so viel lässt sich zumindest sagen.

»Penny! Bist du wieder eingeschlafen? Unter der Dusche?«

Ich lege den Kopf in den Nacken und lasse das Wasser über mein Gesicht rinnen. Und ich nehme mir vor, spätestens morgen, bevor ich mich ein weiteres Mal hinter Helenas Rücken zu Milo und den Katzen stehle, offen zu ihr zu sein.

Ein dummes Geheimnis ist nur so lange ein dummes Geheimnis, bis man es mit jemandem teilt. Richtig?

Die nächste halbe Stunde wird viel schlimmer als erwartet. Zunächst nörgelt Helena an der Wahl meines Outfits herum – schwarze Yoga Pants, schwarzes T-Shirt, Flipflops –, dann daran, dass ich bei der Aussicht aufs Schwimmengehen weitgehend auf Make-up verzichten will. Nicht auf den Puder, die Sommersprossen gehen gar nicht. Doch mit meinen Wimpern sehe ich ohnehin nie völlig ungeschminkt aus, weshalb es eine Sekunde an mir nagt, dass Helena dennoch auf Eyeliner besteht und mir ihren Lipgloss aufdrängt. Noch ahne ich nicht, weshalb ihr meine äußere Erscheinung an diesem Morgen so wichtig ist, doch spätestens als wir am Eingang des Clubs ankommen, wird es mir klar: Die anderen, mit denen wir uns hier vorgeblich treffen, bestehen neben Milo genau aus einer Person. Phillip.

Ich werfe Helena einen Seitenblick zu. Sie grinst von hier nach La Gomera. Phillip selbst ... Nun, sagen wir einfach, das wird kein leichter Tag für mich werden.

›Wohin fahren wir noch mal?‹«
»Cofete.«
»Co– *was?*«
»Was?«
Ich schüttle den Kopf. Ich sitze hinten im Jeep, alle Fenster sind heruntergekurbelt und der Fahrtwind macht es unmöglich, irgendetwas zu verstehen. Zumal von dem, was die sagen, die vorn sitzen. Milo hinterm Steuer. Neben ihm Helena. Ich hinter ihr und links daneben Phillip. Er ist der Einzige, mit dem eine Unterhaltung möglich ist, und das auch

nur, weil er so dicht an mich herangerückt ist, dass ich die dunklen Partikel in seinen blauen Augen sehen kann.

»Cofete«, wiederholt er dicht an meinem Ohr. »Das liegt auf der anderen Seite der Landzunge. Ist ein ziemlich abenteuerlicher Weg dorthin, unbefestigte Straßen und all das, und dann mitten durchs Gebirge. Aber es lohnt sich. Am Ende wartet ein echt cooler Strand, an dem so gut wie nichts los ist.« Er zwinkert mir zu, warum auch immer, und ich wende den Blick ab, nur um im Rückspiegel auf den von Milo zu treffen.

Ich sehe nach rechts, aus dem glaslosen Fenster. Gebäude ziehen an mir vorbei, Hotels, dahinter ragt der blaue Himmel auf ins Nirgendwo, keine Wolke weit und breit.

»Es läuft ganz gut mit uns, oder?«

»Bitte?«

»Na, mit ›Grease‹ und so weiter. Echt cool. Mit dir zu tanzen, meine ich.«

Für einige Sekunden sehe ich Phillip schweigend an. Er hat keine Ahnung, was in meinem Kopf vorgeht, und das ist sicher besser so. Denn ich denke … Ich denke, Phillip ist geduscht, sein Poloshirt ist gewaschen, sein Aftershave okayish, und dennoch mag ich seinen Geruch nicht. Kein bisschen. Wohingegen Milo, nach dem Joggen, ungeduscht, mit Katzenfutter unter dem Arm …

Abrupt bringe ich diesen Gedanken zum Stehen und wende mich mit frisch aufgesetztem Lächeln wieder Phillip zu.

»Echt cool. Immerhin trittst du mir nur noch bei jedem zweiten Schritt auf die Füße.«

Phillip lacht. Sicher tut er das. Jungs wie er mit einem Selbstbewusstsein wie diesem sind nicht so leicht aus dem

Konzept zu bringen. Er lacht und dann legt er seinen Arm um meine Schultern. Und ich bin schon dabei, ihn wegzuschieben, als ich erneut Milos Blick im Spiegel bemerke und mich dagegen entscheide.

Wenn irgendjemand annehmen sollte, dass ich mich für intellektuell nicht ganz fortgeschrittene Surfer interessiere, dann er.

»Kannst du bitte kurz anhalten?« Ich beuge mich nach vorn zwischen die Sitze und klopfe Milo auf die Schulter. »Fährst du für einen Moment rechts ran?«

»Was ist los?«

»Mir ist nicht so gut.«

Ich lasse mich zurück in den Sitz fallen, und Milo nutzt die nächstmögliche Einbuchtung auf dieser vermaledeiten Schotterpiste, um rechts ranzufahren.

Ich springe aus dem Wagen. Helena hinterher. Ich höre die Autotüren der Jungs zuschlagen, aber ich laufe unbeirrt weiter, über die Straße, zu der Seite, die zum Meer hin zeigt, wo Luft ist, und dort, am Abgrund, atme ich tief, tief ein.

Wir sind ziemlich weit oben. Seit einer Stunde windet sich die Katastrophe an Sand, Steinen und Schlaglöchern, die die Einheimischen *Straße* nennen, den Berg hinauf, durch Geröll, Gestrüpp und Hochnebel, doch nun sind wir auf der anderen Seite der Landzunge angekommen, beziehungsweise hoch über ihr. Und mir ist schlecht. Die Kurven, das Ruckeln, der Staub – mir ist übel wie lange nicht. Ich vertrage Autofahren einfach nicht. Habe ich noch nie.

»Hier, trink das.« Helena reicht mir eine Wasserflasche und wirft einen besorgten Blick auf mich. »Wahrscheinlich, weil wir nicht frühstückten«, sagt sie. »Wir dachten, es wäre nett, zur Abwechslung mal in einem Café zu essen, aber ich vergaß, wie lange man unterwegs ist, um hierherzukommen.«

»Gerade bin ich ganz froh, dass ich kein Frühstück intus habe. Ich bin mir ziemlich sicher, es würde wieder rauskommen.«

»Ey, was ist los mit dir?« Wieder liegt Phillips Arm um meiner Schulter, diesmal jedoch schüttle ich ihn ab.

»Übel«, erwidere ich kurz angebunden. »Geht gleich wieder.«

»Aaah, arme Süße!«

Ich werfe ihm einen ungläubigen Blick zu, der dann auf den von Milo trifft, welcher schräg hinter Phillip steht. Er sieht mich an, dann weg, aufs Meer hinaus. Mein Magen, arg geplagtes Organ am heutigen Morgen, zieht sich noch ein wenig enger zusammen. Auf einer Skala von eins bis *wir tun so, als ob,* sind Milo und ich gerade ganz oben angelangt. Und ich verstehe nicht, warum. Weshalb so tun, als würden wir nicht seit Tagen jeden Morgen miteinander verbringen und den Nachmittag auch noch, wenn ich ihm vor der Showprobe mit der Technik helfe? Weshalb nicht Helena mit einbeziehen, es ihr wenigstens erzählen, immerhin ist die Geschichte harmlos genug? Und es ist ja nicht so, als würden Milo und ich uns deswegen auf einmal näherkommen. Vielmehr sind wir nach wie vor alte Fremde, die sich zufällig wiedergetroffen haben, an einem noch fremderen Ort, und womöglich aus angestaubter Nichtverbundenheit Zeit miteinander verbringen.

Toll. Ich klinge wie eine Geistesgestörte.

Ich atme ein letztes Mal tief ein. »Okay. Fahren wir weiter.«

»Sicher?«

Ich sehe Milo nicht an. »Ja.«

Cofete entpuppt sich als bemitleidenswertes Dorf am Fuß eines Bergmassivs, das sich in düsteren Grau- und Brauntönen hinter einer Ansammlung heruntergekommener Baracken aus Metall und Holz auftürmt, die trostlos wirken und arm und deprimierend. Wir steuern das einzige Lokal in dieser Ödnis an, es ist nicht zu verfehlen. In großen mattschwarzen Buchstaben wurde das Wort *Café* an die graue Mauer eines wenig anheimelnden, massiven Gebäudes gemalt, und ich sehe es Helena an: So hat sie sich ihr Ausflugsfrühstück nicht vorgestellt.

»Ich denke nicht, dass sie hier eine schöne Auswahl anbieten«, murmelt sie auf dem kurzen Stück zwischen Parkplatz und Eingang. »Es sieht aus wie … wie …«

Womit sie recht hat. Der flache, in einem scheußlichen Rostrot bemalte Steinbungalow wirkt wenig einladend, und dennoch sage ich: »Sicher ist in diesen landestypischen Lokalen das Essen besser als anderswo.«

»Nicht, dass Spanier groß frühstücken würden«, mischt Phillip sich ein. »Es gibt Kaffee und irgendein Gebäck, ähnlich wie in Italien.«

Milo sagt gar nichts. Doch als wir den Eingang der Bar erreichen, als wir durch die quietschende Schwingtür ins Innere treten, voll mit dunklen Holztischen und abgestandenem Essensduft, schlägt er vor: »Wir könnten was mitnehmen. Kaffee und Muffins, und damit an den Strand gehen.« Was ihm ein dankbares Lächeln von Helena einbringt und in jedem Fall die beste Lösung ist.

Ich folge den beiden. Vom Parkplatz, wo wir das Auto stehen lassen, zu der Schranke, die den Übergang zum Strand markiert. Der breit ist, goldgelb, so gut wie leer; Wellen werfen sich auf den Sand, schäumend und wild vom Wind. Dafür, dass die Fahrt hierher furchtbar war und der erste Eindruck ernüchternd, ist dieser Anblick eine angemessene Entschädigung, finde ich.

Ich streife die Flipflops ab und stopfe sie in meine Badetasche. Atme tief ein. Meine Füße versinken im Sand und die Übelkeit verschwindet langsam aus meinem Körper. Allerdings nicht die Anspannung. Und ich frage mich wirklich, woher das kommt – dieses angestrengte Bewusstsein, als wäre jedes Nervenende darauf gepolt zu erahnen, wo Milo gerade ist. Es ist beinahe wie damals, nach dem Kuss. Elektrizität, die durch den Körper surrt und aufflackert, wenn er in der Nähe ist, selbst wenn diese Nähe 30 Meter Entfernung, einmal quer über den Schulhof, bedeutet. Das ging schnell, denke ich mir. Die totale Fokussierung auf den Jungen, der nicht gut für mich ist. Damals nicht, als sein Ruf und seine ganze Erscheinung mehr als undurchsichtig waren. Heute nicht, weil er eine Freundin hat. Eine wundervolle noch dazu.

Er ist vor einem Schild stehen geblieben, sie dicht neben ihm.

»Was ist das?«, fragt Phillip.

»Ein Hinweis, dass hier Schildkröten nisten«, erwidert Milo. »Man soll auf ihre Spuren achten, um sie nicht zu gefährden.«

»Gott, wie niedlich.« Helena. »Zu gern würde ich eine Babyschildkröte sehen wollen.«

Ich sage nichts. Denn Milos Tierliebe, sie macht etwas mit mir. Wie beinahe alles, was diesen Jungen betrifft. Und vielleicht deshalb, oder aus welchen Gründen auch immer, ist es mir nur recht, dass mein Handtuch so weit wie nur irgend möglich von seinem entfernt liegt.

Helena hat den Platz ausgesucht und Milo bedeutet, sich neben sie zu legen. Auf die andere Seite Phillip, dann ich.

»Wieso habe ich mein Brett nicht dabei?«, fragt der, während er sich »Baywatch«-like auf seinem Badetuch ausstreckt. Mittlerweile oder vermutlich, weil ich wegen der gemeinsamen Proben muss, habe ich mich mit Phillip angefreundet, aber er ist und bleibt ein wandelndes Klischee. All die Muskeln ausgestellt. Blond, braun gebrannt, personifiziertes Selbstbewusstsein.

»Es ist nicht gestattet, hier zu surfen«, erwidert Helena. »Die Strömung ist zu stark.«

»Aber es ist gestattet, ins Wasser zu gehen?«

»Und ob!« Sie grinst und gleichzeitig stehen die beiden auf. Sie hält Milo ihre Hand hin.

»Wir haben uns gerade erst hingesetzt.«

»Bitte! Sei keine Schildkröte.«

Sie ist so süß. Und ich muss jeden Gedanken an ihren Freund von mir fernhalten.

»Mir ist noch immer nicht ganz gut«, erkläre ich deshalb. »Ich pass auf unsere Sachen auf, in Ordnung?«

Zu dritt gehen sie ins Wasser und allein bleibe ich zurück. Ich sehe ihnen nach. Phillip, der klotzige Typ, den Muskeln sei Dank. Helena, groß und grazil. Und dann Milo, eher auf der schmalen Seite, aber dennoch sehnig, vom Laufen, nehme ich an. Wenn ich wählen müsste ... Aber das muss ich nicht.

Um mich abzulenken, ziehe ich mein Handy hervor. Und dann, weil ich nicht zu retten bin, schieße ich ein Foto.

26

MILO

Multiple Gespräche

Der Strand ist traumhaft. Der Sand fein, die Wellen hoch, die Luft so rein wie fast überall auf der Insel, und normalerweise reicht all das völlig aus, um meinen Kopf zu befrieden, um mich zumindest für einige Augenblicke ruhigzustellen.

Heute klappt das nicht.

Ich bin nicht sicher, woran es liegt.

»Stell dich nicht so an, Milo.« Phillip ist vor mir ins Wasser gerannt, Helenas Kreischen begleitet seine Godzilla-artigen Fortbewegungsversuche. Er rauscht wie eine Maschine durchs Wasser, die Muskeln auf high alert. »Augen zu und rein ins Nass. Sei keine Pussy.«

Helena nimmt meine Hand. »Fabelhaft, oder?«

»Absolut.«

»Als wären wir auf einer einsamen Insel gestrandet. Nur wir vier.«

»Und die Gruppe da drüben.« Ich nicke in die Richtung. »Und die da vorn. Und die da …«

»Spielverderber.«

Sie lässt meine Hand los und versucht stattdessen, auf meinen Rücken zu klettern. »Trag mich ins Wasser, Liebster.«

Ich greife nach hinten und schlinge ihre Beine um meine

Körpermitte, bevor ich losrenne, eine quietschende Helena auf den Schultern, einen gackernden Phillip vor mir, Pennys Blick im Nacken.

Pennys Bikini ist schwarz. Und er ist eine Nummer für sich. Die Träger des Oberteils sind breit und in ihrem Nacken verknotet. Die Hose ein großzügiger Streifen bis zum Ansatz ihrer Oberschenkel. Wie alles an der neuen Penny – der mit den kurzen schwarzen Haaren, dem peniblen Pony und diesen merkwürdigen Wimpern – wirkt auch ihr Schwimmoutfit wie aus der Zeit gefallen. Und obwohl er aus mehr Stoff besteht als nötig, ist dieser Zweiteiler das reizvollste Ding, das ich bisher auf dieser Insel zu sehen bekommen habe.

Okay.

Das reicht für heute.

Was zur Hölle ist los mit dir? Idiot.

Ich wende den Blick ab von der schlafenden Penny und sehe stattdessen aufs Meer hinaus, wo Phillip und Helena sich mit einem Boogie Board vergnügen. Keine Ahnung, wo sie es aufgetrieben haben, doch es sieht nicht danach aus, als wollten sie es bald wieder hergeben. Die beiden wechseln sich ab, und wie Penny bei dem Lachen und Geschrei schlafen kann, ist mir ein Rätsel.

Ich greife nach hinten, in Helenas Tasche, und ziehe ein Buch hervor. Terry Pratchett. Warum nicht? Ich drehe mich auf den Bauch, den Roman vor mir, als mein Blick auf den von Penny trifft.

Sie schläft also nicht.

»Was liest du?«

Ich zeige ihr das Cover. »Ist Helenas.«

»Mmmh.«

Ich weiß nicht, will sie noch was sagen? Einige Sekunden lang sehen wir einander an, schließlich wende ich mich wieder dem Buch zu, im gleichen Moment, in dem Penny sagt: »In den ersten Wochen auf dem Schulhof, da hattest du immer ein Buch dabei. So ein zerfleddertes Taschenbuch. Immer dasselbe ... ähm, soweit ich das erkennen konnte.«

Ich brauche einen Augenblick, bis mir klar wird, was sie gerade gesagt hat. Ich bin nicht nur verblüfft darüber, dass sie unsere gemeinsame Schulzeit anspricht, sondern mehr noch, dass ihr das mit dem Buch aufgefallen ist. Bevor wir uns geküsst haben, hatte ich nicht den Eindruck, dass Penny Fuchs überhaupt wusste, wer ich war. Geschweige denn, dass ich mich in den Pausen sicherheitshalber hinter einem Buch versteckt hielt, um mit niemandem in Kontakt treten zu müssen. Ich brauche einen ziemlich langen Augenblick, bis ich ihr antworte.

»Das waren Grimms Märchen.«

»Grimms Märchen?«

»Auf Latein.«

»Auf ... *Latein*?«

Ich nicke.

Penny setzt sich auf. »Du hast Grimms Märchen auf Latein gelesen. Wieso um alles in der Welt hast du das getan?«

»Du klingst, als hätte ich mit einer Steinschleuder auf Spatzen gezielt.«

Sie starrt mich nach wie vor an, die Lippen einen Spaltbreit geöffnet.

»Ehrlich, Penny«, beginne ich spöttisch, »allmählich bin ich beleidigt. Du denkst, was will dieser zwielichtige Proll mit einem Buch, und dann auch noch in einer Fremdsprache?«

Penny wird rot, und ich wünschte, es würde mich weniger treffen, ihre Gedanken erraten zu haben. Also schicke ich dem bitteren Sarkasmus ein süßes Clublächeln hinterher und sage: »Schon okay. Ich nehm's dir nicht übel.«

»Ich hab dich nie für einen Proll gehalten.«

»Aber für zwielichtig?«

»Ich weiß nicht. Bist du's?«

Bist du's. Nicht warst du's. Dennoch brauche ich nur halb so lange mit meiner Antwort wie sie zuvor mit ihrer. »Auf jeden Fall.«

Sie schaut aufs Meer, zu Phillip? Vielleicht sucht sie den direkten Vergleich. Vielleicht stinke ich ordentlich ab gegen ihn, ganz sicher sogar. Doch dann überrascht sie mich, indem sie sagt: »Womöglich hatte ich weniger Grund dafür, dich für zwielichtig zu halten, als andere.«

Und mein Blick fällt auf Pennys Lippen, und dann auf die Handtücher zwischen uns.

»Wieso hast du das Buch gelesen? Die lateinischen Märchen?«

»Ich hab mit Französisch angefangen und mich schwergetan mit Latein. Ich dachte, Märchen lesen – kann so kompliziert nicht sein. Und ich wollte mir ein paar Möglichkeiten offenhalten.«

»Möglichkeiten.«

»Mmmh.«

»Tiermedizin?«

Für einen Moment halte ich die Luft an. Und dann sage ich es ihr einfach: »Das war mal so eine Idee. Ist nichts draus geworden.«

»Wieso nicht?«

Ich zucke mit den Schultern. Die Wahrheit ist, dass ich nach Jannis' Tod zuerst ein Jahr verloren habe und dann den Notendurchschnitt, weshalb mein NC nicht ausreicht für Veterinärmedizin. Und obwohl mir das nicht wirklich peinlich ist, habe ich keine Lust, Penny davon zu erzählen. Ich habe überhaupt keine Lust, darüber zu reden. Ich spreche nicht über Jannis. Punkt.

»Was ist mir dir?«, frage ich stattdessen. »Du wolltest studieren, oder?«

»Hab ich. Und wieder abgebrochen. Gerade erst, ehrlich gesagt.«

»Was war's denn?«

»Psychologie.«

»Oh. Wow.«

»Ja.«

»Und? Nichts für dich?«

»Nein.«

»Wieso nicht?«

»Es war … Man verbringt zu viel Zeit in seinem eigenen Kopf, schätze ich.«

»Klingt grauenvoll.«

»Ist es.«

Ich lächle sie an. Sie erwidert mein Lächeln.

Sieh an. Penny Fuchs und ich. Seit Tagen sehen wir uns jeden Morgen am Strand und später bei den Katzen, doch so viel gesprochen haben wir in all den Stunden nicht, die wir gemeinsam verbracht haben.

»Und jetzt, das hier, auf Fuerte – ist das so eine Art Auszeit, bis du dir überlegt hast, was du als Nächstes tust?«

»Ich weiß nicht. Kann sein. Und bei dir?«

»Keine Ahnung. Es gefällt mir hier. Vielleicht bleibe ich Animateur, wer weiß.«

»Oh Gott, ernsthaft?« Penny grinst. »Hätte mir vor vier Jahren jemand erzählt, dass du irgendwann auf den Kanaren Cocktails mit Strohschirmchen verzieren würdest, ich hätte mich totgelacht.«

»Ja, da wäre ich sicherlich dabei gewesen. Wie sich die Zeiten ändern, was?« Ich überspiele meine Bitterkeit. Die Wahrheit ist, ich hab nicht viel gelacht damals, ich hatte keinen Grund dazu. Und auf einmal überkommt mich das Gefühl, Penny erklären zu müssen, warum. Alle Warums eigentlich. Warum ich damals der Außenseiter war, warum ich Autos geknackt, Pillen verkauft, Geld gestohlen habe. Warum, warum, warum. Warum ich hierhergekommen bin, um all das hinter mir zu lassen. Ich weiß nicht, was das ist mit Penny Fuchs, das die Worte in meinem Innern aufrührt, sie dazu bringt, nach oben zu steigen, aus dem Bauch, die Kehle hoch, bis an den Punkt, an dem ich sie ausspucken könnte. Ich weiß nicht, was es ist, und ich kämpfe dagegen an. Stattdessen sage ich: »Hast du mal daran gedacht, irgendwas in Richtung Theater zu machen?«

»Wie bitte?«

»Entweder hinter den Kulissen oder auch davor?«

Penny runzelt die Stirn. »Ja, sicher. Ich werde Schauspielerin. Die Amateurbühne des Solana Sunshine Clubs ist bestimmt genau die richtige Adresse, um sich zu empfehlen.«

»Es ist zumindest eine gute Gelegenheit, sich auszuprobieren.« Ich zucke mit den Schultern.

Penny erwidert nichts.

»Soll ich dir was sagen?«

»Was?«

»Du verbringst auch so ziemlich viel Zeit in deinem eigenen Kopf, ganz ohne Studium.«

»Ha. Das sagt der Richtige.«

»Was? Ich? Ich bin ein offenes Buch, oder nicht?« Ich versuche es erneut mit meinem patentierten Grinsen und natürlich kauft Penny mir das nicht ab.

»Wenn man Psychologie studiert, neigt man nicht nur dazu, sich selbst ständig zu analysieren, sondern alle anderen auch.«

»Ja? Interessant.«

Penny schüttelt den Kopf, doch sie sagt: »Manchmal.«

»Manchmal. Wieso habe ich das Gefühl, das war gerade kein Kompliment?«

Sie legt den Kopf schief, spitzt die Lippen, automatisch fällt mein Blick darauf. »Multiple Persönlichkeit, würde ich sagen. Sehr multipel.«

»Aha. Und wieso habe ich jetzt den Eindruck, dass ich *wirklich* nicht weiter nachbohren sollte?«

»Nachbohren? Inwiefern nachbohren?« Helena hat sich zwischen uns geworfen. Für eine Sekunde kniet sie auf ihrem Handtuch, dann überlegt sie es sich anders und klettert auf meinen Schoß.

»Ah, Scheiße, bist du kalt.«

»Ich bin frisch!«

»Eiskalt und nass.«

Mit den Händen drückt sie gegen meine Brust, sodass ich nach hinten falle und sie sich der Länge nach auf mich legen kann. Sie küsst mich. Ihre Lippen fühlen sich an wie Eiswürfel, und ich verspanne mich unter ihrem Körper, weil es mir auf einmal unangenehm ist, dass Penny uns zusieht.

»Ah, guck dir die beiden Turteltäubchen an.« Und nun ist auch Phillip wieder da. »Was ist, Penny? Auch Lust auf ein kleines Ganzkörperpeeling?«

»Weißt du, es gibt noch ganz andere Methoden, um deine Haut abzulösen.«

Unter Helenas Küssen verbiete ich mir ein Grinsen.

27
PENNY

Überraschung

Der Vorteil daran, dass zwei Wochen Einarbeitung hinter mir liegen und ich nicht mehr jeden Job seit Erfindung der All-inclusive-Clubs über mich ergehen lassen muss? Ich habe jetzt einen eigenen, nur für mich geltenden Dienstplan, der sich in den kommenden Wochen erst mal nicht ändern wird. Der Nachteil daran? Besagter Dienstplan wird sich in den kommenden Wochen erst mal nicht ändern. Weshalb ich einigermaßen verzweifelt bin, als ich den 17-Uhr-Slot entdecke, der AlDüRa für mich vorsieht, und das an drei von sechs Nachmittagen der Woche.

»Helena!«

»Ja, süße Penny?«

»Komm mir nicht so. Wusstest du davon?«

»Wovon?«

»Helena!«

Tatsächlich hat die Frau den Nerv, mich anzugrinsen, während sie neben mir herhüpft, sie *hüpft*, mit hinter dem Rücken verschränkten Händen, wie ein Kind, das genau weiß, dass es aufgeflogen ist. Wir befinden uns auf dem Weg vom Teammeeting ins Restaurant, wo ich um 8:45 Uhr die Eiertheke übernehmen soll. Ebenfalls kein Traumjob, aber immer noch besser als AlDüRa.

»Ich will das nicht machen«, sage ich.

»Auf manche Dinge hat man keinen Einfluss.«

»Ich wette, *du* hattest Einfluss, als du dir jemanden ausgesucht hast, der nachmittags mit dir den Clown spielt.«

Sie antwortet nicht. Wusste ich es doch.

»Wirklich, ich …«

»Du warst fabelhaft, als wir es vergangene Woche ausprobierten, und ich arbeite so gern mit dir zusammen. Lass mir den Spaß. Du musst auch nichts weiter tun als Spielmarken verteilen. Die Fragen stelle ich.«

»Argh. Helena. Im Ernst.«

»Viel Spaß an deinem ersten Tag in Freiheit, ja? Wir sehen uns spätestens um fünf.«

Und weggehüpft ist sie.

Alle Dürfen Raten, kurz AlDüRa, ist das allnachmittägliche Quiz, das jeweils um 17 Uhr startet, sich reger Teilnahme bei den Gästen erfreut und auf der Terrasse zur Hauptbar stattfindet. Ein Teammitglied stellt die Quizfragen (oh, und Helena mit ihrer niedlichen, altmodischen Art macht das perfekt), ihre Assistentin (in dem Fall ich) passt auf, wer zuerst seinen Namen in die Runde geworfen hat (denn nur der darf dann antworten), und verteilt anschließend Jetons an den Gewinner. Wer am Ende die meisten hat … und so weiter und so fort. Die Crux daran: Man muss sich verkleiden. Als Pilot und Stewardess, Dick und Doof, Homer und Marge, Tom und Jerry, was weiß ich. Alles ist möglich, nichts zu peinlich. Ähnlich wie bei den Restaurant-Promo-Geschichten, die sich übrigens ebenfalls in meinem Dienstplan finden, macht man sich hier zum Affen, und das vor der gesamten Barbelegschaft. Und damit ziemlich sicher auch vor Milo.

So.

Nun ist es raus.

Ich weigere mich, darüber nachzudenken, wieso es mir speziell vor Milo etwas ausmacht, mich zur Närrin zu machen, denn darüber nachzudenken birgt Gefahr. Feststeht, es fällt mir immer leichter, mit ihm zusammen zu sein, mit ihm zu reden oder auch einfach nur Zeit mit ihm zu verbringen, ganz ohne ein Wort zu wechseln. Wir haben nicht weiter über die Vergangenheit gesprochen, was viele Fragen offenlässt und sich dennoch irgendwie richtig anfühlt. Ich weiß nicht. Vielleicht möchte ich nicht mehr wissen, um diesen neuen Milo, den ich hier kennengelernt habe, nicht in die gleiche Schublade zu stecken wie den alten? Vielleicht möchte ich diese Freundschaft, die sich zwischen uns entwickelt, nicht schon im Keim ersticken? Wenn es aber wirklich nur die Freundschaft ist, um die ich mir Gedanken mache, wieso habe ich Helena dann immer noch nicht davon erzählt, dass ich Milo mit den Katzen helfe? Und allmählich denke ich, ist es zu spät dafür, denn wie würde das jetzt aussehen?

Ich seufze, während ich mir die Schürze umbinde, und noch ein bisschen mehr, nachdem ich die Kochmütze aufgesetzt habe. Apropos in lächerlichen Verkleidungen vor Milo herumturnen: Er steht schräg gegenüber hinter der Smoothie-Bar und zwinkert mir zu. Das war so klar. Ich lächle gequält und schlage ein paar Eier in die Pfanne.

Nach dem Frühstücksdienst bin ich in der Boutique. Nach wie vor lässt Ramón mich die meiste Arbeit machen, während er Gitarre spielt, Klamotten anprobiert oder stundenlang mit seinem Freund telefoniert. Ab und zu nötigt er mich, mit ihm Rock 'n' Roll zu tanzen, das sind die schlechten Tage. Darüber hinaus ist es in der Boutique okay und ich bin dankbar für den Job und dafür, für ein paar Stunden den Kopf ausschalten zu können. Die meiste Zeit über fühle ich mich nämlich, als sei mein Schalter auf *on* gestellt und ich ständig unter Strom, bereit zu performen, auf der Bühne, beim Essen, an der Bar, überall. Es geht mir inzwischen genauso wie Helena: Spaziere ich übers Clubgelände, werde ich mit Namen begrüßt und nach meinem Befinden gefragt, es ist so gut wie unmöglich, fünf Schritte zu tun, ohne mit einem Gast konfrontiert zu werden, der mich von irgendwoher kennt. So gesehen bin ich ein vorbildliches Teammitglied, nehme ich an, allerdings auch eines am Rande des Nervenzusammenbruchs. Weshalb es gut ist, dass ich den überwiegenden Teil des Tages (vormittags drei und an manchen Nachmittagen noch mal zwei Stunden) mit Ramón und Elvis verbringe und viel von der restlichen Zeit im Theater.

Ich überlege, neben meinen zwei Pflichtshows noch bei ein paar anderen mitzuwirken, wer hätte das gedacht? Es ist, als hätte ich Blut geleckt oder etwas in der Art. Und ich weiß, was Milo am Strand von Cofete zu mir gesagt hat, ich erinnere mich. Auch wenn es mir ein Rätsel ist, wie er vor mir wissen konnte, dass Theaterspielen etwas für mich sein würde. Ohne zu lügen, kann ich von mir behaupten, dass ich noch nie darüber nachgedacht habe, auf der Bühne zu stehen, weder in der Schule noch außerhalb oder danach. Der Gedanke kam mir einfach nie. Im Gegenteil, er hat mir Angst gemacht, weil ich immer davon ausgegangen bin, selbstverständlich nicht spielen zu können. Und jetzt ... Ich betrete die leere Bühne, atme diese besondere Luft von Kreativität und Kunst und Zugehörigkeit, und irgendetwas entspannt sich in meinem Inneren, als legten sich all die von dem Clubstress durcheinandergeworfenen Teilchen auf einmal wieder an ihren Platz, wie eine Staubwolke, die man aufwirbelt, bevor sie sich in Zeitlupe zurück auf den Boden senkt.

So empfinde ich es jedenfalls. Genau so lange, bis Fabienne und die anderen auftauchen. Dann schießt Adrenalin durch meine Venen, der Schalter kippt auf *Einschalten*, doch diese Energie ist nicht unangenehm, im Gegenteil. Ich schätze, man nennt das positiven Stress, wenn sich der Körper anspannt, von oben bis unten, in freudiger Erwartung, sich endlich zu entladen. Fast wie bei einem Orgasmus. Oh, okay, das habe ich jetzt nicht wirklich gedacht. Schlimm genug, dass ich in der vergangenen Woche fast täglich an Milos Kuss denken musste. Und das Wort *fast* lässt sich hier getrost streichen. Und wie ich von Orgasmus über Adverbien zu Milo komme, ist mir ein Rätsel. Und nun ruft auch noch mein Vater an, und ich bin so überrumpelt in meinem Gedankenwirrwarr, dass ich das Gespräch tatsächlich annehme.

Sobald ich seine Stimme höre, verfluche ich mich dafür. Ich denke, ich bin noch nicht bereit für ihn.

»Penny?«

»Ja?«

»Wow, ich bin überrascht, deine Stimme zu hören. Ich hatte fest damit gerechnet, mich wieder einmal mit deiner Mailbox zu unterhalten.«

»Ich kann auflegen, wenn du möchtest.«

Stille. Dann: »Schön, dass du das Gespräch angenommen hast. Wie geht es dir?«

»Mir geht es prima, danke. Allerdings habe ich wenig Zeit. Ich komme gerade vom Frühstücksbuffet und bin auf dem Weg in die Boutique, also … Was gibt es?«

Meine Stimme klingt rau, ich höre es selbst. Sie schmirgelt die Worte hervor, ohne jede Wärme, Rundung, Anschmiegsamkeit. Das letzte Mal, als ich mit meinem Vater sprach, waren wir nicht sonderlich nett zueinander. Nun klingt er, als würde er das ändern wollen, und ich, als wäre ich weit entfernt davon, dafür offen zu sein.

»Penny ...« Pause. »Hör zu, es tut mir leid, wie unser letztes Gespräch verlaufen ist. Ich will nicht mit dir streiten. Und erst recht wollte ich nicht, dass wir streiten, bevor du in den nächstbesten Flieger steigst und ein halbes Jahr aus München verschwindest. Es tut mir leid. Ich ... hätte einlenken sollen.«

»Wirklich?« Das Wort rutscht mir heraus, eine Mischung aus Erstaunen und kindischer Erleichterung. Genauso kindisch, wie mein Vater mich nannte, als wir nach unserem letzten Zoff auseinandergingen.

»Ja. Wirklich. Ich wusste, wie du reagieren würdest, und habe dir trotzdem kein Mitspracherecht eingeräumt. Das war falsch.«

Ich bleibe unter einem der Bäume stehen, die den Dorfplatz säumen, und lehne mich mit dem Rücken gegen den Stamm. »Und jetzt klingst du, als hätte Nicole dir aufgetragen, genau das zu sagen.«

»Nun. Eventuell hat Nicole mich auf die richtige Fährte gebracht.«

Ich lächle, zumindest die zwei Sekunden lang, die es dauert, bis mein Vater sagt: »Und Nicole hält es für eine gute Idee, noch mal in Ruhe über alles zu reden.«

»Das wiederum sehe ich nicht so.«

»Penny ...«

Ich stelle mich aufrechter hin. »Hast du tatsächlich angerufen, um das Thema noch mal durchzukauen? Ich hab es schon deutlich gesagt, deutlicher geht es wirklich nicht: Wenn sie zur Hochzeit kommt, werde ich nicht teilnehmen.«

In der Stille, die meinen Worten folgt, höre ich meinen Vater tief atmen. Ich sehe ihn vor mir, die dunklen Haare zerzaust von seinen eigenen Händen, die braunen Augen müde und besorgt, wie immer, wenn es um seine Tochter geht. Ich weiß genau, wann ich damit begonnen habe, ihm das Leben schwer zu machen, und trotzdem weigere ich mich, die Schuld dafür einzugestehen. Er war es, der sich mit dem Feind verbündet hat in dem Augenblick, als er meiner Mutter vergab, was sie uns angetan hat.

»Leonie möchte dich an ihrem Geburtstag dabeihaben.«

»Dad.« Mit der Hand wische ich mir über die Augen. Die Tränen der Wut, die seit ein paar Sekunden hinter meinen Lidern brennen, sind kurz davor, Bekanntschaft mit der Öffentlichkeit zu machen. »Leonie weiß, dass das nicht geht. An ihrem Geburtstag bin ich hier, in Spanien.«

»Nun, ihr Geschenk besteht darin, dich besuchen zu dürfen. Etwas anderes hat sie sich nicht gewünscht.«

Ich stöhne auf. Dann bin ich diejenige, die tief, tief atmet. »Ich muss Schluss machen. Mein Dienst fängt gleich an.«

»Penny.«

»Bye, Dad.«

Und damit klicke ich ihn weg.

Es dauert keine Minute, da summt das Handy mit einer Sprachnachricht von ihm.

DARTH VADER: Wir haben für die letzte Maiwoche gebucht. Bitte enttäusche deine Schwester nicht und versuche, ein paar Tage freizubekommen, ja?

»Hallo!«

Beinah lasse ich das Telefon fallen, als Helena wie aus dem Nichts auftaucht und einen Arm um meine Schultern wirft.

»Tut mir leid, wenn ich dich erschreckte. Wichtige Nachrichten?«

»Nein.« Ich stecke das Handy weg und versuche erst gar nicht, mich aus Helenas Umarmung zu befreien. Mittlerweile habe ich mich daran gewöhnt, dass sie zu den Menschen gehört, die gern andere berühren. »Das heißt – mein Vater.« Ich ziehe eine Grimasse. »Er hat vor, für ein paar Tage in den Club zu kommen. Mit seiner künftigen Frau und meiner künftigen Stiefschwester.«

»Oh, das sind gute Neuigkeiten, oder? Wie nett von deiner Familie, dass sie dich hier besuchen will.«

»Ja.« Mehr Spott kann niemand in zwei Buchstaben packen. »Fabelhaft geradezu.«

»Du bist nicht glücklich darüber?«

»Ich … könnte ein bisschen Abstand vertragen.«

»Mmmmh.« Helena drückt meine Schulter, bevor sie den Arm sinken lässt und stattdessen nach meiner Hand greift. »Am besten, wir lenken dich ab, ja? Rate, wer heute beim AlDüRa mit Fragen um sich wirft?«

»Oh nein, bitte. In was für ein furchtbares Kostüm wirst du mich heute stecken?«

»Rate!«

Ich stöhne stattdessen.

»Wer bin ich?« Sie bleibt vor mir stehen und strahlt mich an wie eine 300-Watt-Birne.

»Keine Ahnung. Die Sonne?«

»Mööööp.«

»Mööööp?« Ich lache.

»Rate!«

»Ähm … Der Joker?«

»Ein Tier. Ich bin ein Tier. Welches?«

»Ich weiß es nicht, Helena. Du siehst aus wie die Grinse-katze.«

»JA!!! JAJAJA! Und das macht dich …«

Ich ahne Fürchterliches, doch ich ziehe nur skeptisch beide Brauen Richtung Haaransatz. »Ich weiß nicht?«

»Die Teetasse, Dummi! Du gehst heute als Teetasse!«

Klar. Als Teetasse. Ich kann es kaum erwarten.

28
MILO

Je später der Abend

Der Tag ist unspektakulär. Positiv formuliert. Ich bin erst an der einen Bar, dann an der anderen. Dazwischen richte ich die Scheinwerfer ein für die Show.

Penny taucht nicht auf.

Am Erwachsenenpool bekomme ich von niemandem irgendetwas mit, später erzählt Helena mir von ihrem AlDüRa mit Penny, das ihren Worten nach *umwerfend* war, die beiden als magisches Duo verkleidet – Helena als Cheshire Cat, Penny als Teetasse. Ich kann mir bildhaft vorstellen, wie umwerfend Penny dieses Schauspiel gefunden haben wird, doch ich lasse Helena in dem Glauben, dass ihre neue Freundin ebenso viel Spaß an dem Auftritt hatte wie sie selbst.

Helenas neue Freundin. Das sagt doch eigentlich alles, oder?

»Heute nach der Show übernehme ich die Nachtwanderung«, sagt sie. »Kommst du mit?«

»Geht nicht. Bin hinterher an der Bar. White Party, du weißt schon.«

»Ah, ich verpasse die White Party.« Leichter Schmollmund. »Das ist zu schade.«

»Wieso haben sie dich für die Nachtwanderung eingeteilt? Ist das nicht normalerweise Job der Sportler?«

»Phillip fragte mich, ob ich einspränge. Er wandte sich wohl zuerst an Penny, doch sie sagte, sie habe heute schon genug Gruseliges erlebt. Sie ist urkomisch manchmal.«

»Wieso? Was hat sie Gruseliges erlebt?«

Helena verdreht die Augen. »Ihre Eltern wollen in den Club kommen.«

»Wirklich?«

»Wirklich. Eine wundervolle Überraschung, oder? Penny scheint noch nicht ganz überzeugt zu sein, aber ich bin mir sicher, das wird sich noch einstellen.«

Ich starre Helena an, erstaunt, und dann doch wieder nicht. Ich meine – das ist Helena. Und zuzulassen, dass etwas nicht wunderbar ist, nun mal nicht ihre Stärke.

Die Show dagegen ist es schon. Ich leuchte ihr den Weg durch die populärsten Musical-Melodien, die vom Band kommen, während die Tanztruppe dazu Hüften und Beine schwingt. Helena ist Faszination und Anmut und Ausstrahlung und Perfektion. Und ich sehne mich nach Kanten und Zicken und Sonnenblumenaugen.

Ich muss verrückt geworden sein.

Komplett verrückt.

Nach der Show tausche ich mein gelbes Shirt gegen ein weißes, schon bin ich passend für den Mottoabend gekleidet. Zu hell für meinen Geschmack, zu unschuldig. Denn wenn ich etwas nicht bin, dann doch wohl das.

Ich stehe hinter der Bar, als Helena aus dem Bühneneingang stürmt, lachend, Phillip im Schlepptau, sich durch eine Reihe von Gästen windend, die ihr Komplimente zurufen für ihren Auftritt. Sie versteht es, darin zu baden. Phillip versteht es, die Aufmerksamkeit, die Helena zuteilwird, auf sich zu beziehen. Ich frage mich, was er hinter der Bühne zu suchen hatte. Vermutlich war er wegen irgendwelcher Requisiten dort, für die Nachtwanderung. Vielleicht hat er auch einfach Helena abgeholt, warum nicht?

Ob ich beim Gedanken daran Eifersucht empfinde?

Ich horche in mich hinein.

Die ehrliche Antwort?

Nein, leider gar nicht.

Und das hat nichts mit Penny zu tun. Denke ich. Und dann schiebe ich den Gedanken an den Strand und die Erleichterung darüber, dass Penny sich offenbar nicht von Phillip einwickeln lässt, energisch beiseite.

Das zwischen Helena und mir, das war schon so, wie es ist, bevor mein Hirn diese verirrten Windungen freilegte, die sich nur noch um Penny zu drehen scheinen.

Und wenn man vom Teufel spricht ...

»Hilfe, gib mir was zu trinken, bitte.« Sie lässt sich auf den freien Hocker vor mir fallen.

»So schlimm?«

»Egal, was. Hauptsache, es brennt.« Penny greift nach der Getränkekarte, und ich mustere sie, während sie versucht, im bläulichen Stroboskoplicht die Namen der Cocktails zu entziffern. Alles ist blau an dieser White Party, blau und weiß, als wäre man an einem der Pole gelandet. Die Lichter lassen Pennys Haare blauschwarz schimmern. Der Kontrast zu ihrem weißen Sommerkleid ist wie eine kalte Dusche an einem ziemlich heißen Tag. Dazu die Wimpern, dieser irrsinnige Pony ...

Schau woandershin, Milo.

»Ich nehme den Daiquiri«, sagt sie, schiebt die Karte von sich und sieht mich an.

»Vorzügliche Wahl, was die weißen Cocktails angeht«, stimme ich zu.

»Was um Himmels willen ist ein White Wedding?«

»Bacardi, Amarula, Karamell, Sahne.«

Sie blinzelt. »Den nehme ich später auch noch.«

»Sehr wohl.«

Ich tauche den Rand eines Cocktailglases in Zitronensaft, dann in Zucker, bevor ich den Alkohol hineingleiten lassen, ohne den gerade hergestellten Rand zu zerstören. Ich garniere das Glas mit einer halben Zitronenscheibe und einem weißen Schirmchen, bevor ich es vor Penny abstelle.

»Et voilà.«

Sie lässt mich nicht aus den Augen, während sie das Glas an die Lippen hebt und einen großen Schluck nimmt.

Ich stelle mir vor, wie sie die Zitrone schmeckt und den Rum, den Zucker, die Kälte von gecrushtem Eis. Ich denke: Ich würde sie wahnsinnig gern küssen, im gleichen Moment, in dem Penny ein Geräusch von sich gibt, das ebenfalls nicht hierhergehört.

»Göttlich«, summt sie.

Ich drehe mich so abrupt weg, dass ich mit Xavier zusammenrumple auf der Flucht ans andere Ende der Bar, um mich um weitere Gäste zu kümmern, die nicht Penny sind und mich weniger aufwühlen.

White Partys im Club Solana Sunshine sind perlend und prickelnd und äußerst gefragt bei den Gästen. Die helle Kleidung vermittelt Summerfeeling, Unschuld, pure Freude, die Drinks sind heiß, das blaue Licht kühlt bei Bedarf, die Laune ist bestens. Technobeats dröhnen aus den Boxen, doch der DJ ist angehalten, nicht nur eine Musikrichtung einzuschlagen, sondern viele, querbeet, nur Partystimmung muss sein, es soll niemanden auf seinem Barhocker halten. Bei den allermeisten gelingt das, die Tanzfläche ist als solche nicht mehr zu erkennen, überall zappeln und ruckeln Menschen zu Stakkato-Rhythmen. Einzig eine schmale, weiß gekleidete Figur mit schwarzem Kinn-Bob kauert unbewegt am Tresen, mittlerweile den dritten Cocktail vor sich. Das ging schnell. Und dennoch winkt sie schon wieder Xavier zu sich, Getränkekarte in der Hand.

»Ich übernehm das.« Ich schiebe Xavier beiseite. »Schenkst du zwei Pils ein? Für die beiden da drüben?« Ich nicke ans andere Ende der Bar, wo ich jetzt auch lieber wäre, mit gebührendem Abstand zu einer bestimmten Person, für die ich mich dennoch irgendwie verantwortlich fühle. Von der Ferne aus dabei zuzusehen, wie sie sich abfüllt, kommt also leider nicht infrage.

»Vielleicht entscheidest du dich bald mal, mein Freund«, sagt Xavier gutmütig und macht sich auf den Weg.

Wenn nur alles so einfach wäre wie die Zusammenarbeit mit Xavier.

»Hallo, Fremder.«

»Hallo, Penny.«

»Schenkst du mir noch einen Daiquiri ein? Diese weiße Hochzeit ist doch nicht so mein Ding. Zu … schwülstig.«

»Wie schmeckt ein schwülstiger Cocktail?«

»Probier ihn.«

»Ich trinke keinen Alkohol.«

»Du …« Penny blinzelt. Ich nutze die Gelegenheit, ihr eine Flasche Wasser plus Glas hinzustellen und die nächsten zehn Minuten eine Reihe anderer Gäste zu bedienen, um Pennys Trinktempo einen Gang runterzuschalten.

Sobald ich wieder vor ihr stehe, fragt sie: »Wieso trinkst du keinen Alkohol?«

»Er schmeckt mir nicht.«

»Ist das so?«

»Du glaubst mir nicht?«

Sie sieht skeptisch aus.

»Ah, ich verstehe.« Ich nicke. »Du hältst mich für einen trockenen Alkoholiker? Was auch immer dir beliebt, Penny. Noch einen Daiquiri?«

Sie zögert, dann: »Bitte.«

Ich wiederhole die Prozedur, Glas, Zuckerrand, Zitronenscheibe, Schirmchen. Ich stelle den Drink vor Penny ab.

»Ich halte dich nicht für einen trockenen Alkoholiker. Wenn du sagst, Alkohol schmeckt dir nicht, glaube ich dir. Wieso sollte ich das nicht tun?«

Sie setzt das Glas an, nippt daran, leckt sich die Lippen. Sie sind das Einzige, das an Penny nicht geschminkt ist, ich weiß nicht, warum mir das jetzt erst auffällt. Die schwarz umrandeten Augen, der alles überdeckende Puder, nur die Lippen, die sind einfach so, wie sie sind.

»Du solltest mir nicht glauben«, sage ich. »Ganz generell gesprochen.«

Eine Sekunde lang sieht sie mich an, dann verziehen sich ihre ungeschminkten Lippen zu einem winzigen Lächeln, das fast entschuldigend wirkt. »Tue ich aber.«

Ich schüttle den Kopf. Die klopfende Musik, das bebende Licht, ich habe allmählich das Gefühl, mein Verstand verflüchtigt sich, ganz ohne Promille im Blut.

Mit dem Finger fährt Penny den Zuckerrand ihres Glases nach, leckt dann die Kristalle von der Spitze. »Milo?«

»Hm?«

»War es damals auch so?«

»War damals was wie?«

»Wolltest du, dass die anderen Dinge von dir denken, die gar nicht wahr waren?«

Diesmal werfe ich ihr ein Lächeln zu, das sich fast ein bisschen gemein anfühlt, wie eine Waffe. Ich will nicht diesen Sog in ihre Richtung spüren, ich kann nicht. Und ich kann nicht zulassen, dass sie annimmt, ich wäre immer schon Mr Solana Sunshine gewesen, denn falscher könnte eine Annahme gar nicht sein.

»Du hast nicht vor, mir zu antworten, oder?«

Ich beschäftige meine Hände. Bereite zwei Gin Tonic zu, irgendjemand wird sie schon wollen. Schließlich werfe ich Penny einen gespielt verwirrten Blick zu. »Wie war noch mal die Frage?«

Sie verdreht die Augen. Und ich stelle fest, dass ich mich inzwischen wirklich an diesen seltsamen Wimpernkranz gewöhnt habe. Er gefällt mir, so wie mir in letzter Zeit irgendwie alles an Penny zu gefallen scheint.

Okay.

Stopp.

Ich trage die Gin Tonics weg, nehme mehr Bestellungen auf, lande wieder vor Penny, um die Drinks zuzubereiten.

»Machst du mir auch so einen?«

»Du weißt schon, dass die Aufforderung, nach den Shows an der Bar *Gästekontakt* zu pflegen, nicht impliziert, dass du dich betrinkst, ja?«

»Gästekontakt.« Sie schüttelt sich. Schiebt mir ihr leeres Glas hin und nickt mir auffordernd zu. »Glaub mir, niemand hat es heute nötiger zu trinken als ich. Ich hab einen Anruf bekommen. Keinen sonderlich schönen.«

»Einen Anruf?« Ihre Eltern vermutlich, aber ich sage Penny nicht, dass ich schon von Helena davon weiß. Sie sieht absolut so aus, als müsste sie die Geschichte selbst erzählen.

»Mein Vater.« Sie zieht eine Grimasse, dann schiebt sie ihr leeres Glas noch ein Stückchen näher zu mir und sieht mich auffordernd an.

Ich werfe einen Blick über Pennys Schulter auf die Leute um uns herum. Es kommt nicht oft vor, dass einer von den Chefs am Abend an der Bar kontrolliert, was die Mitarbeiter so treiben – ein Vertrauensbonus, schätze ich, den Penny heute nicht wirklich verdient hat. Aber ich sehe niemanden, also mixe ich ihr einen leichten Gin Tonic und fülle ihn in ein Wasserglas.

»Offiziell ist das hier kein Alkohol, okay?«

Ich stelle den Drink vor ihr ab. Es ist ohnehin schon elf, um halb zwölf hat sie Dienstschluss, dann kann sie auf ihrem Zimmer weitermachen.

Penny nickt. Leider trinkt sie, als sei tatsächlich Wasser in dem Glas.

»Findest du nicht, du solltest ein bisschen langsamer machen?«

»Auf keinen Fall.«

»Penny.«

Sie setzt den Drink ab. Ihre Augen sind dunkel in dem Schwarzlicht, die Farbe von tiefem, undurchdringlichem Moos, man könnte darin untergehen, da bin ich sicher. Es schimmert feucht. Das Moos. Pennys Augen auch. Sie sagt: »Es tut mir leid. Alles irgendwie.«

Um kurz nach zwölf sperren wir die Bar zu. Open End ist angedacht, doch zwischen elf und Mitternacht ist meistens

Schluss. Der überwiegende Teil der All-inclusive-Gäste besteht aus Familien, und die schlagen sich in der Regel nicht die Nächte um die Ohren. Ramón spielt DJ heute und er hat bereits die Rausschmeißerstücke hervorgekramt, Frank Sinatra und Elvis, versteht sich. Die Tanzfläche ist leer gefegt. Die Musik dient nur noch Xavier und mir beim Aufräumen als Untermalung. Und Penny. Nachdem ich sie eine Zeit lang erfolgreich ignoriert hatte, war ihr Platz auf einmal leer. Eine halbe Stunde später sah ich sie kurz auf der Tanzfläche, dann war sie wieder verschwunden. Doch jetzt, nachdem fast alle gegangen sind, stelle ich fest, dass sie immer noch hier ist. Sie hat sich in Xaviers Barbereich gesetzt, dort vermutlich weitergetrunken, im Augenblick hat sie die Ellbogen auf die Theke gestützt und den Kopf darauf abgelegt. Es sieht aus, als ob sie schliefe.

»Xavier!« Ich werfe das Geschirrtuch in die Spüle und ducke mich unter dem Tresen hindurch. »Was ist mit Penny?«

Xavier wirft einen Blick auf sie. »Keine Ahnung. Gerade eben saß sie noch aufrecht und hat mitgesungen.«

»Wie viel hat sie getrunken?«

Ich stehe inzwischen neben ihr und Penny murmelt: »Warum fragst du sie das nicht selber?« Die Worte klingen undeutlich, und sie macht keine Anstalten, den Kopf zu heben.

»Also gut.« Ich verschränke die Arme vor der Brust. Ich bin sauer, merke ich gerade, und das aus diversen Gründen. Du lässt dich im Club nicht einfach an der Bar volllaufen, das ist das eine. Und du tust es erst recht nicht, wenn du eine intakte Familie und überhaupt keinen Grund hast zu jammern. Immerhin *hat* Penny noch eine Familie. Im Gegensatz zu anderen. Im Gegensatz zu solchen Leuten, deren Familiengefüge in der Folge eines ziemlich unnötigen Todesfalls explodierte wie ein überreifer Pfirsich auf Beton.

»Ich bringe sie in ihr Zimmer«, rufe ich, während ich versuche, Pennys Arm unter ihrem Kopf hervorzuziehen.

»Kein Thema«, ruft Xavier zurück.

»Ich hatte ein paar Drinks«, erklärt Penny, während sie sich aufrichtet, meine Hand abschüttelt und sich daranmacht, von ihrem Barstuhl zu klettern. »Und dann hatte ich Wasser, denn ich bin durchaus in der Lage zu erkennen, dass diese Marathon-Arbeitstage mit Kater noch viel schlechter zu ertragen sind als ohne, danke schön. Und ich finde den Weg in mein Zimmer allein.«

Ich hebe die Arme, als sie sich an mir vorbeischiebt, als hielte mir jemand eine Knarre vor die Brust. »Okay. In Ordnung. Wie du willst.«

Über ihre Schulter hinweg zeigt sie mir den Mittelfinger. Doch dann ist es nicht der Weg zu den Mitarbeiterunterkünften, den sie einschlägt.

29

PENNY

Tanz auf dem Drahtseil

Ich raffe das Kleid um den Hintern herum zusammen und setze mich an den Rand des Pools, vorsichtig darauf bedacht, dass der Stoff nicht nass wird. Helena hat mir das Kleid geliehen.

Nach einer desaströsen Einlage als dreidimensionale Teetasse, die bei ihrem Weg über die Sonnenterrasse an wirklich jedem Stuhl hängen blieb, und der Aussicht, mangels weißer Kleidung in Unterwäsche an die Bar zu müssen, um der Pflicht des Gästekontakts eine völlig neue Bedeutung beizumessen, griff sie in ihren Teil des Kleiderschranks und zog dieses Minikleid hervor. Das für sie ein Minikleid darstellt, mir reicht es bis übers Knie, was mir absolut recht ist.

Meine Füße gleiten langsam ins Wasser. Sie sehen aus wie Geisterfüße in dem hellen Licht der Poolbeleuchtung; wie zwei tote Gliedmaßen mit schwarzen Nägeln und knubbeligen Zehen.

Ich stütze mich auf den Händen ab, lasse den Kopf nach hinten sinken, weiter. Weiter. Noch ein Stück. Bis zu dem Moment, wo ich die Gestalt sehe, die aus Richtung der Bar auf mich zukommt, kopfüber, in Weiß, mit einer Flasche in der Hand.

»Sag mir, dass das Alkohol ist.«

Mit erhobenen Brauen stellt Milo die Wasserflasche zwischen uns ab, bevor er sich neben mich setzt. Ich möchte wetten, dass er seine Schuhe nicht auszieht, dass er nie im Leben auf die Idee kommen würde, die Beine seiner Jeans hochzukrempeln und seine Füße neben meinen ins Wasser … Und dann tut er es. Ich sehe von meinen Geisterfüßen auf seine. Milo stützt sich nach hinten auf den Ellbogen ab und starrt in den Pool.

Hinter uns löscht jemand das Licht in der Bar.

»Buenas noches, niños«, ruft Xavier. Und dann ist es mit einem Mal dunkel um uns herum, die Beleuchtung des smaragdblauen Chlorwassers die einzige Lichtquelle. Die folgende Stille ist schwarz und tief und nur durchbrochen vom Plätschern unserer Zehen im Wasser.

»Du bist echt gut darin, weißt du?«, sage ich.

»Worin genau?«

»Im Nichts-Sagen.«

»Normalerweise bin ich darin sogar noch besser. Das müsstest du wissen, mehr als jede andere hier.«

Ich sehe Milo an, aber er sieht geradeaus auf den Pool. Es ist wie ein Tanz zwischen uns, denke ich. Zwei Schritte vor, einen zurück, der Abstand gewahrt, doch ab und zu stolpert man über seine eigenen Füße und gefährlich nah in Richtung des anderen. Gerade jetzt zum Beispiel. Ich spüre deutlich das Bedürfnis, mich nach hinten fallen zu lassen, den Kopf auf Milos Brust zu legen, ihn einzuatmen und der Frage auf den Grund zu gehen, ob ich mich an seinen Duft erinnere, wenn ich ihm je wieder so nah kommen sollte wie damals, in diesem bescheuerten Schrank.

Und auf einmal sind sie wieder da, diese brennenden Tränen hinter meinen Lidern, ich habe keine Ahnung, wieso.

Der Alkohol oder die Erinnerungen, was weiß ich. Milo sieht es, aus dem Augenwinkel. *Ich* sehe es in seinem Blick.

»Du tust es schon wieder«, sagt er.

»Was?«

»So lange schweigen, bis ich mich gezwungen fühle, etwas zu sagen.«

»Ist das so? Bei mir fühlst du dich gezwungen, etwas zu sagen?«

»Sieht so aus.«

So unauffällig wie möglich wische ich mir Feuchtigkeit aus den Augenwinkeln. »Und wenn ich mich nicht hierhergesetzt habe, um mich zu unterhalten?«

»Dann geh ich wieder.«

»Okay.«

Nichts passiert. Ich gebe meine unbequeme Position auf und setze mich gerade hin, was mich für einen Moment schwindlig werden lässt. Ich atme tief ein. Ganz langsam aus. Ich stelle fest, dass der Alkohol mir nur kurzzeitig geholfen hat, den Trübsinn, der sich nach dem Telefonat mit meinem Vater über mich gelegt hat, zu heben, denn nun ist er wieder da. Ich bin deprimiert und fühle mich gleichzeitig wie ein bockiges Kind, was keine sonderlich gelungene Mischung ist.

Ich drehe mich zu Milo um. »Mein Vater will wieder heiraten«, sage ich. »In diesem Sommer.«

Stille.

Milos Position ist unverändert und er sieht mich unverwandt an. Die Haare hat er im Nacken mit einem Gummi zusammengebunden. Er sieht sauber aus in diesen weißen Klamotten und es passt nicht zu ihm. Kein bisschen. Sein Blick haftet auf meinen Wangen und verunsichert reibe ich mit den Handflächen darüber. Die Ruhe, mit der er mich ansieht, verunsichert mich noch mehr. Und wie immer, wenn es um mich geht, um meinen Vater und um die Probleme, die wir miteinander haben, tue ich mich schwer, den Kern davon in Worte zu fassen, weil er jedes Mal, wenn ich es versuche, damit beginnt, mich von innen aufzufressen.

»Es geht gar nicht darum, dass er wieder heiraten will, denn Nicole ist wirklich in Ordnung, und Leonie … Das ist ihre kleine Tochter. Ich liebe Leonie.«

Eine ganze Weile erwidert Milo nichts, dann sagt er: »Okay?«, und ich schüttle den Kopf. Ihm zu sagen, worum es wirklich geht, den Kern hervorzuwürgen sozusagen, würde bedeuten, auch ihn mit einzubeziehen, irgendwie, der Abend auf dieser Party … Mist. Ich bin nicht sicher, ob das die beste Idee ist.

Als wäre Milo mit einem Mal unter die Gedankenleser gegangen, sagt er: »Ich kann verstehen, wenn du nicht darüber sprechen willst. Es gibt genügend Dinge, die ich auch lieber für mich behalte.«

Ja, denke ich. *Sicher gibt es die.* Einige Sekunden lang wäge ich ab, ob ich Milo das gleiche Verständnis entgegenbringen möchte wie er mir, doch dann siegt die Neugierde, ich weiß nicht. Jahrelang hat er mir Rätsel aufgegeben, er tut es noch, und womöglich ist es leichter, ihm seine zu entlocken, als von meinen Problemen zu erzählen. Also frage ich: »Was sind das für Dinge, die du lieber für dich behältst?«

Was folgt, ist ein langes, langes Schweigen. Und dann: »Ich hatte einen Bruder.«

Hatte. Ich blinzle. As in … Vergangenheit. Womit bewiesen

wäre, dass es kein bisschen leichter ist, von meinen Gespenstern auf seine auszuweichen. Er sieht mich an, ganz kurz nur, bevor er wieder geradeaus starrt, über den Pool hinweg zu der Schwärze, die der Ozean sein muss.

Ich wünschte, ich hätte diesen Blick nicht gesehen.

Ich überlege, etwas zu sagen, etwas wie *Das tut mir leid, Milo, tut mir leid, dass ich überhaupt gefragt habe, ich hatte keine Ahnung, dass du einen Bruder hast, geschweige denn …* Am Ende lasse ich es sein. Stattdessen hole ich Luft.

»Mein Drama fing an, als meine Mutter gegangen ist. Da war ich sechzehn.« Ich betrachte meine Füße, die im Wasser Kreise ziehen, peinlich genau darauf bedacht, nicht die von Milo zu berühren. »Tja. Man sollte meinen, dass ich mit sechzehn alt genug war, um damit umzugehen, aber offensichtlich war ich es nicht. Sie ist ausgezogen. Rate mal, an welchem Tag das war.«

Milo antwortet nicht gleich. Er hat die Brauen zu einer Linie zusammengezogen, jetzt setzt er sich auf und greift nach der Wasserflasche.

»Sie ist ausgezogen an dem Tag, an dem wir das erste Mal miteinander gesprochen haben.« Ich verziehe nicht mal das Gesicht, aber ich denke, Milo liest es an meinen Augen. Der Schrank. Der Kuss. Ich auf seinem Schoß. Er fragt:

»Miteinander gesprochen oder uns geküsst?« Und dann lächelt er, ein amüsiertes, kleines Lächeln. Und ich kann gar nicht anders, ich grinse ebenfalls. Und dann fällt mein Blick auf seinen Mund und sein Blick fällt auf meinen, und beide sehen wir weg, als wären wir zwölf.

»Falls es dich irgendwie tröstet«, sagt Milo, während er die Wasserflasche aufschraubt, »ich hab mich seinerzeit auch nicht regelmäßig in Schränken aufgehalten, um im Dunkeln

Mädchen zu küssen. Ehrlich gesagt, habe ich es davor nie getan und danach auch nicht.«

»War es so schlecht?«

Er hält mir die Flasche hin, ich greife danach, nehme einen Schluck. Gebe die Flasche zurück, Milo trinkt ebenfalls, und ich stelle das Atmen ein. Wie gern wäre ich diese Flasche? Auf einer Skala von eins bis völlig durchgeknallt bin ich eine Siebzehn.

»Sie hat meinen Vater wegen eines anderen verlassen«, sprudle ich hervor, um nicht noch einen weiteren Gedanken auf Milos Küsse verwenden zu müssen. »Und nun will er sie zu seiner Hochzeit einladen, weil er ihr aus mir absolut un- erfindlichen Gründen vergeben hat, und ich … ich kann das nicht.« Ich schüttle den Kopf. »Ich kann nicht vergessen, was sie getan hat. Ich kann's nicht. Und …« Mehr Kopfschütteln.

Als er davon ausgehen muss, dass erst einmal nichts mehr von mir kommt, sagt Milo: »Und jetzt fühlst du dich ausge- schlossen, weil die beiden sich versöhnt haben und du nicht bereit dazu bist?«

»Nicht ausgeschlossen. Verraten irgendwie. Ich meine, wie kann er … Sie hat ihn betrogen, während eines gemein- samen Urlaubs. Gibt es etwas noch Schäbigeres? Wir waren zu dritt, wir waren in Spanien, Sonne und Sand für alle, tral- lala, und weder mein Vater noch ich haben irgendetwas be- merkt, davon, dass …« Ich klappe meinen Mund zu. Die Male, die ich diese Geschichte jemandem erzählt habe, kann ich an einer Hand abzählen. An drei Fingern eigentlich. Weil es mich immer noch wütend macht, unglaublich wild. »Sie hat sich in einen Spanier verknallt. In unserem gemeinsamen Urlaub. Und als wir wieder zu Hause waren, brauchte sie zwei Wochen, um uns mitzuteilen, dass sie – ich zitiere – ›so nicht weitermachen kann‹. Sie habe angenommen, es sei nur ein One-Night-Stand gewesen. Du hättest sehen sollen, wie mein Vater sie anstarrte.«

Ich atme tief durch.

»Noch zwei Wochen später war sie weg. Sie ist nach Ibiza gezogen, auf die Rinderfarm von *Sancho*. Ihrer Meinung nach war ich damals alt genug, dass sie ihr Leben leben könne, wie sie das wollte, außerdem sollte ich die Schule fertig machen blabla, blabla. Fakt ist, sie wollte ein neues Leben beginnen und hat dabei Mann und Kind einfach abgeschoben. Ende der Geschichte.«

»Ist sie noch da? In Spanien?«

»Ja. Die große Liebe. Blabla. Sie hat mich beiseitegenommen und gesagt, ich sei schon fast erwachsen. Dabei hatte ich bis dahin noch nicht mal einen Jungen geküsst. Ich meine …«

Shit.

Ich klappe den Mund zu. Niemand sagt irgendetwas und ich kann Milo nicht ansehen. Vielleicht hat er den Zusammenhang nicht mitbekommen. Vielleicht kann er nicht eins und eins zusammenzählen, das wäre doch möglich?

In einem Schwung ziehe ich die Beine aus dem Wasser und stehe auf. »Es ist spät. Ich gehe schlafen.«

»Okay.« Milo steht ebenfalls auf. Er nimmt die Wasserflasche und gemeinsam machen wir uns auf den Weg zu unseren Zimmern, über den verlassenen Dorfplatz an der dunklen Boutique vorbei zu der Brücke, die den schmalen Bach überspannt, zu dem Gebäude, in dem sich die Freundin meines ersten Kusses mit mir ein Zimmer teilt. An der Gabelung, wo sich unsere Wege trennen, bleibe ich stehen.

»Also. Gute Nacht. Bis morgen.«

»Es tut mir leid, das mit deiner Mutter.«

Mir tut es leid. Wegen deines Bruders, denke ich, aber ich spreche den Satz nicht aus. Aus irgendeinem Grund habe ich den Eindruck, Milo versteht ihn trotzdem. Er mustert mein Gesicht, sekundenlang. Und dann sagt er: »Was mir allerdings nicht leidtut …«, bevor er mit dem Daumen über meine Unterlippe streicht. Einen Atemzug später hat er mich stehen lassen. Und ich bin mir nicht sicher, ob ich die Berührung gerade geträumt habe oder nicht.

30

MILO

Die Lage spitzt sich zu

Ich kann nicht glauben, dass ich Pennys erster Kuss gewesen sein soll. Und ich werde auch keine weitere Sekunde darüber nachdenken. Alles, was ich sage, ist, dass dieser Umstand genauso skurril ist, wie sie hier zu treffen, ein paar Tausend Kilometer weit weg von zu Hause, wo wir uns all die Jahre nach meinem unfreiwilligen Schulabgang nie getroffen haben. Und da lebten wir immerhin in derselben Stadt.

An dem Tag, an dem ihre Mutter ausgezogen ist, ist sie in den Schrank geklettert. Auch das ist verrückt, irgendwie. Oder auch nicht, denn es erklärt auf der anderen Seite einiges.

Ein Mädchen wie Penny hängt normalerweise nicht in Schränken rum, um fremde Jungs zu küssen. Sie ist genauso wenig der Typ dafür wie ich, und trotzdem sind wir damals beide dort gelandet.

Aus unterschiedlichen Gründen, und dann auch irgendwie aus den gleichen: Penny, weil sie jemandem etwas beweisen wollte, ihrer Mutter oder sich selbst. Zum Beispiel, dass sie ebenfalls rücksichtslos und egoistisch sein kann. Oder wild und unangepasst.

Ich? Ich wollte mir damals auch etwas beweisen. Nämlich,

214

dass ich neben der ewigen Sorge um meinen Bruder in der Lage bin, mein eigenes Leben zu leben. In dem es nicht darum geht, ihn zu decken, für ihn zu stehlen oder ihn aus irgendeinem Loch zu zerren. In dem es nicht darum geht, sich nur darüber zu definieren, dass man das Leben eines anderen in den Griff bekommt.

Noch so ein Gedanke, dem ich auf keinen Fall nachhängen sollte, während ich dringend versuche, Schlaf zu finden. Als wäre das einfach nach diesem Abend, nach Penny, nach dem, was sie mir erzählt hat, und dem, was ich beinah von mir gegeben hätte.

Ich spüre der Melancholie nach, die in mir aufsteigt, unaufhaltsam, alles andere mitreißend, und das erste Mal seit Monaten formt sich in mir der drängende Wunsch, mich in ein Loch zu vergraben und die Spuren dorthin zu verwischen.

Am nächsten Morgen bin ich entsprechend gerädert. Mehr noch, nachdem Penny nicht wie sonst am Strand auf mich wartet. Gigi und ich drehen unsere Runde allein, füttern die anderen Katzen, je weiter wir gehen, desto schleppender irgendwie. Also, ich zumindest.

Könnte sein, Penny hatte genauso wenig Schlaf wie ich und ist nur deshalb nicht zum Strand gekommen. Könnte auch sein, sie geht mir aus dem Weg, weil sie das Gefühl hat, zu viel gesagt zu haben, und es nun sehr gerne zurücknehmen würde.

Beim Frühstück jedenfalls sehe ich sie nicht. Als ich auf dem Weg zur Bar an der Boutique vorbeikomme, auch nicht. Und es kann an dem wenigen Schlaf liegen oder an der verwirrten Stimmung, in der ich mich allgemein befinde, aber ich weiß nicht, was ich davon halten soll. Es gefällt mir nicht, sie heute noch nicht gesehen zu haben. Und es gefällt mir nicht, dass es mir nicht gefällt.

Ergibt das irgendeinen Sinn?

Xavier merkt jedenfalls, dass etwas nicht stimmt. Er wirft mir fragende Blicke zu und nimmt mir Arbeit ab, wenn es ihm möglich ist. Die Gäste merken es an meiner eingeschränkten Bereitschaft, dem fröhlichen Solana-Standard zu entsprechen. Helena bemerkt es, als sie vorbeikommt, um mich für eine Sekunde in den Lagerraum hinter der Bar zu ziehen. Der Kuss ist nicht spielerisch wie sonst. Als ihre Hände unter mein T-Shirt fahren, zucke ich zusammen. Für einen Moment sieht sie irritiert aus, doch Helena wäre nicht Helena, wenn sie nicht in der Lage wäre, mögliche Unsicherheit weit von sich fernzuhalten. Sehr, sehr weit.

Stattdessen also verschränkt sie die Arme hinter meinem Rücken und strahlt mich an. Sie hat blaue Farbe am Kinn. Ich versuche ein Lächeln. Sie macht keine Anstalten, mich loszulassen, also beuge ich mich vor und küsse sie flüchtig, bevor ich mich aus ihrer Umarmung schäle.

»Ich sollte weitermachen.«

»Wann hast du Pause?«

»In zwei Stunden.«

»Oh. Dann sehen wir uns heute eher nicht. Vielleicht am Nachmittag. Zum AlDüRa.«

»Heute Nachmittag bin ich am Erwachsenenpool.«

»Aaah, heute ist wohl nicht unser Tag.«

»Es kommen ja noch viele.«

»Milo?«

»Ja?«

»Ich würde gern mal wieder etwas mit dir allein unternehmen. Nur wir zwei.«

»Klingt gut.« Klingt wenig überzeugend in meinen Ohren, doch Helena ist zufrieden.

»Later, Baby«, flötet sie.

»Auf jeden Fall«, erwidere ich.

Helena schwebt davon, und ich bleibe mit dem Gefühl zurück, dass die Maske, die ich seit Monaten trage wie eine zweite Haut, in leichte Schieflage gerät durch die andere, die ich gerade darübergestülpt habe.

31
PENNY

Hin- und hergerissen

Nicht zu fassen, was ich Milo alles erzählt habe. Zum einen das von meiner Mutter und dann das mit dem Kuss. Die Erinnerung an dieses Gespräch ist das Erste, was mir durch den Kopf schießt, als ich am Morgen erwache. Ich würde es gern ungeschehen machen. Dem Alkohol die Schuld geben. Aber sooo viel hatte ich nun auch wieder nicht getrunken… Und Milo … Auf einmal ist Milo also der Mensch, mit dem ich lieber reden möchte als mit jedem anderen? Ich drehe den Kopf zur Seite und sehe zum Handy auf meinem Nachttisch. Es wird Zeit, Nathalie anzurufen, ganz dringend Zeit.

Im Bett nebenan liegt Helena und rührt sich nicht. Hinter dem Fenster dämmert es erst, sehr spät kann es also noch nicht sein. Ich greife nach dem Telefon. Kurz vor sechs. Wenn ich Milo am Strand treffen möchte, muss ich jetzt los, und ich möchte, aber ich sollte nicht. Ich sollte ganz dringend darauf achten, seine Nähe nicht zu oft zu suchen, weil ich beginne, mich dort zu wohl zu fühlen.

Ich starre zu Helena hinüber, die mir den Rücken zugedreht hat. Es ist gar nichts passiert zwischen ihrem Freund und mir, zumindest nicht im Hier und Jetzt, und dennoch plagt mich mein schlechtes Gewissen so sehr, dass es mich nicht mehr einschlafen lässt. Die Gedanken sind das, weshalb ich mich schuldig fühle. Das Gefühl, ihn mehr und mehr zu mögen, Maske um Maske, die fällt.

Helena atmet ruhig und tief, und ich greife nach ihrem Instax-Tagebuch, das auf dem Nachttisch liegt. Ist ja nicht so, als würde sie ein Geheimnis um den Inhalt machen, sie hat mir schon oft genug Einträge daraus gezeigt. Ich schlage es auf und blättere nach vorn, zu den Bildern, die Helena zu Beginn ihrer Zeit im Solana Sunshine Club zeigen. Es ist viel Blau zu sehen auf diesen ersten Fotos; Palmen vor einem wolkenlosen Himmel, glitzerndes Poolwasser, Wellen, die sich am Strand unterhalb der Clubanlage brechen. Eine ganze Reihe von Aufnahmen zeigt Helena an den farbverschmierten Tischen des Ateliers oder im Theater, hinter den Kulissen, dann folgen einige Selfies mit Kolleginnen, die ehemalige sein müssen, mir jedenfalls kommen sie nicht bekannt vor. Und dann, nach etwa einem Drittel der Seiten, taucht das erste Mal Milos Gesicht auf.

Es fühlt sich irgendwie surreal an, dieses Buch, das sich Helena da gebastelt hat. Als würde man durch eine Romantikkomödie blättern, sich von einem magischen Schauplatz zum nächsten träumen, mit einer wunderschönen Heldin durch leuchtende Tage streifen, bis am Ende, endlich, Prince Charming an ihrer Seite erscheint. Und charming, ja, das ist Milo. Das ist er wirklich. Ich atme gegen die Verspannung an, die sein Anblick in meinem Magen verursacht, und versuche, einmal nicht den Jungen zu sehen, an den ich ganz offensichtlich in letzter Zeit zu viel gedacht habe, sondern den Fremden; den, den Helena hier im Club kennengelernt hat, ohne zu ahnen, dass er womöglich einmal ganz anders gewesen ist. Seite um Seite starre ich die Bilder an, nehme Milos Grinsen wahr, das leicht und entspannt daherkommt, doch nur in den seltensten Fällen seine Augen erreicht. Vielleicht war es doch keine Glanzleistung von Ramón, in Milo eine gewisse Unergründlichkeit zu erkennen, denn offen sieht sicherlich anders aus. Offen sieht aus wie Helena. Die wunderschöne, megasympathische, bei allen beliebte Helena, deren Strahlen seit ihrer Begegnung mit Milo noch um ein paar Watt zugelegt hat.

Ich klappe das Buch zu. Lasse mich auf den Rücken fallen. Denke nicht an die Fotos, die Helena und mich zeigen, denn dadurch würde ich mir noch viel schäbiger vorkommen. Stattdessen denke ich an das, was Milo gesagt hat.

Ich hatte einen Bruder.

Ich lege das Buch weg, presse die Augen fest zusammen und rolle zur Seite, mit dem Gesicht zur Wand.

Als ich das nächste Mal aufwache, hat sich meine Schlafposition nicht verändert, dafür alles um mich herum: Es ist hell im Zimmer, leise Jazzmusik plätschert aus Helenas Bluetooth-Lautsprechern, der Kokosduft ihres Duschgels wabert durch den Raum.

»Guten Morgen, Sleepy Head«, flötet sie, als ich mich schlafblinzelnd umdrehe. »Ich dachte schon, ich bekomme dich heute gar nicht mehr wach.« Helena steht am Fußende meines Bettes und rubbelt sich mit einem Handtuch die Haare trocken, während sie ein weiteres um den Körper geschlungen hat.

»Wie spät ist es?«

»Gleich sieben.«

Ich stöhne. Ich bin gerädeter als noch vor anderthalb

Stunden, als ich schon einmal sehr wach war und vermutlich hätte aufstehen sollen. Nun ziehe ich mir stattdessen die Decke über den Kopf, die nur Sekunden später wieder weggezogen wird.

»Nicht.«

»Was ist los?« Mit einer Hand klopft Helena an meine Seite, bevor sie sich auf meine Matratze zwängt, auch ohne dass ich ihr Platz gemacht hätte. Ich rutschte ein Stück nach hinten, mache die Augen aber nicht auf.

»Penny?«

»Hm?«

»*Was ist los?* Deine Mundwinkel berühren beinah deine Schulter.«

»Das ist anatomisch nicht möglich«, murmle ich und will mich aufsetzen, doch Helena drückt mich mit einer Hand wieder in die Kissen, so kraftlos ist dieser Versuch. Ich muss aufpassen, dass ich nicht zerfließe in diesem Bett. Vor Selbstmitleid und Scham und schlechtem Gewissen.

»Ist es immer noch wegen deines Vaters? Du kannst dich nach wie vor nicht darauf freuen, dass er dich im Club besuchen möchte?«

Ich starre Helena an. Ihre Augen sind groß und rund, voller Mitgefühl und ehrlichem Interesse. Und offensichtlich ist gerade die Zeit, in der ich das dringende Bedürfnis verspüre, jeden Zweiten über meine elterliche Misere zu informieren, denn ich sage: »Meine Mutter hat uns verlassen, um mit einem anderen durchzubrennen. Ich kann ihr das nicht vergessen, aber mein Vater tut es. Ihm fiel es nicht einmal schwer. Bin ich ein schlechter Mensch, weil ich es einfach nicht fertigbringe, ihr zu verzeihen?«

»Wow.« Helena lässt meinen Arm los und drückt stattdessen die Hand auf ihre Brust. »Was für eine miese Entscheidung. Die deiner Mutter, meine ich natürlich. Sie brannte durch? Lief einfach weg?«

»Innerhalb von zwei Wochen war sie auf und davon.«

»Gott, wie ...« Helena schüttelt den Kopf. »Wie alt warst du?«

»Es ist noch keine vier Jahre her. Ich war sechzehn.«

»Sechzehn.«

»Alt genug, um selbst klarzukommen, fand meine Mutter.«

»Puh. Ich weiß gar nicht, was ich dazu sagen soll. Meine Eltern ließen mich mit sechzehn noch nicht einmal allein in Urlaub fahren, geschweige denn, dass sie mir erklärten, ich könne allein wohnen.«

»Sie hat nicht vorgeschlagen, ich solle allein wohnen«, sage ich, während ich mich aufrapple und an Helena vorbei Richtung Bad stolpere. »Sie hat mich bei meinem Vater gelassen. Ihr war nur wichtig, mit ihrem Urlaubsflirt neu anzufangen und mich nicht als Anhängsel mitschleppen zu müssen.« Ich greife nach meiner Zahnbürste und drehe den Wasserhahn auf. Es ist lange her, dass ich jemandem von meiner Mutter, meiner Wut und alldem erzählt habe, und es tut mir nicht gut, merke ich, denn es spült Gefühle nach oben, sehr ungute Gefühle, die ich jahrelang sicher und tief vergraben hatte.

»Bist du Einzelkind?« Helena lehnt in der Tür, nach wie vor in ihrem Handtuch.

Ich nicke.

»Ich auch. Meine Eltern waren beide weit über vierzig, als ich auf die Welt kam. So eine Art Weihnachtswunder.« Helena lacht, bevor sie sich umdreht, zu ihrem Kleiderschrank geht und damit beginnt, T-Shirt und Shorts für den Tag herauszuziehen. »Sie versuchten jahrelang, ein Kind zu bekommen«, ruft sie über die Schulter, »mit jeder nur erdenklichen Unterstützung, und dann, als sie es schon beinah aufgegeben hatten, klappte es doch.«

Ich nuschle etwas, das ich selbst nicht verstehen könnte, spucke die Zahncreme aus und wiederhole: »Wie wunderbar für sie.«

»Und ob. Und für mich. Es gibt keine besseren, liebevolleren Eltern als meine. Sie vergöttern mich. Ich kann mir nicht vorstellen, dass sie mir je etwas derart Schäbiges antäten wie deine Mutter dir.«

»Ja. Das ist …« Ich steige in die Badewanne und ziehe den Duschvorhang zu. *Schön für dich*, denke ich. *Nicht gerade tröstlich für mich.*

Ich drehe den Wasserhahn auf und zucke unter dem kühlen Strahl zusammen. Es dauert ein paar Sekunden, bis das Wasser warm wird, ich wach werde und beschließe, dass Helena nicht mit Absicht ein kleines bisschen unsensibel ist, sondern vermutlich deshalb, weil sie nicht gern darüber nachdenkt, dass es anderen schlecht gehen könnte. Wenn Helena eine Farbe wäre, dann wäre sie Rosa. So ist sie nun mal. Positiv, wohlwollend, liebenswert.

»Penny!«

»Ja?«

»Gerade fiel mir etwas ein, um dich aufzumuntern. Halt dir die Mittagspause frei, ja?«

»Okay?« Ich hatte ohnehin keine Pläne für die Mittagspause. Keine Pläne, außer dem einen, Milo möglichst aus dem Weg zu gehen.

Und dies gelingt mir auch. Vortrefflich sogar. Zum Frühstück schaffe ich es ohnehin nicht mehr, im Anschluss bin ich am Empfang eingeteilt, um neue Gäste zu begrüßen – weit weg von jeglicher Bar, hinter der sich Milo aufhalten könnte. Den Vormittag verbringe ich im Inneren der Boutique, und um dort hinzukommen, nehme ich einen wenig frequentierten Umweg in Kauf. Ich komme mir lächerlich vor und gleichzeitig irre, weil ich auf der einen Seite froh bin, Milo nicht begegnet zu sein, und auf der anderen enttäuscht darüber.

Bis Helena um kurz nach eins vor mir steht, um mich freudestrahlend in die Mittagspause zu entführen, ist meine Laune schlechter als am Morgen und Helenas angekündigte Überraschung habe ich längt vergessen.

»Was sagst du?«
»Mmmh.«
»Geht es dir besser?«
»Mmmh-mmh.« Ich lehne mich tiefer in die weich gepolsterte Liege und widerstehe dem Drang, unter der Augenmaske, die mir die Spa-Mitarbeiterin eben aufgelegt hat, zu blinzeln. »Danke«, murmle ich schläfrig. »Für die Massage. Das war eine traumhafte Idee.«

»Mit Vergnügen«, gibt Helena zurück, und ich muss sie nicht sehen können, das Strahlen in ihrer Stimme ist nicht zu überhören.

Unsere Liegen stehen dicht nebeneinander in dem Ruhebereich des Hotel-Spas mit Ausblick auf den Erwachsenenpool und dahinter den Atlantik. Der Wind, so typisch für Fuerteventura, weht kühl über unsere in Bademäntel gewickelten Körper, er verstärkt das Prickeln, das die Hände der Masseurin auf meiner Haut hinterlassen haben.

»Weißt du, dass ich noch nie eine Massage hatte?«

»Was, wirklich?« Helena klingt überrascht und um so vieles wacher als ich. »Wieso das denn nicht?«

»Ich weiß nicht. Ich bin einfach nie auf die Idee gekommen, dass das was für mich wäre.«

»Und?«

»Doch. Definitiv. Ist was für mich.«

Helena kichert leise, und ich lächle in die angenehme Dunkelheit vor meinen Augen. Es ist nicht so, dass ich während der Behandlung nicht an Milo gedacht hätte, doch ich fühle mich trotzdem ein klein wenig leichter, müde und der Kopf ein schönes Stück leerer.

»Penny?«

»Mmmh?«

»Darf ich dich was fragen?«

»Sicher.«

»Du hast keinen Freund, oder? Zu Hause in Deutschland?«

Vor Schreck reiße ich unter der Tuchmaske die Augen auf, nur um sie eine Zehntelsekunde später wieder zusammenzupressen, in der Hoffnung, dass Helena mir meinen Schock nicht ansieht. Da man ihr ebenfalls einen feuchten Waschlappen aufs Gesicht gedrückt hat, ist die Gefahr nicht sonderlich groß, viel größer ist dagegen die Wahrscheinlichkeit, dass sie meinen trommelnden Herzschlag hört. Dabei kann ich mir nicht mal erklären, weshalb ich mich so aufrege. Das ist eine ganz normale Frage, die eine harmlose Antwort erfordert und nichts, rein gar nichts mit der gegenwärtigen Situation zu tun hat.

»Nein. Da ist niemand. Ich bin schon ein bisschen länger Single.«

»Echt? Wie schade.«

Ich widerstehe dem Drang, mich zu räuspern. Fast fühlt es sich an, als wollte meine Kehle sich wehren, ausgerechnet mit Helena ein Gespräch über Freunde zu führen. Als ich nichts weiter sage, fragt sie: »Wie lange?«, und diesmal ist es ein Stöhnen, das ich unterdrücke.

»Zwei Jahre. Wir waren auf der Schule zusammen, aber dann ist er fürs Studium nach Ulm gegangen und ich bin in München geblieben. Es hat einfach nicht mehr gepasst.« Es hat schon vorher nicht gepasst zwischen Felix und mir, wie so einiges, was das Ende meiner Schulzeit betraf. Als wäre mein Leben, nachdem meine Mutter nach Spanien verschwunden war, in eine Art Strudel geraten, der mich immer weiter wegzog, weit weg von mir selbst. Felix war eine dieser dummen Entscheidungen, die ich in dieser Zeit getroffen habe. Der Kuss im Schrank eine andere. Das dachte ich zumindest. Bis vor noch gar nicht allzu langer Zeit.

»Was ist mit dir und Milo?«

»Was?« Für eine Sekunde fürchte ich, ich hätte seinen Namen ausgesprochen. Doch dann sagt sie:

»Ich wette, er war der bestaussehende Typ deiner ganzen Schule. Interessiertest du dich nie für ihn?«

»Nein.« Mein Herz pocht exakt so schnell, wie diese vier Buchstaben über meine Lippen fliegen. »Ich meine, wir kannten uns eigentlich gar nicht. Nur vom Sehen. Milo war in der Parallelklasse, und das auch nur kurz.«

»Mmmh. Wieso eigentlich?«

»Wieso er nur ein Jahr auf unserer Schule war? Ich … keine Ahnung. Da musst du ihn selbst fragen.«

»Mmmh.«

Dem Geräusch nach hat Helena bereits das Interesse verloren und ich lasse mich erleichtert zurücksinken. Ich möchte auf keinen Fall, dass sie auch nur entfernt auf den Gedanken kommt, ich würde mich für ihren Freund interessieren. Ich bin nicht so jemand. Auf keinen Fall will ich so jemand sein.

»Ein Glück für mich«, sagt Helena. »Ihr scheint euch ziemlich gut zu verstehen.«

Unter all den Lagen Stoff auf meinem Gesicht werde ich röter als die untergehende Sonne. Gott, ich wünschte, dieses Gespräch wäre vorbei. Ich nehme mir vor, mich noch ein bisschen mehr von Milo zu distanzieren. Der Vorsatz allein löst in meinem Magen einen Aufstand aus, aber es ist das einzig Richtige. Wer sich nicht in Versuchung führen lässt, wird ihr nicht erliegen. Ich wünschte, meine Mutter hätte damals widerstanden. Und nie war ich erleichterter, dass ich nicht bin wie sie.

32
MILO

Wo bist du?

Penny geht mir aus dem Weg. Sie war seit Tagen nicht bei den Katzen, und ich weiß von mindestens zwei Malen, an denen sie beim Frühstück ihren Dienst getauscht hat, und allmählich habe ich den Verdacht, sie tut es, um nicht in meiner Nähe sein zu müssen. In Anbetracht dessen, dass sie mir auch darüber hinaus auszuweichen scheint, ist diese Idee gar nicht mal so absurd.

Natürlich frage ich mich, was der Grund dafür ist. Die Szene am Pool, das letzte Mal, als wir uns unterhalten haben, spielt sich in meinem Kopf ab wie eine gesprungene Schallplatte, wieder und wieder. Ihre Mutter, ihre Wut, ihr erster Kuss. Beinahe hätte ich diesem, *unserem* ersten Kuss einen zweiten folgen lassen, und wahrscheinlich hat Penny das gespürt, und vielleicht deshalb will sie mich nicht mehr sehen, ich habe ehrlich keine Ahnung. Vielleicht ist es besser so. Ich meine, wo soll das hinführen? Helena … Helena hat es jedenfalls nicht verdient, hintergangen zu werden. Ich bin nicht der Typ, der jemanden hintergeht. Warum also kann ich an kaum etwas anderes denken als daran, Penny noch einmal zu küssen?

Ich frage mich, ob sie es zugelassen hätte. Und dann ist da dieser Teil von mir, gar nicht mal so winzig, der davon ausgeht, dass sie den Teufel tun würde, sich noch einmal mit dem schwarzen Schaf der Schule einzulassen. Nicht freiwillig. Nicht nach allem, was sie über mich zu wissen glaubt.

Ich lasse den Gedanken ziehen, wie eine Wolke über dem Ozean. Greife nach dem Handy, das neben mir im Sand liegt, und schieße ein Foto, das ich meiner Mutter sende. Ich warte einige Sekunden, der Apfelbaum erscheint zur Antwort. Zeit, sich um die Katzen zu kümmern. Zeit, sich aus der seltsam unvollständigen Stimmung zu schälen, in der ich mich seit einigen Tagen befinde.

Ich schüttle den Kopf über mich selbst, während ich den Strand entlangjogge und die Stufen nach oben. Ich glaube, schneller war ich noch nie.

Nicht nur Penny fehlt bei der anschließenden Katzenrunde, auch Gigi lässt auf sich warten. Sie kommt mir nicht auf dem Weg zur ersten Futterstation entgegen, wie sonst immer, und sie taucht auch später nicht auf. Ich merke, wie ich unruhig werde, als ich die Schubkarre mit den Futtersäcken zurück in die Garage schließe; Unruhe, die sich über die Melancholie schiebt, die mich die vergangenen Tage fest im Griff hatte. Ich frage mich, welches Gefühl mir weniger gefällt, und habe keine Antwort.

Ich nutze die Mittagspause, um nach Gigi zu suchen, streife übers Clubgelände bis hinunter zu den Terrassen, auf denen die Atlashörnchen gefüttert werden. Ich finde sie nicht. Als ich es schließlich doch tue, spät am Nachmittag, ist es beinah schon zu spät.

33

PENNY

Heimlichkeiten

Es ist kurz vor fünf, als Milo in die Boutique stürmt, verschwitzt, außer Atem und mit dem seltsamsten Ausdruck auf dem Gesicht. Er trägt etwas im Arm, das ich nicht gleich als das erkenne, was es ist. Ein Bündel sandfarbenes Fell.

»Oh mein Gott.« Ich lasse die Zeitschrift fallen, in der ich geblättert hatte, und schiebe mich hinterm Kassentresen hervor. »Ist das ... was ist mit ihr?«

»Ich weiß es nicht. Ich hab sie so gefunden, auf der Terrasse zu unserem Zimmer.«

Ich strecke die Hand aus, um über Gigis Kopf zu streichen, der regungslos auf Milos Arm liegt, ziehe sie jedoch wieder zurück.

»Sie atmet, aber ihr Herz schlägt viel zu schnell. Ich muss sie zum Tierarzt bringen. Kannst du fahren?«

»Ich?« Ich bin überrascht, dass Milo ausgerechnet mich bittet, ihn und Gigi in die Tierklinik zu fahren, ich meine ...

»Was ist mit Helena?«

»Ist in einer Probe. Und ich hab keinen Führerschein.«

»Du hast ...«, beginne ich, bevor ich mir mit einem weiteren Blick auf Milos verzweifeltes Gesicht einen mentalen Schubs versetze. »Ich hab kein Auto. Warte.«

Ich will mich umdrehen, um nach hinten zu laufen, ins

Lager, wo Ramón höchstwahrscheinlich irgendwelche Klamotten anprobiert, doch als ich es tue, steht er bereits vor mir.

»Hier.« Er wedelt mit dem Autoschlüssel. »Steht auf dem Mitarbeiterparkplatz. Ein roter Seat.«

»Danke! Kommst du ohne mich klar?«

»Sicher. Rettet die Katze.«

»Wir müssen hoch auf die Straße, die zum Flughafen führt, und dann rechts.« Milo sieht auf sein Handy, und ich versuche, nicht auf Gigi zu starren, die leblos in seinem Arm hängt. Sie hat sich kein bisschen bewegt, seit wir aus der Boutique und übers Gelände zum Parkplatz gelaufen sind, und sie tut es noch immer nicht.

»Was ist bloß mit ihr passiert?« Ich klammere mich geradezu ans Lenkrad in dem Bemühen, nicht auszuflippen, weil die arme Gigi neben mir sterben könnte, und bei dem Versuch, mit einem fremden Wagen zurechtzukommen. Ich liege nicht gerade sicher in den Kurven und beim Anfahren ruckelt es bedenklich. »Sorry«, sage ich bestimmt schon zum fünften Mal, obwohl Milo Gigi in einer Art festhält, die sie vor jeder Erschütterung bewahrt. »Wie lange brauchen wir zur Tierklinik?«

»Laut Handy dreizehn Minuten.«

»Okay.« Ich atme durch.

Milo hat das Gesicht zum Fenster gewandt und schweigt.

Ich muss zugeben, es fällt mir schwer, ihn so zu sehen, so verschlossen und in sich gekehrt. Es ist offensichtlich, dass er sich um die Katze sorgt, doch aus irgendeinem Grund denke ich, das hier berührt ihn tiefer. Also gut, ich habe keine

Ahnung, was in ihm vorgeht, und das liegt womöglich daran, dass ich seit Tagen kein Wort mit ihm gewechselt habe. Als er jetzt neben mir sitzt, in der Enge von Ramóns kleinem Wagen, habe ich plötzlich das Gefühl, nicht länger schweigen zu können, im Gegenteil. Wenn sich etwas Gutes an dem Umstand finden lässt, der uns heute hier zusammengeführt hat, dann die Tatsache, dass Milo die paralysierte Gigi auf dem Arm hält, was wiederum mich daran hindert, mich selbst in seine Arme zu stürzen aus dem gänzlich abwegigen Bedürfnis heraus, ihm nah zu sein.

Okay.

Tief atmen.

Konzentrier dich auf den Verkehr, Penny. Aufs Autofahren.

»Du hast keinen Führerschein?«

Es dauert eine ganze Weile, bis Milo antwortet, schließlich erwidert er: »Schätze, zumindest eines der Gerüchte über mich stimmte nicht.«

Ich runzle die Stirn, ratlos, weshalb Milo ausgerechnet diesen Augenblick wählt, um das Thema anzuschneiden, um das wir gefühlt herumschlittern, seit ich auf Fuerteventura gelandet bin.

»Autodiebstahl?« Er sieht zu mir herüber. »Du erinnerst dich?«

»Nein«, lüge ich. »Und selbst wenn – das geht auch ohne Führerschein, oder?«

Den Rest der Fahrt setzen wir schweigend fort.

In der Notaufnahme der Tierklinik geht die Ärztin davon aus, dass Gigi angefahren wurde, ziemlich sicher innere Verletzungen hat und sich momentan in einer Art Schockzustand befindet. »Es ist gut, dass Sie sie sofort hergebracht haben«, erklärt sie uns auf Englisch. »Wir müssen sie schnellstmöglich operieren. Wissen Sie, wie lange sie sich schon in diesem Zustand befindet?«

»Nein.« Milo räuspert sich. Seine Stimme klingt rau. »Ich hab sie den ganzen Tag über nicht gesehen und erst am Nachmittag so gefunden.«

»Ist das Ihre Katze?«

Milo schüttelt den Kopf. »Sie ist nur … Sie lebt bei uns in der Hotelanlage, und …«

»Und normalerweise triffst du sie immer schon am Morgen, richtig? Wenn du die Katzen fütterst? Und heute war sie nicht da?«

Milo sieht mich an. Dann nickt er.

Die Ärztin blickt von ihm zu mir und wieder zu Milo. »Möchten Sie warten?«

»Ja.«

»Es kann einige Zeit dauern.«

»Das ist in Ordnung«, sage ich.

Die erste Stunde verbringen wir auf den ausgeblichenen Plastikstühlen in einem fensterlosen Raum, der nach feuchtem Fell und Desinfektionsmittel riecht. Beide haben wir das Smartphone in der Hand. Seit ich vor fast vier Wochen im Solana Sunshine angefangen habe, habe ich keine meiner Schichten versäumt, deshalb bin ich nicht sicher, was nun passiert. Restaurantdienst steht heute Abend im Plan. Danach glücklicherweise nur noch Anwesenheit an der Bar, da wird mich kaum jemand vermissen. Ich schreibe Ramón, dass ich nicht genau sagen kann, wann wir mit dem Auto zurück sein werden, und er antwortet, das sei kein Problem, er habe heute nichts mehr vor.

»Ich habe Xavier geschrieben«, sagt Milo. »Er kümmert sich um einen Ersatz für mich an der Bar. Wo bist du heute eingeteilt?«

»Nudeltheke.«

Milo nickt, dann tippt er auf seinem Handy. »Ich sage Pablo, dass wir hier feststecken. Er wird sicher jemanden auftreiben können.«

»Pablo?«

»Einer der Köche. Er wohnt im Zimmer neben meinem.«

»Ah. Okay. Danke.«

»Nein.«

»Nein?«

Milo steckt das Handy weg, dann lehnt er sich mit dem Hinterkopf gegen die Wand und dreht mir sein Gesicht zu. »Ich muss mich bei dir bedanken, nicht umgekehrt. Dafür, dass du alles liegen gelassen hast, um uns zum Tierarzt zu fahren.«

»Das ist doch klar.«

»Nein, ist es nicht.« Sekundenlang herrscht Schweigen zwischen uns, während wir einander mustern, als wollten wir ein Porträt des anderen zeichnen. Schwarze Schatten unterstreichen das Blau von Milos Augen, seine Haut wirkt fahl in dem harten Licht der Neonröhren. Ich kämpfe gegen den Wunsch an, mit den Fingern darüberzustreichen, über diese markanten Wangenknochen und die weichen Lippen, die Brille ein Stückchen höher zu schieben, sie hängt leicht schief. Und dann sagt Milo: »Ich bin nicht mal auf die Idee gekommen, jemand anderen zu fragen. Keine Ahnung, wieso.«

Ich starre ihn an. Es hat keinen Sinn, länger so zu tun, als hätte ich keine verirrten Gefühle für ihn, zumindest dann nicht, wenn er direkt vor mir sitzt.

Helena ruft an. Ich höre deutlich ihre Stimme, als Milo neben mir das Gespräch annimmt, sie klingt überrascht und aufgedreht, ein kleines bisschen mehr als sonst.

»Nein«, sagt Milo. »Wir warten noch. Penny hat mich gefahren. Du warst in der Probe. Mit Ramóns Auto, ja. Ich weiß nicht, wie lange. Ich melde mich später. Ja. Okay. Bis dann.«

Milo starrt auf das Telefon in seiner Hand, und ich entschuldige mich, um an die Luft zu flüchten.

Es ist schon fast halb neun, als die Tierärztin uns mit der Nachricht nach Hause schickt, Gigi habe die OP überstanden, müsse aber noch über Nacht in der Klinik bleiben. Die Kleine habe eine angerissene Milz, was den Schockzustand verursacht hat, sei aber tapfer, zäh und sicher bald über den Berg.

»Können Sie sie nach der OP für eine Weile im Haus halten? Sie wird den Trichter nicht mögen, den wir ihr um den Hals schnallen müssen. Und jemand sollte darauf achten, dass sie nicht zu sehr springt in den ersten Tagen nach dem Eingriff.«

Wir sind schon beinah wieder im Club, als Milo sagt: »Ich kann Gigi nicht mit in mein Zimmer nehmen, Severin ist allergisch.«

»Oh. Okay. Das macht nichts. Dann nehmen Helena und ich sie.«

»Ich bin nicht sicher, ob Helena das gefällt.«

»Nein?« Ich sehe zu Milo hinüber, doch der ist wieder dazu übergangen, aus dem Fenster zu starren.

»Sie mag Tiere nicht sonderlich«, murmelt er.

Ramón ist damit einverstanden, dass ich ihm die Autoschlüssel erst am nächsten Morgen gebe, also machen Milo und ich uns auf direktem Weg zur Bar, um den Rest unserer Schichten zu übernehmen. Xavier ist davon nicht sonderlich begeistert. Er schickt uns weg mit den Worten, wir sähen aus, als hätten wir »fünf Stunden als Wasserleiche verbracht«, doch davon wiederum will Milo nichts hören. Er drückt sich an Xavier vorbei und hat damit begonnen, Cocktails zu mixen, da habe ich noch nicht die Worte »Gute Nacht« geformt.

Dass es eine gute Nacht wird, bezweifle ich, doch ich nehme Xaviers Angebot mit gewisser Erleichterung an und verziehe mich auf mein Zimmer. Helena ist nicht da. Auch das nehme ich mit einem Anflug von Dankbarkeit hin. Ich bin nicht sicher, wo sie steckt. Ich denke, sie war heute in einer Aufführung, aber an der Bar habe ich sie nicht gesehen. Womöglich haben wir uns gerade verpasst. Ich stelle mich länger als sonst unter die Dusche und bemühe mich, den Klinikgeruch von meiner Haut zu waschen. Ich überlege, Nathalie anzurufen, doch ich fühle mich zu platt dafür. Also schlüpfe ich in ein frisches T-Shirt und gehe ins Bett.

Ich weiß nicht, wie lange ich wach liege. Und auch nicht, wie lange ich geschlafen habe, doch ich schrecke hoch, als jemand an die Tür klopft, und das nicht gerade zart.

Mein erster Blick gilt Helenas Bett, doch das ist nach wie vor leer. Mein nächster dem Handy: zwei Uhr dreißig. Vermutlich hat sie ihren Schlüssel vergessen.

Ich greife nach der Türklinke im selben Augenblick, in dem es wieder zu klopfen beginnt, doch als ich öffne, steht da nicht Helena, sondern Milo.

»Helena ist nicht da«, erkläre ich sofort.

»Ich weiß. Sie ist mit Phillip und ein paar anderen noch runter an den Strand.«

»Oh.«

Da stehe ich, in einem zu kurzen T-Shirt mit zu nackten Beinen, und Milo starrt mich an wie … ich weiß nicht, wie er mich anstarrt. Als sei ich ein leeres Blatt oder eine weiße Leinwand und er kurz davor, mich mit Farbe zu begießen, aus vollen Eimern, bis ich darin untergehe.

»Milo …«

»Ich kann nicht gut umgehen mit dem Tod.«

Ich klappe den Mund zu. Milo sieht mich unverwandt an, ich habe keine Ahnung, ob er das gerade wirklich gesagt hat oder nicht, da wiederholt er den Satz.

»Ich kann nicht gut umgehen mit dem Tod, aber ich habe nie ein Auto geklaut. Ich habe andere Dinge getan, die nicht gerade toll waren. Untersuchungshaft war eine Folge davon. Können wir reden?«

Ich denke, ich stand ein kleines bisschen unter Schock, bis Milo das Wort *Untersuchungshaft* aussprach. Es ist gespenstisch still um uns herum, und doch wohnen wir hier eng auf eng und sicher schläft noch nicht jeder, und ganz sicher sollten nicht alle von Milos Vergangenheit erfahren. Ich überlege für eine Sekunde, ihn ins Zimmer zu ziehen, verwerfe den Gedanken jedoch genauso schnell wieder. Stattdessen raune ich: »Warte hier«, und schlüpfe hinein, um mir Leggins und eine Jacke überzuziehen.

34

MILO

Es ist doch gar nichts passiert

»Was ist das hier?«

»Der sogenannte VIP-Bereich. Du kanntest das noch nicht?«

»Nein.«

Ich hebe das rote Absperrseil ein Stück an und bedeute Penny mit einem Nicken, darunter durchzuschlüpfen. Ein schmaler Holzsteg führt über das Gras zu einem abgetrennten Teil der unteren Liegewiese, wo in gebührendem Abstand zueinander drei Lounge-Muscheln aufgestellt wurden. Wir spazieren an den ersten beiden vorbei, die leer sind, und ich führe Penny zur letzten.

»Ist das erlaubt?« Sie setzt sich auf die Kante des Wasserbetts und wippt ein paar Sekunden auf und ab. Neben dem Zwei-mal-zwei-Meter-Bett ist das Zelt mit Beistelltischen, einem Eiskühler und einer Fernbedienung ausgestattet, mit der sich sowohl Liegepositionen, das Dach sowie die integrierten Lichter steuern lassen. Von dem Knopf für den Service gar nicht zu reden.

»Vermutlich nicht. Sie legen sehr viel Wert darauf, dass den Dingern nichts passiert. Weil ein Teil der Gäste noch mehr dafür zahlt, sich hier einen Tag ungestört sonnen zu können.«

»Sonnen«, wiederholt Penny spöttisch.

»Mmmh.« Ich setze mich neben sie. Von hier aus hat man den besten Blick aufs Meer, unverbaut, nicht einmal mehr Liegen vor sich, nur eine Handvoll Palmen, das glitzernde Wasser dahinter.

Ich hab genug von Small Talk. Und Penny nicht um zwei Uhr morgens aus dem Bett geholt, um mit ihr über die Vorzüge des Solana-Luxusbereichs zu quatschen.

»Mein Bruder ist gestorben, als ich sechzehn war«, beginne ich, und dann erzähle ich Penny alles; all das, worüber ich nie sprechen wollte, das mir die Luft zum Atmen nimmt, wenn ich nur daran denke, das mich quält und nachts wach hält und das mich nach Fuerteventura getrieben hat. Und von dem ich aus unerfindlichen Gründen unbedingt möchte, dass sie es erfährt.

Ich erzähle ihr von Jannis. Davon, dass er zwei Jahre älter war und mein Vorbild. Dass ich viele Jahre so sein wollte wie er, aber nie den Mut aufgebracht habe oder die Kreativität, seine Verrücktheit und dieses Draufgängertum, das viel mit Leichtsinn zu tun hatte, doch das hab ich damals nicht erkannt. Ich sah nur: Jannis hatte vor nichts Angst und war neugierig auf so gut wie alles, doch genau diese Kombination wurde ihm letztlich zum Verhängnis. Ich erzähle Penny von den milderen Drogen, die ihn noch verrücktere, noch absurdere Dinge tun ließen. Jannis lachte unglaublich viel, über alles, oft über sich selbst. Er war zugänglich, extrovertiert und zufrieden – genau bis zu dem Augenblick, in dem er es nicht mehr war.

Die Drogen waren andere geworden, härtere, schleichend. Und ebenso schleichend veränderte sich mein Bruder; er veränderte sich und zog sich von uns, seiner Familie, zurück, und das Lachen und die Verrücktheit wichen einer Ausgezehrtheit und einem Hunger, den niemand stillen konnte. Er rutschte tiefer in eine Szene, von der wir bis dahin nicht einmal ahnten, dass sie ganz in unserer Nähe existierte. Er rutschte und rutschte, und in dem Versuch, ihn aufzuhalten, diese Talfahrt zu stoppen, machte ich alles nur schlimmer.

»Jannis brauchte ständig Geld. Und als es für ihn immer schwieriger wurde, es zu beschaffen, kamen seine sogenannten Freunde zu mir.« Ich zucke mit den Schultern. Ich habe das Gefühl, ich rede seit Stunden und bin immer noch nicht bei dem Punkt angekommen, an den ich Penny eigentlich führen wollte.

»Der Abend, an dem wir uns auf der Party getroffen haben … das war der Abend, an dem Jannis gestorben ist.«

»Oh nein. Oh Gott.« Ich höre Penny atmen, laut und zittrig, und aus dem Augenwinkel kann ich erkennen, dass sie mich anstarrt, die Augen riesig, der Mund halb geöffnet.

»Milo …«

»Er hat angerufen und ich hab ihn weggedrückt.« Ich lasse den Satz wirken. Er legt sich wie ein Mantel aus Blei um meine Schultern, drückt mich tiefer, umschlingt meine Brust. Ich wage es nicht, Penny anzusehen. Aber ich sage: »Diese Sache da im Schrank. Das war das Beste, was mir in langer, langer Zeit passiert war, und ich wollte nur einen Abend daran festhalten, ohne an die Scheiße zu denken, in der mein Bruder feststeckte, oder daran, was ich als Nächstes würde tun müssen, um ihn da rauszuholen.«

Penny greift nach der Hand, die leblos in meinem Schoß gelegen hat, und drückt sie. Als ich nicht reagiere, hebt sie sie an ihre Wange, und auf einmal ist es, als hätte ich nur auf diesen Augenblick gewartet, auf ein winziges Zeichen von ihr, dass es in Ordnung ist, sie anzufassen, und schon hat sich die Hand um ihren Nacken geschlungen und ich ziehe ihr Gesicht zu mir, meine Stirn gegen ihre. Ich atme Pennys Duft ein. Erdbeere, wie damals. Ohne den Wodka allerdings. Ich würde so gut wie alles dafür geben, sie jetzt küssen zu dürfen, alles.

»Es ist nicht deine Schuld.« Warmer Erdbeeratem streift meine Lippen und ich presse die Augen fest zusammen.

»Ich weiß nicht. Je öfter Menschen das sagen, desto weniger kann man es glauben.«

»Dann sage ich es nur ein Mal: Du wolltest nicht, dass deinem Bruder etwas Schlimmes passiert, du wolltest ihm helfen, aber du konntest es nicht. Das lag nicht in deiner Verantwortung. Du hast getan, was möglich war. Du hast nichts falsch gemacht.«

»Ich habe für ihn gestohlen. Ich hab Pillen verkauft, auf dem Schulhof.«

»Und all das hast du getan, weil du nicht wusstest, wie du deinem Bruder sonst hättest helfen können.«

»Ich hab alles nur schlimmer gemacht.«

»Du hast getan, was du konntest.«

»Im Grunde habe ich ihn noch tiefer in den Mist eingegraben, in dem er ohnehin schon steckte. Ich …«

»Milo.« Penny legt einen Finger auf meine Lippen und rückt gleichzeitig ein Stück von mir ab. »Hör auf.«

»Ich hab ihn um…« Ich bringe den Satz nicht zu Ende. Pennys Kopf ist nach vorn geschossen und ihre Lippen pressen sich auf meine, als wollte sie jedes weitere Wort daran hindern, meinen Mund zu verlassen. Ich bewege mich nicht. Pennys Lippen bewegen sich nicht. Sie liegen einfach da, auf meinen, um mich am Sprechen zu hindern, und nur der eisernste Wille, den ich aufbringen kann, hält mich davon ab, sie zu öffnen und aus diesem stummen Statement einen richtigen Kuss zu machen.

Als wir uns voneinander lösen, geschieht das in Zeitlupe. Wir sehen einander an, suchen in den Blicken des anderen, wonach, ich weiß es nicht. Wahrscheinlich nach der Bestätigung, dass es richtig ist, sich nicht zu küssen, obwohl es so offensichtlich ist, dass wir beide nichts lieber tun würden als das.

»Diese sieben Minuten in dem Schrank«, wiederhole ich, »die waren das Beste, was mir in dieser ganzen Zeit passiert ist.«

»Für mich auch. Für mich waren sie das auch.«

Penny starrt auf meinen Mund und ich starre auf ihren, und dann küssen wir uns nicht. Stattdessen liegen wir uns mit einem Mal in den Armen, Penny drückt sich an mich und ich ziehe sie auf meinen Schoß, umschlinge ihren Körper, vergrabe mein Gesicht in ihrem Nacken. Ich hab das Gefühl zu ertrinken. Nichts würde ich lieber tun, als in den Armen von Penny Fuchs zu ertrinken.

Als ich die Augen das nächste Mal öffne, ist es nicht mehr weit bis zum Sonnenaufgang. Pennys Kopf liegt auf meiner Brust, ihre Beine schmiegen sich an meine. Ich rüttle sie sanft, bis sie mich schlaftrunken anblinzelt. Ohne ein Wort klettern wir über das wacklige Wasserbett aus der Muschel und gehen genauso schweigend zurück zu den Unterkünften. Ich nehme Pennys Hand zum Abschied, wie ein Kindergartenkind, schon hat sie sie wieder losgelassen und läuft in Richtung ihres Zimmers davon.

Ich gehe zu meinem. Schließe auf und stehe für einen Augenblick da, unschlüssig, ob ich in meine Joggingklamotten wechseln oder mich noch eine halbe Stunde hinlegen sollte. Es ist der zweite Blick aufs Bett, der mich erkennen lässt, dass dort bereits jemand liegt. Helena hat sich zur Wand gedreht, ihre langen blonden Haare malen einen Halbkreis auf mein Kissen, das Laken ist ihr bis zur Hüfte gerutscht. Ich werfe einen flüchtigen Blick auf ihren nackten Rücken und dann auf Severin, der ebenfalls schläft. Ich frage mich, warum sie das tut? Sich nackt in mein Bett legen, obwohl ein anderer Typ, der nicht ihr Freund ist, keine drei Meter weit entfernt eine richtig gute Aussicht genießt?

Für eine weitere Minute wäge ich meine Optionen ab, nur um festzustellen, ich habe keine. Wenn ich joggen gehe, wird Helena in einem leeren Bett aufwachen, und das bringt sie nur auf Ideen. Falsche. Immerhin ist überhaupt nichts passiert zwischen Penny und mir, rein gar nichts. Ich unterdrücke ein Stöhnen und fange an, mich auszuziehen. Dann lege ich mich zu meiner Freundin ins Bett.

35

PENNY

Die Geister, die ich rief

Der gestrige Tag mit Milo hat alles nur noch schlimmer gemacht, von der gemeinsamen Nacht auf der Liege gar nicht zu reden. Nach allem, was geschehen ist, nach allem, was Milo mir erzählt hat, kann ich zwei Dinge mit Sicherheit verkünden: Ich weiß jetzt, wer Milo ist, und wusste vorher absolut nichts. Und – ich bin verliebt in Milo Kolberg. Ich bin so schrecklich, grauenvoll verliebt in ihn. Weshalb es mich umso härter trifft, als ich am Morgen zu Helenas gut gelauntem Gesang aus der Dusche erwache, obwohl ihr Bett genauso unberührt dasteht wie vor ein paar Stunden, als ich mich in meins gelegt habe.

»Hast du gar nicht geschlafen?«, frage ich, nachdem sie mir ein viel zu fröhliches »Guten Morgen!« entgegenträllert.

Und sie erwidert: »Bei Milo«, gepaart mit süßem Grinsen und bedeutungsvoll gehobenen Brauen.

Ich schätze, ich sollte froh sein, dass sie nichts gemerkt hat. Nicht, dass ich erst in den Morgenstunden in mein Bett gekrochen bin, genauso wie Milo, wobei ich mich schon frage, was er ihr erzählt haben könnte. Wo war er die halbe Nacht? Hat Helena sich das nicht gefragt? Oder ist sie selbst noch später ins Zimmer gekommen als er, nach ihrer Party am Strand? Ich versuche, nicht daran zu denken, was danach passiert ist. Mir nicht vorzustellen, was die beiden miteinander ... nein. Stattdessen lächle ich mich gequält aus der Affäre, schiebe mich an Helena vorbei und verbarrikadiere mich in der Dusche, wo kein Wasser der Welt mich von meinen betrügerischen Gedanken reinwaschen kann.

Der gestrige Tag hat wirklich alles schlimmer gemacht, viel schlimmer. Nach dem, was Milo mir erzählt hat, kann ich unmöglich dahin zurückkehren, ihn ignorieren zu wollen, das wäre das völlig falsche Signal. Ich möchte nicht, dass er denkt, es spiele für mich auch nur die kleinste Rolle, was er damals für Dinge getan hat, denn das tut es nicht. Ganz im Gegenteil: Wenn überhaupt, war die Gewissheit darüber, dass Milo alles für die Menschen geben würde, die ihm nahestehen, der letzte Windhauch, der noch gefehlt hat, um mich über die Klippe und in den Abgrund zu schubsen; dahin, wo ich verzweifelt und mit all meiner Kraft dagegen ankämpfen muss, dass mich die Gefühle für diesen Jungen verschlingen.

Leider habe ich den Eindruck, dass es mit der Ungezwungenheit zwischen Milo und mir dennoch endgültig vorbei ist. Offensichtlich bin ich trotz meiner neu erworbenen Begeisterung für das Theater eine sehr, sehr schlechte Schauspielerin. Da stehe ich hinter den Kochplatten, um Eier und Speck für die Frühstücksgäste zu braten, und bringe es nicht fertig, in seine Richtung zu sehen, nicht einmal für ein kurzes Hallo, nicht einmal für ein flüchtiges Nicken. Die ganze Zeit aber spüre ich Milos Blicke auf mir, sie sind laut und fragend und vorwurfsvoll, oder vielleicht auch nicht, vielleicht bilde ich mir das alles nur ein. Jedenfalls bin ich dankbar und froh, als ich mich endlich in die klimatisierte Dunkelheit der Boutique zurückziehen kann, dankbar wie nie.

Ramón ist nicht da. Er sagte irgendetwas von einer Lager-eröffnung in keine Ahnung wo, nahm seine Autoschlüssel und verschwand. Was mich allein in der Boutique zurück-lässt, und wann immer einer von uns allein hier drin ist, muss er sich im vorderen Bereich aufhalten, mit Blick auf den Eingang und die Kasse, weshalb ich Milo sofort ent-decke und er mich, es bleibt keine Zeit zu fliehen. Ich bin dabei, den Postkartenständer neu zu sortieren. Bei Milos An-blick fällt mir vor Schreck ein Stapel aus der Hand.

»Oh. Mist.« Ich gehe in die Hocke, um die Karten vom Bo-den aufzusammeln, und Milo ist in drei Schritten bei mir, um zu helfen.

»Hey.« Er reicht mir einen kleinen Stoß, während wir uns beide wieder aufrichten. Er steht viel zu nah vor mir, also reiße ich ihm die Postkarten aus der Hand und mache mich damit in Richtung Kasse davon. Einen Tresen zwischen uns beide zu bringen, scheint gerade die beste Idee.

»Hallo, Penny.« Milo ist mir gefolgt und steht vor mir, die Hände in den Taschen seiner weißen Jeans, ein unergründ-liches Fast-Lächeln auf dem Gesicht.

»Milo.« Ich räuspere mich. Wieso mache ich das andau-ernd? Dann tue ich so, als müsste ich dringend den Stapel Papiertüten unter dem Tresen von rechts nach links rücken, doch als ich wieder auftauche, steht Milo immer noch da.

»Sagst du mir, was los ist?«

»Was soll los sein? Nichts. Gar nichts ist los.« *Okay, Penny. Vergiss das mit der Schauspielerei.*

»Ist es wegen dem, was ich dir gestern erzählt habe?«

»Was?« *Oh, nein.* »Milo … nein. Natürlich nicht. Damit hat überhaupt gar nichts irgendwas zu tun. Was denkst du? Nein.« Vehement schüttle ich den Kopf.

»Was ist es dann?«

»Es ist ni…«

»Du hast mir heute fast zwei Stunden gegenübergestanden, Luftlinie drei Meter, und hast nicht einmal in meine Richtung gesehen. Kein *Guten Morgen*, kein *Hallo*, nicht mal ein Seitenblick. Nach gestern, vor allem nach gestern Nacht, was soll ich da denken?«

»Nicht, dass es irgendetwas mit dir zu tun hat. Mit dem, was du mir erzählt hast. Nein. Wirklich nicht.«

»Womit hat es dann zu tun?«

»Mit … gar nichts. Es ist mein Problem.«

Eine ganze Zeit lang mustert Milo mich schweigend, er studiert mein Gesicht, als wollte er darin lesen. Nie habe ich mir mehr gewünscht, dass eine Horde Kinder in den Laden stürmt, um in der Kiste mit Sandspielzeug zu wühlen, oder eine der Frauen, die sich alle möglichen Kleider zeigen lassen, um dann doch keins zu kaufen, doch dieser Vormittag ist erschreckend kundenlos.

»Was, wenn ich das gleiche Problem habe?«, fragt Milo, und nun bin ich diejenige, die starrt, eine Sekunde, sechs, bevor ich erneut nach den Postkarten greife, mich hinter dem Verkaufstresen hervorschiebe und in Richtung der Ständer laufe, als wäre eine Meute Schläger hinter mir her.

»Penny.« Milo greift nach meinem Handgelenk. Als ich keine Anstalten mache, mich zu ihm umzudrehen, geht er um mich herum und stellt sich vor mich. Er sieht mir in die Augen. Dann auf meinen Mund. Und als er eine Hand ausstreckt, um damit meine Wange zu berühren, bringe nicht einmal ich es fertig, noch an der Bedeutung seiner Worte zu zweifeln.

Ich trete einen Schritt zurück. »Es geht nicht, Milo. Helena ist auch meine Freundin. Und sie ist vollkommen verrückt nach dir.«

Milo lässt die Hand sinken, doch er erwidert nichts.

»Wir können Freunde sein, schätze ich?« Das klang wie eine Frage, eine idiotische noch dazu. Ich sehe Milo an, und ich kann bloß hoffen, dass er mich nicht besser deuten kann, als gut für mich ist. Damit er nicht sieht, dass das, was ich sage, noch nie weiter von dem entfernt lag, was ich fühle.

Letztlich nickt er. Dreht sich um und geht zwischen Sonnenbrillen und After-Sun-Lotion davon.

36
MILO

Führe mich nicht in Versuchung

Ich habe einen Katzenkorb besorgt, ein Klo, Streu und ein paar Näpfe, und all das trage ich hinüber zu Helenas und Pennys Zimmer, doch bevor ich klopfen kann, hat Helena schon die Tür aufgerissen.

»Wo um Himmels willen warst du?«

»Ich war mit Severin in der Tierklinik, um Gigi abzuholen.« Ich nicke in Richtung des Korbs, in dem eine noch immer ziemlich angeschlagene Gigi keinen Mucks von sich gibt, während ich Helena besorgt mustere. »Was ist denn los?« Sie sieht aufgelöst aus. »Ist was passiert?«

»Ich muss abreisen.« Sie zieht mich am Arm ins Zimmer, wobei ich versuche, Gigi in ihrem Katzenkorb nicht allzu sehr in Erschütterung zu versetzen.

»Vorsicht.« Ich stelle die Box ab.

»Meine Großmutter kam ins Krankenhaus. Es geht ihr schlecht.«

»Oh, Shit, das tut mir leid. Was ist passiert?«

»Vermutlich ein Schlaganfall. Der Flieger geht in drei Stunden.«

Eine Weile sehe ich Helena dabei zu, wie sie zwischen Schrank und dem Bett, auf dem ihr Koffer liegt, hin und her rennt, um wahllos Klamotten von hier nach dort zu räumen.

»Hey.« Ich halte sie am Arm fest. Und als hätte Helena nur darauf gewartet, dass ich das tue, lässt sie sich gegen mich fallen und schlingt die Arme um meinen Körper.

»Sie ist schon sehr alt«, murmelte sie gegen meine Brust. »Ich habe große Angst um sie.«

»Ich weiß.« Mit einem Arm halte ich Helena fest, mit dem anderen streiche ich ihr über den Rücken. »Es wird alles gut gehen, bestimmt.«

»Ich will nur nicht zu spät kommen.«

»Wirst du nicht.«

Ich tätschle Helenas Haar. Sie hebt den Kopf und stellt sich auf die Zehenspitzen, um mich zu küssen, und ich zögere nur eine Sekunde, eine winzige, in der ich an Penny denke, dann lege ich meine Lippen auf ihre. Und natürlich ist das der Augenblick, in dem Penny zur Tür hereinstürmt.

»Oh Gott, ich hab deine Nachricht gerade erst gelesen, wie geht es …« Für einen Moment scheint es so, als habe unser Kuss sie aus der Fassung gebracht, doch sie fängt sich schnell. »Wie geht es deiner Großmutter?«, fragt sie, bevor Helena ihr in die Arme fällt. Für eine Sekunde treffen sich unsere Blicke, dann sieht Penny weg.

»Sie ist im Krankenhaus. Sie wissen noch nicht, was genau ihr fehlt. Ich muss in fünfzehn Minuten am Tor sein, dort wartet eine Familie auf mich, die heute abreist. Sie boten an, mich mit zum Flughafen zu nehmen.«

»Ach, Helena. Kann ich dir irgendwie helfen?«

»Nein, es ist gleich gepackt. Danke, Penny.«

Noch einmal umarmen sich die beiden, und ich fürchte, ich habe mich selten in meinem Leben unwohler gefühlt. Die Situation ist grotesk, grauenvoll, total daneben. Ich habe keine Ahnung, wie ich hier hineingeraten bin, und erst recht nicht, wie ich da wieder rauskomme. Zu allem Überfluss mache ich mir Sorgen um Gigi in ihrem Korb, die ich gerne rauslassen würde, woran ich gerade aber nicht zu denken wage. Aus dem Augenwinkel schiele ich in die Richtung, was Penny nicht entgeht.

»Wie wäre es, wenn ihr schon mal vorgeht, ich mache es Gigi hier gemütlich und komme dann nach. Ihr trefft euch vor dem Eingang, hast du gesagt?«

»Genau.« Helena ist dabei, ihren Koffer zu schließen, und ich werfe Penny einen dankbaren Blick zu, den sie selbstverständlich ignoriert.

»Gib acht, dass die Katze nichts anstellt, ja? Nicht, dass es am Ende nach Tier riecht, oder so? Vielleicht sollte sie nicht auf meinem Bett schlafen?«

»Ich pass auf.« Penny nickt und ich unterdrücke den Ärger, der wie immer in mir aufsteigt, wenn Helenas Abneigung gegen Gigi zu spüren ist. Lange Zeit habe ich es hingenommen; nicht jeder Mensch mag Tiere, und ich kann nicht verlangen, dass sie ihre Einstellung ändert. Ich weiß nicht, warum es mich in diesem Moment wütend macht. Vielleicht, weil es Gigi wirklich schlecht geht. Vielleicht, weil Penny sich kümmert. Vielleicht, weil ich nicht länger das dumpfe, oberflächliche Sorglospaket bin, das ich vor ihrer Ankunft hier zur Schau gestellt habe.

»Milo?«

Helenas Stimme reißt mich aus meinen Gedanken.

»Klar. Komme.« Ich werfe Penny einen letzten Blick zu und folge Helena zur Tür.

Was dann kommt, ist ein Szenario direkt aus der Hölle. Helena küsst mich zum Abschied, als hätten wir uns zwei Jahre nicht gesehen und müssten uns für ein weiteres verabschieden, das alles vor den Augen der Berliner, die gerade ihr Gepäck in den Leihwagen laden, und vor Penny, die sich um ein unbeteiligtes Gesicht bemüht, was ihr leider nicht gelingt. Ich weiß, sie ist genauso verwirrt wie ich. Ich weiß es, weil sie gestern in der Boutique zwar vorgeschlagen hat, wir sollten Freunde bleiben, seither aber kaum ein Wort mit mir gewechselt hat. Wieder einmal. Sie wirft mir Blicke zu, wenn sie denkt, ich merke es nicht. Sie spielt Helena die gut gelaunte Freundin vor und ignoriert mich vollkommen. Die ganze Situation schreit nach Klärung, aber ich fühle mich vollkommen machtlos, erst recht, nachdem Helenas Großmutter im Krankenhaus liegt. Ich muss mit ihr sprechen. Aber jetzt ist nicht der richtige Zeitpunkt. Und ich frage mich, wann der kommt. Und ich will gar nicht daran denken, dass wir drei danach immer noch gemeinsam hier im Club festsitzen, Helena und Penny sogar in einem Zimmer.

Helenas Lippen lösen sich von meinen, und ich wage es nicht, Penny anzusehen. Helena schließt sie in die Arme.

Sie sagt: »Pass gut auf meinen Freund auf, ja?«, und ich fühle, wie die Worte sich um meinen Magen winden, wie sie zudrücken, mir die Luft abschnüren.

Dann ist Helena weg.

Wortlos dreht sich Penny um und läuft davon.

37
PENNY

… sondern erlöse mich

»Was ist passiert? Wenn du anrufst, statt zu schreiben, muss es brennen.«

»Nichts brennt. Es ist nur … du fehlst mir. Und ich wollte mal wieder dein hübsches Gesicht sehen, das ist alles.«

»Hübsches Gesicht …« Nathalie zieht eine Grimasse. »Ist klar. Also, spuck's aus: Wieso hast du mitten am Tag Zeit, mich anzurufen, und was macht das Leben im sonnigen Süden?«

»Ich habe Mittagspause. Wie geht es deinem Bein?«

Nathalie hält die Kamera ihres Handys ein Stück von sich weg und dann umständlich über ihren Kopf, um mir ihren Fuß zu zeigen. »Läuft, haha.«

»Haha.«

»Okay, also: Was ist mit Milo?«

»Wie kommst du darauf, dass etwas mit Milo sein könnte?«

»Penny. Vielleicht hättest du dich nicht so sehr nach meinem Gesicht sehnen und ohne Video anrufen sollen, denn *dein* Gesicht verrät so gut wie alles. Es ist was passiert, habe ich recht? Deine Nasenspitze wächst.«

Ich stöhne. Dann lasse ich mich aufs Bett fallen, neben Gigi, die gehorsam darauf verzichtet hat, sich auf Helenas

Decke zusammenzurollen, und stattdessen auf meiner liegt. »Sieh mal, das ist Gigi.« Ich zeige Nathalie die schlafende Katze.

»Oje, was hat das arme Ding da um den Hals?«

»Einen Trichter. Damit sie nicht die Wunde am Bauch lecken kann. Gigi ist angefahren worden. Wir haben sie in die Tierklinik gebracht und dort mussten sie ihr die Milz entfernen.«

»Wer ist wir?«

»Katzen können ohne Probleme ohne Milz leben, hast du das gewusst? Nur nach der OP muss sie sich schonen und sollte möglichst nicht rumspringen und so weiter, deshalb wohnt sie zurzeit bei mir.«

»Wer ist *wir*?«

Ich atme ein, ich atme aus, während Nathalie mich mit Blicken durchbohrt.

»Milo und ich. Grins nicht so. Wir haben lediglich die verletzte Katze … Okay, vergiss es. Nat!« Ich halte mir ein Kissen vors Gesicht, das Telefon aber immer noch so, dass Nathalie mich sehen kann. Dann blinzle ich darunter hervor. »Er hat eine Freundin, okay? Was mach ich denn jetzt?«

»AaaaaHA! Niemand kennt dich besser als ich, Baby, niemand!«

»Das ist wahr.« Ich lasse das Kissen fallen und rapple mich wieder auf.

»Also, Milo. Übler Ruf. Ziemlich hübsches Gesicht. Was …«

»Nichts von dem, was über Milo gesagt wurde, stimmt. Er ist weder kriminell noch gefährlich noch … ein Autodieb.«

»Okay?«

»Glaub mir einfach.«

»Ach. Okay. Aber die Vorstellung, dass du mit einem Kriminellen durchbrennst, ist irgendwie prickelnd, findest du nicht?«

»AH!!!«

»AH?«

»Von Durchbrennen kann keine Rede sein. Er ist … Helena ist eine wirklich tolle, tolle Frau. Ich mag sie. Sie ist lieb und hilfsbereit und großzügig und … sie würde nie einer Fliege etwas zuleide tun.«

»Hmmm.«

»Und ich denke, Milo hat nicht vor, ihr wehzutun.«

»Hat er nicht?«

»Und ich auch nicht.«

»Hmmm.«

»Es fällt mir nur immer schwerer, so zu tun …«

»So zu tun?«

»Weißt du was? Vergessen wir das Thema. Keine Ahnung, weshalb ich überhaupt damit angefangen habe, es gibt keine Lösung. Ich meine … Es gibt keine.«

»Was ist mit Milo?«

»Hm?« Draußen ist ein Geräusch zu hören, und ich lausche einen Moment lang, ob womöglich jemand vor der Tür steht, doch es klopft nicht, also …

»Milo. Ist er auch verliebt in dich?«

»Was? Nein. Nein, natürlich nicht. Er ist mit Helena zusammen. Und ich bin auch nicht verliebt in ihn, nicht wirklich. Ich … muss Schluss machen. Es ist gleich drei, ich muss zur Theaterprobe.«

»Wer hätte gedacht, dass dir das irgendwann einmal Spaß machen würde?«

»Ja, oder?«

»Und wer hätte gedacht, dass aus dir und Milo irgendwann doch noch was wird?«

»Niemand. Weil es leider auch nicht der Fall sein wird.«

»Habe ich etwa das kleine Wörtchen leider gehört?«

»Hör auf. Hörst du? Hör auf.«

»Ich hab nicht damit angefangen.« Nathalie lacht. Ich hebe das Telefon ein Stück und drücke ihr einen Schmatzer ins Gesicht.

»Iiih, das war nass.«

»War es nicht!«

»Ruf mich wieder an.«

»Ja, das mache ich. Und du, treib es nicht zu wild mit deinem Gehgips.«

»Du hast keine Ahnung, was man damit alles anstellen kann.«

»Oh, will ich das wissen? Ich fürchte nicht. Bye, Nat. Bis ganz bald, ja?«

»Yes. Und, Penny?«

»Hm?«

»Irgendwie habe ich allmählich das Gefühl, ihr gehört vielleicht zusammen, Milo und du.«

»Ah, nein, das ist …«

»Ich meine, du gibst dir jetzt schon zum zweiten Mal richtig Mühe, dich nicht in Milo Kolberg zu verlieben. Und diesmal scheint es dir ein bisschen weniger gut zu gelingen als damals in der Schule.«

Ich starre Nathalie an, das vertraute Gesicht mit den wilden Locken und dem breiten Mund, und auf einmal habe ich fürchterliche Sehnsucht nach ihr, mit einem Mal denke ich, nur sie kann mich trösten, nur sie kann mich retten.

»Ach, Nat.«

»Es tut mir leid, dass ich mir den dummen Fuß gebrochen habe und du da jetzt alleine durchmusst.«

Ich nicke. Tränen brennen hinter meinen Lidern, und ich komme mir lächerlich vor, wie die Königin des Selbstmitleids. Dennoch sage ich: »Ich wünschte wirklich, ich wäre nicht hergekommen.«

Und dann verabschiede ich mich schnell von Nathalie, bevor ich tatsächlich anfange zu weinen.

Ich habe kaum die Hand in Gigis Fell vergraben, da klopft es an der Tür. Und als ich öffne, steht Milo da, und ich brauche ihn nur eine Sekunde lang anzusehen, um zu wissen, dass er gelauscht hat, dass er alles gehört hat, was Nathalie und ich gesprochen haben, und mir wird heiß, schnell wie ein Teekocher, und ich schüttle den Kopf.

»Ich bin vorbeigekommen, um Gigi zu sehen.«

Ich schweige.

»Lässt du mich rein?«

Statt einer Antwort öffne ich die Tür, weit, und Milo geht an mir vorbei ins Zimmer und bleibt neben meinem Bett stehen, auf dem Gigi liegt. Er kniet sich vor sie, legt ihr eine Hand aufs Fell, und sofort dreht sie sich zur Seite, um ihren Bauch darzubieten – ihren rasierten, blutverkrusteten, genähten Bauch. Ihr Vertrauen in Milo muss wirklich grenzenlos sein. Ich frage mich, ob damit bewiesen wäre, dass Tiere einfach die besseren Instinkte haben.

Ich lasse mich auf Helenas Bett fallen. Keine Ahnung, wie lange ich mich noch dagegen wehren kann, mich nicht auch auf den Rücken zu rollen und … *Gott.* So meinte ich das nicht. Trotz allem muss ich lachen, ich bin so … erbärmlich gerade. Zu nichts imstande, verwirrt, nutzlos.

Milo wirft mir einen fragenden Blick zu.

Wieder schüttle ich nur den Kopf, mehr ist heute irgendwie nicht drin.

Er setzt sich neben Gigi, mir gegenüber, und sieht mich an. »Als ich hier im Club ankam, ging es mir nicht besonders gut. Ich hatte das Gefühl, eine absolute Niete zu sein, weil ich vor dem weglief, was zu Hause passiert war – vor Jannis' Freunden, die irgendwie immer noch ums Haus schlichen wie Aasgeier, vor den Blicken meiner Mutter, zum Teil todtraurig, zum anderen ...« Er braucht ein bisschen, um das richtige Wort zu finden, dann: »Enttäuscht. Entweder davon, dass ich dasaß und nicht Jannis, oder weil sie wusste, dass ich zu seinem Tod beigetragen hatte, mit all meinen dämlichen Bemühungen, ihm zu helfen.«

»Milo ...«

»Es stimmt. Ich dachte, und denke immer noch, dass mein Vater froh ist, meinen Anblick nicht länger ertragen zu müssen.«

Ich will schon den Mund aufmachen, um zu protestieren, doch diesmal schüttelt Milo den Kopf, also belasse ich es dabei. Ich frage mich, warum er mir das ausgerechnet jetzt erzählt – jetzt, da er mit ziemlicher Sicherheit gehört hat, was Nathalie und ich am Telefon besprochen haben, und wo ich eigentlich schon seit fünf Minuten auf dem Weg zur Probe sein sollte.

»Jedenfalls ging es mir nicht besonders gut, als ich hier anfing, und dann kam Helena.«

Oh. Okay.

»Und ich dachte, ich sei verliebt in sie, aber das stimmt nicht.«

»Milo ...«

»Ich war verliebt darin, dass das Leben auch so sein kann – einfach, oberflächlich, sonnig von allen Seiten. Helena ist niemand, der fragt. Sie ist absolut Antwort. Und ich bin nicht verliebt in sie.«

Ich habe keine Ahnung, was ich dazu sagen soll, also sage ich genau das.

Und Milo, er lässt für einen Moment von Gigi ab, stützt die Arme auf die Knie und beugt sich zu mir, als wollte er dem, was jetzt kommt, besondere Dringlichkeit verleihen.

»Als du aufgetaucht bist, hinter Helena, am Pool, da dachte ich, jetzt ist alles vorbei. Der neue Milo wird vom alten Milo eingeholt. Und so war es auch. Ich fühle mich mehr wie der Milo von damals, mit all den Nachteilen. Ich denke immer wieder an Jannis, an meine Eltern. Mit dir zu sprechen … das hat alles wieder hochgeholt.«

»Noch ein Grund mehr, warum ich besser gar nicht erst hergekommen wäre«, sage ich.

Stille. Milo mustert mich. Und dann: »Wünschst du dir das wirklich?«

»Wie lange hast du vor der Tür gestanden?«

»Ich sehe das nämlich vollkommen anders.«

»Wie lange?«

»Ich denke, du hast mir geholfen, mich aus diesem Loch zu befreien, in das ich mich eingegraben hatte. Als hätte ich die Monate davor geschlafwandelt oder so etwas, und du hast mich geweckt. Keine Ahnung. Und ich bin nicht verliebt in Helena.«

»Was dich nicht daran gehindert hat, am Morgen nach unserer Nacht mit ihr zu schlafen.«

Einige Sekunden lang sehen wir einander schweigend an, schließlich lächelt Milo und schüttelt ganz leicht den Kopf.

Und dann nimmt er meine Hände in seine. Und so sitzen wir, und ich müsste längst im Theater sein und ich habe keine Ahnung, wie es weitergehen soll. Ich bin kurz davor, aufzustehen, als die Tür plötzlich auffliegt und Phillip ins Zimmer stürmt. Milo und ich springen auf, als hätten wir sonst was getan, und obwohl wir sofort loslassen, starrt Phillip auf die Stelle, an der wir uns gerade noch an den Händen gehalten haben. Bevor er sich irgendwie wieder fängt und ruft:»Premiere, Penny Fuchs! Bist du bereit?«, und ich erwidere:»Nie im Leben war ich mehr bereit.«

Das klang großartig. Voller Esprit.

Phillip grinst und geht, mit einem letzten Blick auf Milo.

Ich sehe Milo ebenfalls an, und dann frage ich mich, wieso dieses furchtbar starke, seltsame Gefühl, das ich für ihn empfinde, so ungeheuer wehtun muss.

38

MILO

Es kommt zusammen, was nicht zusammengehört

Ich richte den Scheinwerfer auf sie. Weiß, um die pinkfarbene Jacke zum Leuchten zu bringen, der Kontrast zu ihren tiefschwarzen, kantigen Haaren fast schon verstörend. Sie sieht unglaublich aus. Herausfordernd, mysteriös, wahnsinnig hübsch. Das ganze Paket. Im Moment kann ich Penny nicht mehr ansehen, ohne eine unmittelbare körperliche Reaktion zu spüren. Es ist, als träfe mich ihr Anblick mitten ins Herz, in den Magen, schnürt mir die Kehle zu, fesselt mich am Platz. Alles auf einmal. Ich muss verrückt geworden sein. Oder auch nicht. Denn vielleicht hatte Pennys Freundin recht mit ihrer Theorie. Vielleicht haben schon damals sieben Minuten ausgereicht, sich in Penny Fuchs zu verlieben. Und vielleicht haben wir beide damals alles dafür getan, dass es nicht so weit kommt. Weil wir überhaupt keine Chance hatten. Der Kuss im Schrank war vorbei, und in der gefühlt nächsten Minute war Jannis tot und ich bin von der Schule abgegangen, um wieder einmal woanders von vorn anzufangen.

Ich frage mich, ob wir uns damals zueinander bekannt hätten. Sie, das stille, zurückhaltende Mädchen, mit dieser einen Freundin an ihrer Seite, nicht wirklich unbeliebt, aber auch nicht in den angesagten Cliquen unterwegs. Nicht ganz außen vor. Am Rand. So wie ich. Vielleicht war damals noch nicht unsere Zeit. Die Frage ist bloß, ob sie es jetzt ist.

Die Premiere von »Grease« ist großartig. Die Choreografie schnell und anspruchsvoll, aber nicht zu anspruchsvoll für die wirklich starken Tänzer unter den Mitwirkenden. Penny ist eine davon. Außerdem beeindruckend ist ihr Spiel, ihre Mimik. Ich hätte nie gedacht, dass sie so aus sich herausgehen könnte, und als sich die Darsteller nach der Show verbeugen, wirkt es fast, als sei sie von sich selbst überrascht. Sie glüht förmlich. Und ich bin offenbar nicht der Einzige, der davon hingerissen ist. Phillip flirtet schamlos mit ihr. Schon auf der Bühne, und hinterher, auf der Premierenparty, noch viel mehr. Ich weiß nicht, ob ich dankbar oder verzweifelt sein soll, weil ich von der Bar aus einen so guten Blick darauf habe. Die beiden tanzen. Als hätte das Stück nie geendet, vollführen die zwei ihre Nummern jetzt noch einmal, mitten auf der Tanzfläche, zu einem Song, der überhaupt nicht dazu passt. Ich kann nicht behaupten, dass mir das gefällt. Und als das Stück auf einmal endet und stattdessen der Clubtanz angestimmt wird, denke ich nicht von hier nach da und bin schon auf der Tanzfläche, an Pennys Seite.

»Milo!« Sie strahlt mich an. Als habe sie für eine Sekunde vergessen, was zwischen uns ist. Und als sei es ihr in der nächsten wieder eingefallen, hört sie auf damit.

»Lass uns tanzen.«

»Was?«

Ich weiß nicht, ob sie mich bei der Musik schlecht hört oder nur verblüfft ist, doch ich muss sie die ersten Schritte zur Seite schieben, damit sie reagiert, und als sie es schließlich tut, ist abermals ein Schalter umgelegt. Sie wirft den Kopf in den Nacken und lacht.

»Gott, du kannst ihn wirklich.«

»Das habe ich dir von Anfang an gesagt, oder?«

»Ja, aber ...« Sie schüttelt den Kopf, lächelt mich an, ihre Augen blitzen. Sehr gut, dass niemand in meinen Kopf sehen kann, wirklich gut. Ich würde so gern ... *alles.* Einfach alles. Stattdessen grinse ich blöd und tanze noch dämlicher und Xavier schüttelt missbilligend den Kopf, aber das ist mir egal. Als der Clubtanz endet, tanze ich einfach weiter. Mit Penny. Die mich ansieht, mit *etwas* in ihrem Blick; etwas, das ich ganz sicher wiederfinden würde, würde ich jetzt in den Spiegel sehen.

39

PENNY

Gestohlene Küsse, bitter und süß

Adrenalin pulst durch meinen Körper, jeder Zentimeter meiner Haut glüht und pocht, und wenn ich weiter so grinse, werde ich mir bald den Kiefer ausgerenkt haben, viel fehlt nicht mehr. Der Premierenabend ist perfekt gelaufen. Ich bin euphorisiert und glücklich, und es gibt niemanden, mit dem ich das lieber feiern würde als mit Milo. Dem Freund von Helena. Eine Sekunde lang droht das Grinsen auf meinem Gesicht zu gefrieren, dann schalte ich einen Gang runter. Vor Vorstellungsbeginn habe ich zwei Nachrichten von ihr erhalten. In der einen hat sie mir Hals- und Beinbruch gewünscht, in der nächsten geschrieben, sie sei in zwei Tagen wieder da. Ein Teil von mir wünscht sich ernsthaft, Helena wäre heute schon zurückgekommen. Fast ist es, als wäre es nur so möglich, die Katastrophe zu verhindern – die Katastrophe nämlich, dass Milo und ich uns näher kommen, als wir sollten. Schon jetzt stellt jede kleinste Berührung eine Herausforderung dar, und Berührungen sind da viele.

Er ist mir so nah.

Er riecht so gut.

Und er ist so *Milo*.

»Musst du nicht zurück hinter die Bar?« *Bitte sag Ja. Ich weiß nicht, wie lange ich das hier noch aushalte.*

»Ein paar Minuten werden sie ohne mich auskommen.«

»Habe ich das schon mal gehört?«

Er grinst. Ich starre auf seinen wunderschönen Mund. Etwas spannt sich in mir, dehnt sich, wie eines dieser Haushaltsgummis, mit denen man Papier zusammenhält. Ich fürchte, es ist mein Widerstand. Er ist kurz davor, in Stücke zu zerspringen.

Milos Hand berührt meinen Rücken. Er schiebt sie über die Mitte, nach unten, bis kurz vor mein Steißbein. Jede Stelle, die seine Finger ertastet, brennt vor Hitze. Als er sich jetzt hinunterbeugt, um mir etwas ins Ohr zu flüstern, stellen sich mir alle Nackenhaare auf; es fühlt sich an, als würde jedes einzelne schmerzen. Allerdings sagt Milo gar nichts, keinen Ton. Seine Lippen schweben über der Stelle kurz unter meinem Ohr; ich fühle seinen Atem auf meiner Haut und die Hitze, die von ihm ausgeht. Da gibt es diesen uralten Film über Tornados, und wie völlig still und ruhig es in deren Mitte ist, während sie nach außen hin Sturm und Verwüstung anrichten. Ganz genauso fühle ich mich gerade. Wie in der Mitte eines Tornados. Die Musik, laut und abgehackt, verschwindet in den Hintergrund. Das Licht wird sanft. Die Menschen bewegen sich lautlos und schwebend, wie unter Wasser. Der Tumult um uns herum fühlt sich auf einmal an, als hätte man einen Weichzeichner darübergelegt und gleichzeitig den Ton abgedreht. Und Milo, nur Milo, ist überall.

Seine Hände streichen über mein Top, seine Lippen streifen meine Haut. Meine Finger umklammern den Saum seines T-Shirts, und es kostet mich jede Kraft, die ich noch in mir trage, um sie nicht darunterzuschieben, ihn an mich zu reißen. Mir ist schwindlig und ich taumle, und als Milo sehr,

sehr leise in mein Ohr seufzt, da halte ich es nicht mehr länger aus, es geht einfach nicht.

Ruckartig löse ich mich aus unserer Trance, trete einen Schritt zurück, und als hätte ich eine Schleuse geöffnet, stürzen die Musik, das Geplapper, das Clubchaos auf mich ein. Milo blinzelt, als sei er aus einem Traum erwacht, und er stolpert ein paar Schritte, als ich nach seinem Handgelenk greife und ihn hinter mir herziehe. Im ersten Moment habe ich keine Ahnung, wo ich hinwill, dann ist da auf einmal die Tür ins Theater und zielstrebig führe ich Milo dorthin.

Das Theater ist leer. Ein paar Scheinwerfer zeichnen bunte Kreise auf die Bühne, doch niemand ist zu sehen. Ich schlüpfe durch den dunklen Vorhang, mit dem die Wände abgehängt sind. Dahinter ist es schwarz. Es ist still. Das dumpfe Wummern der Bässe dringt zu uns, ansonsten ist nur noch unser Atem zu hören, schnell und aufgebracht. Milo steht vor mir und ich lege beide Hände auf seine Brust. Sein Herz hämmert, als sei es Marathon gelaufen. Ich kann sein Gesicht nicht erkennen. Es ist wie damals, in dem Schrank. Und wenn ich nur sieben Minuten mit Milo habe, dann sollte ich sie nutzen, denn wenn ich es nicht tue, werde ich diese Nacht nicht überleben, das schwöre ich.

Und dann geht alles sehr, sehr schnell.

Meine Hände liegen nicht mehr auf Milos Brust, sondern in seinem Nacken, während seine meine Taille umschlingen, und dann küssen wir uns, als hinge unser Leben davon ab. Da ist kein Zögern, kein Herantasten, keine Unsicherheit. Nur Gewissheit. Die absolute Gewissheit, dass das hier das Richtige ist, selbst wenn es objektiv gesehen gar nicht falscher sein könnte. Vehement schiebe ich den

Gedanken an Helena beiseite. Ich muss jetzt an mein Überleben denken.

Ich kann nicht fassen, wie gut sich Milo anfühlt und wie vertraut – es ist absurd, wie richtig mir das alles vorkommt, alles, die Tatsache, dass wir in einer dunklen Ecke dieses Theaters um unser Leben knutschen, dass wir uns diesem Moment hingeben, so wild, so entschlossen, beinahe schamlos. Meine Hände haben sich längst unter Milos T-Shirt geschoben, sie fahren über weiche, warme Haut nach unten, in den Bund seiner Jeans. Milo, die Finger eben noch in meinem Nacken, meinen Haaren, an meinen Wangen, hebt mein rechtes Bein um seine Hüfte. Er presst sich an mich, so dicht, dass es keinen Zweifel mehr daran geben kann, was wir hier tun und zu welchem Zweck. Vorhin dachte ich, ich sei im Taumel gewesen, aber jetzt – jetzt bin ich verloren. Aus der Mitte des Tornados in die Bahn seiner Zerstörung geworfen, ohne Halt und ohne Verstand, warum wohl sonst sind meine Finger gerade damit beschäftigt, den Knopf seiner Jeans zu öffnen, als würden wir es jetzt gleich tun, genau hier, in einer düsteren Ecke des menschenleeren Theaters. Ich glaube, es ist dieser Gedanke, der mich mit einem Mal innehalten lässt.

Ich muss wahnsinnig geworden sein, vollkommen verrückt.

Entschlossen schiebe ich Milo von mir weg, so schwer atmend, dass ich erst einmal Luft holen muss, bevor ich ein jämmerlich gekrächztes »Nein« von mir gebe.

»Nein?« Milo klingt ebenfalls komplett außer Atem, seine Haare sind verwüstet, seine Brille ist beschlagen. Sweet Jesus, er sieht absolut zum Anbeißen aus.

Ich stürze mich auf ihn, küsse ihn wieder, wenn überhaupt

möglich, noch ekstatischer. Und diesmal ist es Milo, der die Sache entschleunigt. Er lässt von meinem Bein ab, umfasst stattdessen mit beiden Händen mein Gesicht, er streicht mit seiner Zungenspitze die Innenseite meiner Oberlippe entlang und mein gesamter Körper beginnt zu zittern. Ich biege mich ihm geradezu entgegen und dann hauche ich: »Nein. Oh Gott, nein.« Ich höre mich selbst etwas flüstern, *hör auf*. Einige Sekunden lang noch spüre ich Milos Lippen auf meinem Mund, dann löst er sich von mir.

Wir starren einander an. Ich habe keine Ahnung, was in meinem Kopf vorgeht. Wie heißen diese Hormone, die dafür sorgen, dass wir lustgesteuert und wie von Sinnen durch die Gegend laufen? Sie führen gerade eine lebhafte Diskussion mit meinem Gewissen, meinen Moralvorstellungen und vermutlich auch mit meinem Verstand.

Ich beuge mich vor und suche Milos Lippen, ganz sanft nur, und er beginnt zu lachen, ebenso leise. »Wir werden ein ernsthaftes Safeword brauchen, wenn Nein auf einmal nicht mehr Nein heißt.«

»Wir sollten …«

»Penny? Milo?«

Die Tür wird aufgerissen, Musik und Gelächter strömen in den Raum, dazu sind Schritte zu hören. Dann wieder Phillips Stimme: »Seid ihr hier drin?«

Ich erstarre, Milo ebenso. Ich frage mich, wie Phillip darauf kommt, im Theater nach uns zu suchen. Hat er gesehen, wie ich Milo hier hereingezogen habe? Vermutlich hat er das. Oh mein Gott, was hab ich mir dabei gedacht, Helena ist meine Freundin, wie konnte ich nur so egoistisch, so … schwanzgesteuert sein?

Ich denke, Milo sieht die Panik in meinen Augen, denn er

lehnt seine Stirn gegen meine und beginnt, mit mir im Takt zu atmen, tief ein, dann wieder aus, bis Phillips Schritte verklingen und die Tür mit einem Krach ins Schloss fällt.

Ich schließe die Augen.

Milo flüstert: »Ich bin in dich verliebt.«

»Ich brauche wirklich dringend ein Safeword«, wispere ich.

40
MILO

Zeig mir, wer du bist

Ich habe in meinem Leben viele dumme Dinge getan. Viele. Massenhaft. Dumme Dinge, gefährliche, verwerfliche. Ich habe einige davon bereut und mich mehr als einmal gefragt, ob ich es genauso wieder machen würde. Die Antwort lautet: vermutlich nicht. Und auf der anderen Seite: möglicherweise doch, denn in der Situation, in der ich mich damals befand, habe ich nun mal keinen anderen Ausweg gesehen, und das wäre diesmal nicht anders. Das trifft zu auf alles, was mit Jannis zusammenhing, aber das mit Penny ... das ist eine völlig andere Geschichte.

Ich glaube, ich wusste, dass ich mich in sie verliebt hatte, in dem Augenblick, als ich plötzlich nicht mehr damit leben konnte, dass sie vielleicht etwas Falsches von mir denkt. Denn bei all den dummen Dingen, die ich in meinem Leben getan habe, hatte ich noch nie das Bedürfnis, mich jemandem zu erklären, die Gründe offenzulegen, mich zu rechtfertigen. Meine Eltern wussten, was wirklich passiert ist, und das hat immer gereicht, denn das sind die Menschen, die mir am nächsten stehen, und seit Jannis' Tod sind sie die Einzigen, die ich noch habe. Und bis vor ein paar Wochen, da habe ich geglaubt, Verdrängung sei meine Lieblingstaktik. Das aufgesetzte Strahlen, das alles überdeckende Summer-Feeling dieses Clubs, Helenas erfrischend fröhliche Oberflächlichkeit – all das passte perfekt.

Vor ein paar Wochen war irgendwie alles okay.

Und dann.

Kam Penny.

Und mein bequemes, gehaltloses Lebenskonstrukt erweist sich auf einmal als äußerst fragil.

Ich habe darüber nachgedacht, warum ich Helena nie erzählen wollte, wer ich in München war, was meine Familie durchgemacht hat, warum ich nach Spanien gekommen bin. Zum einen vermutlich deshalb, weil sie mich nie danach gefragt hat. Zum anderen hat es natürlich mit Vertrauen zu tun, mit Nähe. Ich habe mit Helena geschlafen, vermutlich jeden Zentimeter ihres Körpers nackt gesehen, doch wirkliche Nähe habe ich ihr gegenüber nie empfunden, das weiß ich jetzt. Ich weiß es, nachdem ich Penny wiederbegegnet bin und auf einmal diesen Sog spürte, dieses Zerren in ihre Richtung, als würde jemand Tauziehen spielen mit meinem Inneren. Penny ist so vertraut, ich hatte vergessen, wie sehr. Ich hatte auch vergessen, wie sich die Nähe zu ihr angefühlt hat, selbst wenn sie nur ein paar Minuten dauerte. Sie fühlte sich an wie nie nah genug.

Und dann war Penny hier. Und sie kannte die Gerüchte. Sie war sich vermutlich nicht sicher, ob sie stimmten, aber sie ahnte etwas. Und auf einmal kam es mir so vor, als würde ich sie anlügen, wenn ich sie weiter im Unklaren gelassen hätte. Genauso wie ich gar nicht anders konnte, als sie zu küssen. Und ich will mich nicht schlecht deswegen fühlen. Und genau deshalb fühle ich mich noch viel schlechter. Die letzten beiden Tage waren furchtbar. Voller Verlangen nach dem, was ich nicht haben kann, voller … Ach, keine Ahnung.

Sie zu küssen, ihr so nah zu sein, ihren Duft zu schmecken, ihre Stimme zu hören, sie zu halten, sie ... Ich werde noch wahnsinnig werden, wenn ich nur daran denke. Dabei bin ich ohnehin kurz vorm Durchdrehen.

Helena kommt heute zurück. Ich weiß nicht, ob ich glücklich darüber sein oder panische Angst haben sollte, denn ich möchte ihr ehrlich nicht wehtun, aber ich kann auch nicht *nicht* reinen Tisch machen, denn ich will nicht ohne Penny sein. Ich kann es auch nicht mehr. Penny ist unterwegs zum Flughafen, um sie abzuholen. Ich hab sie darum gebeten, es nicht zu tun, doch Helena wollte es unbedingt, und ich konnte unmöglich schon wieder eine Schicht versäumen. Also hat sich Penny noch einmal Ramóns Auto geliehen und ist allein losgefahren. Und ich frage mich: Kann eine Situation noch vertrackter sein? Noch ein bisschen mehr beschissen?

»Ey, Milo? Milo!«

»He! Geht's noch?«

Ich weiche zurück, als mich ein nasses Spültuch an der Wange trifft, das Xavier nach mir geworfen hat.

»Wenn du damit fertig bist, die Gläser dünn zu polieren, gäbe es hier drüben tatsächlich was zu tun«, sagt er und schüttelt seine wirren braunen Locken.

»Klar! Sorry! Bin sofort da!« Ich beeile mich, einer Familie Cappuccino, Latte macchiato und einen Kakao zu servieren, bevor ich ins Lager verschwinde, um Nachschub für die Kühlfächer zu besorgen. Als ich zurückkomme, um die Flaschen einzusortieren, steht Xavier wieder vor mir, ein Geschirrtuch um die Schultern, die Hände in die Seiten gestemmt. Er starrt mich geradezu nieder.

»Was?«

»Was? Das wollte ich dich fragen. Was ist los mit dir?«

Ich beginne damit, Bier nachzufüllen. »Ich war in Gedanken, schätze ich. Ist das neuerdings verboten? Zu denken?«

»Und woran genau hast du gedacht?«

Ich antworte nicht. Zu meinem Glück kommt gerade in diesem Moment eine Bestellung rein, und Xavier verschwindet, um einen weiteren Kaffee zu machen. Um diese Zeit ist an der Bar eher wenig los, die meisten Leute sind beim Mittagessen, und nur vereinzelt lassen sich Gäste sehen, um einen Espresso zu trinken. Sehr vereinzelt. Denn schon steht Xavier wieder hinter mir und legt eine große, kräftige Hand auf meine Schulter.

»Ich sag dir, woran du gedacht hast, mein lieber alter Freund.«

Ich schüttle den Kopf, erwidere aber nichts. Der Spanier an sich ist nicht selten ein bisschen melodramatisch, das fällt mir heute nicht zum ersten Mal auf.

»Du hast daran gedacht, in welche Scheiße du dich gerade reinreitest.«

Ich richte mich auf und nehme mir den nächsten Kasten Bier vor. Es wundert mich nicht, dass Xavier über Penny und mich Bescheid weiß, er konnte sehen, wie wir auf der Premierenparty zusammen getanzt haben, er weiß, dass wir auch danach Zeit miteinander verbracht haben. Ich überlege, was es ihn angeht. Ich mag Xavier, er ist einer der besten Kumpel, die ich in diesem Club habe, und dennoch verspüre ich kein Bedürfnis, mit ihm über Penny zu sprechen oder über Helena oder überhaupt. Ich räume unbeirrt Flaschen in die Kühlung und Xavier seufzt.

»Dann sag ich dir nur eines, okay? Das ist kein Ort für Heimlichkeiten.«

Ich bin dabei, die Tische abzuräumen, als ich Helenas Stimme höre, da ist sie noch nicht mal in der Nähe der Bar. Sie ruft nach mir, laut und … ich weiß nicht. Verzweifelt? Stirnrunzelnd sehe ich ihr entgegen, sie läuft über den Dorfplatz, das Gesicht ernst und irgendwie entschlossen, und für einen Augenblick denke ich, Penny hat ihr alles erzählt auf der Fahrt, und ich fühle keine Angst mehr, nur Erleichterung. Im nächsten Moment hat Helena sich in meine Arme geworfen, sie drückt sich an mich und vergräbt ihre Hände in meinen Haaren. Über ihre Schulter hinweg sehe ich Penny.

»Ah, Milo!« Helena rückt ein Stück von mir ab und küsst mich, das heißt, sie versucht es, und im ersten Moment bin ich zu perplex, um darauf zu reagieren, doch dann weiche ich aus.

»Was ist denn passiert?«

»Ich bin froh, wieder bei dir zu sein, du fehltest mir furchtbar.«

Sie hat Tränen in den Augen, und ich werfe Penny einen Blick zu, die wie versteinert hinter Helena stehen geblieben ist.

»Was ist denn passiert? Geht es deiner Großmutter wieder schlechter?« Wir haben uns geschrieben, während Helena in Deutschland war, nicht furchtbar viele Nachrichten, aber ein paar, und aus keiner ging hervor, dass sich der Zustand ihrer Großmutter verschlimmert hätte, im Gegenteil. Es hieß, sie habe zwar einen Schlaganfall gehabt, den aber besser überstanden als anfänglich gedacht.

»Es geht ihr nicht gut. Sie wird sich vermutlich niemals von diesem Schlag erholen. Nie sah ich sie so zerbrechlich wie in diesem Krankenbett. Die Befürchtung ist, dass sie dort nicht mehr herauskommen wird.«

Inzwischen laufen die Tränen über ihre Wangen und re-
flexartig wische ich sie mit dem Daumen weg. »Davon hast
du gar nichts geschrieben«, sage ich, weil mir gerade echt
nichts Besseres einfällt.

»So etwas schreibt man doch nicht in einer Textnachricht.«
Gott, sie sieht todtraurig aus. Und ich vermutlich verzweifelt. Ich habe keine Ahnung, was ich tun oder sagen soll, aber
ich kann Helena in dieser Situation nicht erklären, dass ich
mich in Penny verliebt habe.

Ich halte sie immer noch im Arm.

Und als sie sich vorbeugt, um mich zu küssen – diesmal
wirklich –, da habe ich ihr nichts entgegenzusetzen.

Als ich das nächste Mal aufsehe, ist Penny verschwunden.

41

PENNY

Wir haben schon Schlimmeres getan

MILO: Wo warst du? Ich hab dich nach
der Aufführung überall gesucht.

> PENNY: Ich hab mich für den Abend
> entschuldigt. Mir ging es nicht so gut.

MILO: Können wir reden?

> PENNY: Jetzt? Es ist fast drei Uhr!

MILO: Ich stehe vor der Tür.

> PENNY: Bist du verrückt? Helena schläft.

MILO: Ich muss mit dir reden.

MILO: Bitte?

Ich presse das Handy an meine Brust und zähle bis zehn. Ich muss mich beruhigen und darauf hören, ob Helenas Atem noch gleichmäßig geht, und schon jetzt komme ich mir schäbig und hinterhältig vor. Ich sollte nicht aufstehen, um Milo zu sehen, aber ich bringe es schlicht nicht fertig, es nicht zu tun. Also tue ich es, so leise wie möglich, ziehe Leggins über und Schuhe an und sehe nach Gigi, die friedlich an meinem

Fußende schläft. Dann öffne ich die Tür, wo mich Milo sofort in seine Arme zieht. Er sagt nichts, ich sage nichts, doch in meinem Kopf werden rege Unterhaltungen geführt, aus sämtlichen Richtungen. Was, wenn uns jemand sieht? Was, wenn Helena gar nicht schläft? Was, wenn wir uns nie verzeihen können, was wir hier tun? Und warum lässt es sich ganz offensichtlich trotzdem nicht ändern?

Stumm schlagen wir den Weg zum Strand ein und ich lasse Milos Hand los, wenigstens das. Die Nacht ist kühl, kälter als gedacht, und ich reibe mir die Arme, was Milo auf der Stelle zum Anlass nimmt, mir seine Kapuzenjacke anzubieten. Wenn man es nicht besser wüsste, könnte man meinen, wir seien ein Paar, doch das sind wir nicht. Wir sind zwei, die unglaublich gern zusammen wären, aber nicht wissen, wie, ohne einem anderen Menschen unverzeihlich wehzutun.

Ich schlüpfe in Milos Jacke. Sie ist warm und sie riecht nach ihm und am liebsten würde ich sie nie wieder ausziehen. Was ist bloß los mit mir? Ich kann mich nicht daran erinnern, je so empfunden zu haben; nicht für Felix und auch nicht für die paar anderen, in die ich irgendwann einmal glaubte, verliebt gewesen zu sein.

Der Strand ist leer. Dennoch gehen wir nicht in Richtung der Surfschuppen und der Feuerstelle, sondern schlagen die entgegengesetzte ein, die weniger belebte, und dort setzen wir uns in den Sand.

»Ist dir nicht kalt?«

»Nein.« Milo stützt sich mit den Händen nach hinten ab, wie schon am Pool, und ich werfe ihm über die Schulter einen Blick zu, bevor ich wieder aufs Meer sehe. Die Nacht ist nicht besonders dunkel und der Mond malt glitzernde

Streifen aufs Wasser. Die Wellen kriechen flüsternd an Land. Ich höre ihnen so lange zu, bis Milo sich wieder aufrichtet und eine Hand in meinen Nacken legt. Mit dem Daumen berührt er meinen Haaransatz und ein Schauer läuft mir über den Rücken. Ich atme tief dagegen an.

»Helena geht es nicht gut. Sie konnte kaum einschlafen, so sehr sorgt sie sich um ihre Großmutter. Bis kurz nach zwölf hat sie noch mit ihrer Mutter geschrieben, und danach konnte sie nicht aufhören, darüber zu reden. Nach eins ist sie noch mal raus, spazieren. Ich bin froh, dass sie überhaupt eingeschlafen ist.« Ich werfe Milo einen Blick zu. »Ich komme mir mies vor wegen dem, was wir getan haben. Du nicht?«

Milo antwortet nicht, aber das ist auch nicht nötig. Ich weiß, er fühlt sich genauso schlecht deswegen wie ich, und dass er es nicht ausspricht, hat weniger mit seinem Gewissen zu tun, sondern vielmehr damit, es für mich nicht noch schlimmer zu machen.

»Es geht ihr schlecht«, wiederhole ich, weil ich keine Ahnung habe, was ich sonst sagen soll. »Ich glaube, sie hat ein sehr enges Verhältnis zu ihr. Ihrer Großmutter, meine ich.«

»Sie hat nie von ihr erzählt.«

»Du hast ihr auch vieles nicht erzählt, oder? Das ändert nichts an der Tatsache, dass diese Dinge existieren.«

»Ich frage mich nur, weshalb sie in ihren Nachrichten nichts erwähnt hat, als sie weg war. Sie klang unbekümmert wie immer.« Er zuckt mit den Schultern. »Fröhlich. Normal.«

»Letztlich spielt es keine Rolle, oder?«

»Nein.« Milo lässt seine Hand über meinen Rücken nach unten wandern und zieht mich ein Stück näher zu sich heran. Ich lehne meinen Kopf an seine Schulter und lasse zu, dass sich seine andere Hand in meinen Haaren vergräbt. Ich schließe die Augen und ja, verschließe sie davor, was alles falsch ist an dieser Szene.

»Das wollte ich schon die ganze Zeit tun.«

»Was?«

»Diese perfekte Frisur durcheinanderbringen.«

»Ach, wirklich?«

»Oh ja. Und deine Sommersprossen …«

Ich drehe Milo mein Gesicht zu. Unsere Lippen sind einander so nah, nur Millimeter trennen uns von einem Kuss. »Was ist mit meinen Sommersprossen?«, flüstere ich.

»Ich mochte sie.« Milo flüstert ebenfalls.

Ich kann nicht anders, ich muss ihn küssen, ich bin so schwach, dass es wehtut. Also lege ich meine Lippen auf seine, nur eine Sekunde lang, bevor ich mich aus Milos Umklammerung löse und stattdessen die Arme um meine Knie schlinge.

»Ich wollte nicht länger aussehen wie sie. Die rotblonden Haare, die Sommersprossen, all das ist meine Mutter. Ich konnte nicht mehr in den Spiegel sehen. Also hab ich das Bild darin verändert.«

»Ich mag beide Bilder«, sagt Milo. »Aber am meisten mag ich diese Wimpern.« Ein Finger streicht meine Wange entlang. Ich atme tief ein.

Es ist nicht das erste Mal, dass ich an meine Mutter denke, aber es ist womöglich das erste Mal, dass ich die gewohnte Frage nach dem *Wie konnte sie nur?* zurückstelle und mich stattdessen etwas anderes frage. Kann es sein, dass sie ähnlich empfunden hat, damals, als sie in Spanien diesen Mann kennenlernte? Saß sie mit ihm am Strand, in seine Jacke gehüllt, Zentimeter von ihm entfernt? Lauschte sie ihrem eigenen, viel zu lauten Herzschlag, und stellte sie sich die Frage, ob sie wirklich in der Lage war, das Richtige zu tun, wenn sich das Falsche doch absolut so anfühlte, als sei es unausweichlich?

»Woran denkst du?«

»Daran, dass ich jetzt womöglich weiß, warum meine Mutter gegangen ist. Es ist einfacher, denen nicht ins Gesicht sehen zu müssen, die man verletzt.«

»Denkst du, mir fällt es leicht, Helena zu verletzen?«

Ich sehe Milo an. »Nein, das denke ich nicht.«

»Und es tut mir unglaublich leid, dass es Helenas Großmutter schlecht geht und dass sie deswegen verzweifelt ist, aber ich kann nicht weiterhin so tun, als würde ich mit ihr zusammen sein wollen, denn das wäre unaufrichtig und noch viel schlimmer, als ihr jetzt die Wahrheit zu sagen. Das, finde ich, hat Helena nicht verdient. Sie hat es nicht verdient, mit jemandem zusammen zu sein, der in eine andere verliebt ist.«

42

MILO

Der Stein kommt ins Rollen

Wann, frage ich mich, ist der richtige Moment, jemandem wehzutun, den man unter keinen Umständen verletzen möchte? Spielt es eine Rolle, wann und wie man es sagt? Ob der andere gerade schon niedergeschlagen genug oder ob er superhappy, restlos glücklich ist? Dürfte das nicht vollkommen egal sein, weil eine schlechte Nachricht nun mal eine schlechte Nachricht bleibt, egal, wie hart oder weich sie fällt?

Es ist mittags, kurz nach halb eins. Ich stehe hinter der Pizzatheke und setze mich mit einer Horde Vier- bis Sechsjähriger auseinander, die ihre Pizza nach Wunsch belegt haben möchten – mit dreifach Salami, vierfach Käse, Kartoffelbrei oder Smarties. Es sind diese Momente, die das Clubleben noch ein bisschen anstrengender machen, als es ohnehin schon ist, doch sie beschäftigen mich zumindest so sehr, dass ich kaum dazu komme, an etwas anderes zu denken. Ich bin schon halb durch die Bestellungen, als eine Kollegin hinter mir auftauchte.

»Milo? Du sollst dich beim Direktor melden.«

»Wirklich? Worum geht es?«

Sie zuckt mit den Schultern und bindet schon ihre Schürze um die Taille, damit sie mich am Pizzastand ablösen kann.

Ich habe Bastian Reeden, Leiter des Solana Sunshine Clubs

und Schulfreund meines Vaters, erst ein Mal getroffen, seit ich hier bin, und das war bei meiner Ankunft, als er mich begrüßte und mir für die Zeit hier alles Gute wünschte. Danach habe ich ihn öfter gesehen – er eröffnet regelmäßig Themen- oder Dinnerabende –, aber außer einem *Hallo* nie mehr ein Wort mit ihm gewechselt. Weshalb ich mir nicht erklären kann, wieso er mich jetzt, mitten in einer Schicht, zu sich rufen lässt; um ehrlich zu sein, fällt mir nur ein Grund ein: Es ist etwas mit meinen Eltern.

Mir wird abwechselnd heiß und kalt, während ich mich auf den Weg zu Reedens Büro mache, das nicht weit vom Restaurant entfernt liegt, es grenzt an das Empfangsgebäude an. Ich gehe ins Vorzimmer, wo mich seine Sekretärin Sarah ohne Umschweife durchwinkt. Sie lächelt nicht. Das ist ein schlechtes Zeichen. Obwohl ich mich nicht mal daran erinnern kann, ob Sarah eine ist, die grundsätzlich lächelt oder nicht, bricht mir allmählich Angstschweiß aus.

»Milo.« Bastian Reeden sieht auf, als ich ins Zimmer trete, und deutet mit einer Hand auf den Stuhl vor seinem Schreibtisch.

»Was ist los? Ist etwas mit meinen Eltern?«

»Schließt du die Tür?«

Das tue ich. Dann setze ich mich. »Ist zu Hause irgendwas passiert?«

»Nein, deinen Eltern geht es gut. Das nehme ich zumindest an, ich habe länger nichts von ihnen gehört. Es ist … etwas anderes.«

»Okay.« Meine Antwort kommt langsam und zäh. Ich bin nicht sicher, ob ich hören will, was er zu sagen hat. Wenn nichts mit meinen Eltern ist, kann der Grund für dieses Gespräch eigentlich nur halb so schlimm sein, aber nach halb so schlimm sieht Bastian Reedens Gesichtsausdruck nicht aus.

»Ähm, ich weiß nicht so recht, wie ich das formulieren soll, Milo, aber … In der Kasse der Hauptbar fehlt eine beträchtliche Summe Geld.«

»Was?«

»In der Kasse der Haupt…«

»Ja, das hab ich verstanden. Aber irgendwie auch nicht. Wieso fehlt in der Kasse Geld?«

»Laut Dienstplan hast du gestern die Abrechnung gemacht?«

Für geschlagene fünf Sekunden bin ich ziemlich verwirrt. »Genau. Ich hab die Kasse abgerechnet und die Geldkassette in den Tresor gesperrt, wie immer.«

Reeden antwortet nicht gleich. Stattdessen sieht er mich an mit einer Mischung aus Verständnislosigkeit und Mitleid im Blick. Schließlich sagt er: »Es fehlen zwölfhundert Euro.«

»Zwölfhundert Euro?«

Er nickt.

Ich runzle die Stirn.

»Es fehlen zwölfhundert Euro, und Sie denken, weil ich nicht zum ersten Mal eine Kasse ausgeräumt habe, müsste ich es auch diesmal getan haben.« Das klingt sehr nach Feststellung und gar nicht nach Frage und zudem reichlich angepisst.

»Ehrlich gesagt, denke ich das gar nicht.«

»Nein?«

»Nein. Wie du weißt, kenne ich deine Vorgeschichte ziemlich genau – die deiner Familie –, und ich kann mir nicht vorstellen, dass du nach fast einem halben Jahr hier mit einem Mal die Finger in der Geldschatulle hast.«

»Okay?«

»Wenn du mir also sagst, du warst es nicht, dann glaube ich dir.«

»Ich war es nicht.«

»Gut.« Er nickt, dann beugt er sich vor und faltet die Hände vor sich auf dem Schreibtisch. »Das Geld ist trotzdem weg. Und es ist an dem Abend verschwunden, an dem du für die Kasse verantwortlich warst. Und …«

Und mit einem Mal weiß ich, worauf er hinauswill. »Es wurde das Gerücht gestreut, dass ich es genommen habe?«

»Ich fürchte, ja.«

»Von wem?«

»Ich hatte gehofft, du könntest mir das sagen.«

Ich sehe Bastian Reeden an, völlig ratlos, denn ich habe absolut keine Ahnung. Über meine Vergangenheit weiß hier niemand Bescheid – niemand außer Penny, und es wäre absurd zu glauben, sie hätte irgendetwas damit zu tun. Also geht es womöglich gar nicht darum, was ich in einem früheren Leben getan habe. Vielleicht ging es in erster Linie darum, einen Schuldigen zu haben, und da ist der, der die Kasse abrechnet, natürlich allererste Wahl.

Ich schüttle den Kopf. »Ich hab echt keine Idee. Und, ehrlich gesagt, noch weniger fällt mir jemand aus dem Team ein, der sich an der Kasse zu schaffen machen würde. Das Ganze ergibt überhaupt keinen Sinn.«

»Ja«, sagt Reeden. »So ist das meistens.«

Stille breitet sich aus zwischen uns. Ich überlege, ob es noch irgendetwas zu sagen gibt, der Clubdirektor scheint ebenfalls darauf zu warten. Leider habe ich nichts.

»Was passiert jetzt?«

Reeden seufzt. »Wir werden versuchen, das irgendwie unter uns zu klären. Damit meine ich, hier im Club. Wenn dabei nichts herauskommt, werden wir die Polizei einschalten müssen.«

Ich nicke. Was soll ich dazu noch sagen? Also stehe ich auf, um was weiß ich was zu tun, und mache mich auf den Weg zur Tür.

»Ähm, Milo?«

»Ja?«

»Xavier macht die Abrechnung. Nur vorübergehend. Bis alles geklärt ist.«

Klar, denke ich. Sicher wissen ohnehin schon alle Bescheid.

Wie schnell sich die ganze Sache wirklich herumspricht, wird mir allerdings erst klar, nachdem ich das Büro des Direktors verlassen habe.

43

PENNY

Das ging schnell

Es ist Mittagspause, doch von Milo fehlt jede Spur, und von Helena auch. Ich weiß nicht, ob ich darüber erleichtert sein soll oder traurig; alles ist seltsam anstrengend, seit Helena wieder da ist – und ich ihren Freund geküsst habe. So, wie es noch vor ein oder zwei Wochen war, wird es jedenfalls nie wieder sein. Wir drei an einem Tisch, Helena und ich bei der Massage, Milo und ich nur Freunde. Freunde. Ich bin nicht einmal sicher, ob wir wirklich Freunde waren, da sind wir schon übereinander hergefallen wie liebeskranke Figuren aus einer schnulzigen Lovestory. Nur, dass das hier keine Romanze ist, sondern eine Tragödie. Denn wie auch immer es zwischen Milo und mir weitergeht, er wird sich von Helena trennen, und was auch immer passiert, mindestens einer von uns dreien wird unglücklich werden. Dieser flüchtige Gedanke, dass diese Person womöglich nicht ich sein werde, der kostet mich weitere Karmapunkte, so viel ist sicher.

Ich betrete das Restaurant, als mir einfällt, dass Milo heute Pizzadienst hat. Also steuere ich die Ecke an, in der geknetet und gebacken wird, doch er scheint nicht da zu sein. Was seltsam ist, denke ich, doch ich traue mich nicht, einen seiner Kollegen zu fragen. Also entscheide ich mich für Salat und eine Cola und bahne mir damit einen Weg durch die Tische.

Es sind kaum Leute da, die ich näher kenne, aber Phillip sitzt hinten am Fenster, mit Mel und Toni aus dem Surfclub. Er sieht in meine Richtung, doch dann gleich wieder weg, was ich nicht unbedingt als Einladung empfinde, mich zu ihnen zu setzen. Also entscheide ich mich für den Achtertisch, an dem neben einer dreiköpfigen Familie noch Lydia und Katleen aus dem Spa-Bereich sitzen, doch auch den beiden ist heute offenbar nicht danach, sich mit mir zu unterhalten. Was mir recht sein kann, schätze ich. Wo ich mit meinen Gedanken ohnehin permanent woanders bin.

Ich stehe an der Kaffeetheke, als mir aufgeht, dass tatsächlich irgendetwas nicht stimmt. Es sind Blicke, die ich in meinem Rücken spüre, obwohl mir heute noch so gut wie keiner aus der Solana-Crew irgendeine Form von Aufmerksamkeit geschenkt hat. Die Blicke brennen sich in meinen Nacken, und dann höre ich Namen – meinen, den von Milo –, und als meine Wahrnehmung sich auf die Gespräche um mich herum fokussiert, da höre ich noch etwas anderes.

Milo? Der mit der Brille?

Er wurde zum Direktor gerufen, vor einer Stunde oder so. Ist seither nicht mehr aufgetaucht.

Was ist denn mit ihm?

Wenn's stimmt, hat er Geld mitgehen lassen, aus der Kasse an der Hauptbar.

Ich verzichte auf meinen Cappuccino. Stattdessen verschwinde ich aus dem Restaurant, so schnell wie möglich, ohne zu rennen, und habe schon das Handy in der Hand, um Milo anzurufen. Er geht nicht ran. Also sehe ich in seinem Zimmer nach, doch da ist er nicht. Eine Weile drücke ich mich in der Nähe des Direktionsbüros herum, ohne Erfolg, dann fällt mir ein, er könnte mittlerweile auch wieder seinen Platz vorm Pizzaofen eingenommen haben, doch als ich dort ankomme, fehlt von Milo jede Spur, die abschätzigen Blicke jedoch sind mehr geworden. Oder sehe ich Gespenster? Bilde ich mir das alles nur ein?

Ich wähle erneut Milos Nummer. Fehlanzeige. Also schicke ich eine Textnachricht, die ebenfalls unbeantwortet bleibt.

Ich müsste längst in der Boutique sein, doch ich kann jetzt unmöglich T-Shirts falten und Schokoriegel sortieren, also schicke ich Ramón eine Nachricht, dass ich später komme, und laufe stattdessen zur Bar beim Erwachsenenpool. Xavier ist gerade schwer beschäftigt. Er ignoriert mich geschlagene zehn Minuten, bis er die Schlange vor sich abgearbeitet hat, dann steht er da, die Arme vor der Brust verschränkt, und wirft mir einen finsteren Blick zu. »Was?«

»Ähm. Milo ... Du weißt nicht zufällig, wo er ist?«

»Nein.«

»Oh. Okay. Danke.«

Xavier starrt mich nieder und ich starre zurück, während ein Gefühl der Enttäuschung in mir aufsteigt. Bei vielen Menschen wäre ich nicht überrascht, wenn sie sich von unsinnigen Gerüchten beeinflussen ließen, doch von Xavier hätte ich das nicht erwartet. Er ist ein Freund von Milo, zumindest hatte ich das angenommen, und dass er mich jetzt ansieht mit dieser Mischung aus Verachtung und Ärger im Blick, macht mich wütend. Ich hole tief Luft.

»Hör zu, Xavier, was auch immer du gehört hast, Milo hat ganz sicher nicht ...« Ich senke die Stimme. »Ganz sicher hat Milo kein Geld aus eurer Kasse genommen. Ich schwöre es dir.«

»Hör du mir zu, *Penny*!« Xavier beugt sich über den Tresen. Auch er spricht jetzt leiser, aber nicht weniger eindringlich. »Weißt du, wie ich mir vorkomme? Ich komme mir vor wie in einem richtig schlechten Film. Ich meine, das mit Milo und dir – das konnte jeder sehen und das geht niemanden etwas an, niemanden außer der armen Helena, versteht sich. Aber dass Milo …« Er schüttelt den Kopf und ich laufe rot an, und dann nutze ich die Pause, um den Mund zu öffnen, denn – Himmel, was hat Helena mit der Sache zu tun, doch Xavier lässt mich nicht zu Wort kommen.

»Keine Sekunde lang glaube ich, dass Milo dem Club Geld gestohlen hat. Aber ich kenne den Kerl jetzt schon fast ein halbes Jahr, drei Viertel der Zeit arbeiten wir zusammen, ich hab ihm von meiner Ex-Frau erzählt und von den Schulden, die mein Vater mir hinterlassen hat, und Milo? Nada. Alles nur Sonnenschein bei ihm. Und ich finde wirklich, er hätte erwähnen können, was früher los war in seinem Leben. Ich habe ihm vertraut. Und er hätte mir vertrauen können, verstehst du? Ich hätte ihn nicht dafür verurteilt. Jeder hat eine zweite Chance verdient. Aber Lügen? No.«

Xavier zieht sich zurück, setzt ein Grinsen auf und widmet sich einem Neuankömmling am anderen Ende der Bar. Ich sehe ihm zu, wie er eine Flasche Cola aus der Kühlung nimmt und eine Tasse unter die Espressomaschine stellt. Währenddessen kann ich spüren, wie sich die Röte auf meinen Wangen in eisige Blässe verwandelt. Was weiß Xavier von Milos Vergangenheit und vor allem: *Woher* weiß er es? Wie konnte das durchsickern? Mir ist kalt und irgendwie schlecht und dann kündigt mein Handy eine Textnachricht an.

MILO: Bin auf meinem Zimmer. Kannst du kommen?

44

MILO

Alles endet hier

Ich weiß, wie schnell sich ein Ruf ruinieren lässt, ich mache das nicht zum ersten Mal mit. Es braucht nur eine einzige Quelle, sie muss gar nicht mal laut sein, und schon schießt all der Mist den Bach runter, holt Schwung, wird immer mehr Mist statt weniger. Zu dem Milligramm Wahrheit, das vielleicht in jedem Gerücht steckt, erfindet der eine das dazu, der nächste was anderes, und am Schluss weiß niemand mehr, wie der ursprüngliche Scheiß eigentlich ausgesehen hat. Ja, ich geb's zu, ich bin wütend. Weil ich gestern noch dachte, das mit Penny und mir würde mich vor eine unlösbare Aufgabe stellen, nur um heute festzustellen, dass ich ganz andere Probleme habe. Und diese Art Problem kenne ich nur zu gut. Es ist, als würde sich hier Geschichte wiederholen.

Nach meinem Gespräch mit Direktor Reeden gehe ich nicht ins Restaurant zurück, um Pizza zu backen, stattdessen schlage ich den Weg zu meinem Zimmer ein. Was mir in den paar Minuten dorthin begegnet, kommt mir ebenfalls nur allzu bekannt vor: Blicke, aus dem Augenwinkel oder sehr offen und provokativ, Getuschel hinter vorgehaltener Hand. Eine Lawine auszulösen ist leicht – um bei den Geröllbildern zu bleiben. Gerüchte verbreiten sich exakt genauso schnell.

Ich setze eine Maske auf, die ich schon ewig nicht mehr getragen habe – kühl und abweisend –, und gehe unbeirrt weiter.

Mein Zimmer ist leer. Ich lege mich aufs Bett und starre an die Decke. Irgendetwas brummt, doch als ich mitbekomme, dass es mein Handy ist, ist Pennys Anruf schon zur Voicemail umgeleitet worden. Zwei Sekunden später leuchtet eine Nachricht von ihr auf.

> PENNY: Ich hab's gehört. Alles in Ordnung? Wo bist du gerade?

Und da haben wir's. Leute reden, fast alle, die mir auf dem Weg hierher begegnet sind, schienen Bescheid zu wissen. Penny weiß es. Meine Finger schweben über dem Telefon, um ihr zu antworten, doch dann … Ich setze mich auf. Wenn jeder davon gehört hat und Penny sofort reagiert, was ist dann mit Helena? Sie ist vermutlich im Atelier, ziemlich sicher von einer Gruppe Kinder umringt, mit denen sie T-Shirts bemalt, aber auch sie hat eine Mittagspause und auch sie wird mitbekommen haben, was so gut wie jeder hier schon mitbekommen hat. Und wo ich gerade davon spreche …

> SEVERIN: Wow, Alter, was sind das für krasse Gerüchte! Wo steckst du? Bist du im Club?
>
> MILO: Ich bin auf unserem Zimmer. Echt spitze, dass du sofort annimmst, ich hätte mich mit dem Geld aus dem Staub gemacht.
>
> SEVERIN: Dachte eher, sie hätten dich abgeführt oder so.

Klar. Natürlich denkt Severin das. Ziemlich sicher denkt er auch, ich hätte das Geld tatsächlich geklaut.

MILO: Hast du Helena gesehen?

SEVERIN: Uh-oh, da läuft ziemlich was schief, oder?

SEVERIN: Scheiße, wo du auch hinschaust.

SEVERIN: Hab sie nach gestern nicht gesehen.
Hat nach dir gesucht, da hab ich schon
halb geschlafen. Dachte erst, sie wartet
in deinem Bett, hat sie nicht, oder?

SEVERIN: Hätte mich gewundert, nach dem, was heute los ist.

MILO: Klasse. Wenn nicht mal mehr meine
Freundin sich bei mir erkundigt, ob ich tatsächlich
was mit der Sache zu tun habe. Bestens.

SEVERIN: Wenn nicht du was mit der Sache
zu tun hast, wer dann?
Jede Menge Leute haben euch gesehen.

MILO: ?

MILO: Wen? Was gesehen?

SEVERIN: Premierenparty? Du und Penny?
Wär ich auch sauer, wenn ich vom Sterbebett
meiner Oma komme und dann erfahre,
dass mein Freund ne andere knallt.

SEVERIN: Bestimmt hat sie deshalb gestern im Schrank nachgesehen.
Dachte vielleicht, Penny versteckt sich da.

Was … Ich lese den Chat noch einmal, von vorn. Worum geht
es hier? Was zum Teufel?

Ich rufe Severin an.

»Ist schlecht grad, bin schon spät dran.«

»Okay. Sag mir einfach kurz, was da draußen los ist.«

»Keine Ahnung. Am besten sprichst du mit Helena, sie soll ziemlich durch den Wind sein.«

»Weißt du, wo sie ist?«

»Nicht wirklich.«

»Jetzt komm schon, lass dir nicht jeden Satz aus der Nase ziehen. Woher weißt du, dass sie durch den Wind ist?«

»Weil alle davon reden. Du und die Kasse, dann du und Penny.«

Ich schüttle den Kopf. Ich frage mich, was das eine mit dem anderen zu tun hat, finde aber keine Antwort. Hast du Scheiße am Fuß, hast du Scheiße am Fuß, nehme ich an.

Severin sagt: »Du hast das Geld nicht geklaut, oder?«

»Nein, aber danke der Nachfrage.«

»Ist ja gut. Kein Grund, mich anzupöbeln.«

»Sorry.« Ich seufze. »Du hast recht. Das Ganze ist nicht deine Schuld.«

»Nee, ist es nicht.«

Ich halte das Telefon an mein Ohr, aber ich sage nichts mehr, denn auf einmal fällt mir nichts mehr ein. Ist es meine Schuld? Sicher ist es das. Das mit Penny. Das andere auch.

»Okay, also … Ich muss weiter.«

»Klar. Bis dann.«

»Milo?«

»Hm?«

»Dieses andere Zeug. Du weißt schon, diese Geschichten über früher. Die Drogen und der ganze Kram …«

Severin ist still, und ich brauche etliche Sekunden, um zu begreifen, was er da gerade von sich gegeben hat. Als es durchsickert, überkommt mich ein Anflug von Übelkeit.

»Milo?«

»Ich bin noch dran.«

»Keine Ahnung, wer hier Blödsinn erzählt. Ich glaub das nicht, okay?«

Ich antworte nicht.

Severin sagt: »Ich muss los. Wir reden später.« Und die Leitung ist tot.

Ich starre auf das Handy. In dem schwarz gewordenen Display sehe ich nichts als die Spiegelung meines eigenen Gesichts. Von dem Poolboy, den Penny am Nachmittag ihrer Ankunft hier angetroffen hat, ist nicht mehr viel übrig geblieben.

Scheiße.

Gottverdammter Dreck.

Ich sehe mich im Zimmer um. Für den Moment habe ich keine Ahnung, was ich tun soll. Wenn ich daran denke, jetzt da rauszugehen – mich den Blicken, den Vorurteilen, den stummen oder auch gar nicht mal so stummen Anschuldigungen zu stellen –, dann wird mir schlecht. Es ist, als habe mich meine Vergangenheit eingeholt. Wie um mir zu beweisen, dass alles Wegrennen dieser Welt nichts bringt, weil sich nie etwas ändern wird. Und trotzdem, irgendwie … ich weiß nicht. Irgendwie scheint es auch jetzt die einzig sinnvolle Lösung zu sein.

Ich tippe eine Nachricht an Penny.

Dann stehe ich auf, ziehe den Koffer unter meinem Bett hervor, gehe zum Schrank und greife wahllos nach einem Stapel meiner Klamotten.

Auf dem Weg zurück zum Bett fällt etwas auf den Boden. Ein Umschlag. Ich hebe ihn auf und halte einen Packen Geld in Händen.

45
PENNY

Flucht nach vorn

»Milo?«

In der Terrassentür bleibe ich stehen, unsicher, was ich da sehe. Milo steht mitten im Raum. Er starrt mich an und ich starre auf den Koffer auf seinem Bett.

»Was um Himmels willen tust du da?«

»Ähm …« Er schüttelt den Kopf. Macht eine unschlüssige Bewegung in meine Richtung und mein Blick fällt auf das Bündel Geld in seiner Hand.

Und ich verstehe gar nichts mehr.

»Es ist nicht so, wie es aussieht«, sagt er, und fast muss ich lachen über diesen klischeebeladenen Satz, aber nur fast.

»Du packst also nicht deine Sachen, um von hier abzuhauen?«

»Ich … nein. Das meinte ich nicht. Ich meine das hier.« Er wedelt mit den Scheinen und ich schüttle den Kopf.

»Ist das das Geld, das jemand aus der Kasse geklaut haben soll?«

»Ich glaube schon, ja. Ziemlich sicher. Es sind zwölfhundert Euro.«

»Und wie kommen die in dein Zimmer?«

Nach wie vor stehe ich in der Tür zur Terrasse, nach wie vor starrt Milo mich an, doch jetzt bewegt sich etwas in sei-

nem Gesicht, der Ausdruck von eben – verwirrt und vielleicht ein kleines bisschen ängstlich – weicht etwas anderem,
doch bevor ich mir völlig sicher sein kann, was das ist, wirft
er das Geld aufs Bett, kommt in großen Schritten auf mich zu
und umfasst mein Gesicht mit beiden Händen.

»Was …«

Er presst die Lippen auf meine. Einfach so. Und ich bin
überrascht, für etwa eine Sekunde – dann schlinge ich beide
Arme um Milos Nacken und ziehe ihn zu mir. Das hier ist
der erste Kuss nach dieser Sache hinter dem Theatervorhang, und weil er besser ist, noch viel besser als in meiner Erinnerung, lasse ich zu, dass auch Milo mich enger an sich
drückt, dass er mich festhält, mich küsst, so innig, so voller
Gefühl, als würde er mich nie wieder loslassen wollen.

»Milo.« Wir sind ins Zimmer getaumelt, er mit dem Rücken gegen den Schrank, und seine Hände sind überall, und
sie haben etwas Verzweifeltes an sich, so, als könne es ihm
nie nah genug sein.

»Ernsthaft. Milo.« Ich lache, weil er sich größte Mühe gibt,
meine Anstrengungen, mich von ihm zu lösen, zu ignorieren. Als er schließlich doch nachgibt, seufzt er ein letztes Mal
gegen meine Lippen, bevor er den Kopf hebt. Er lässt mich
nicht los. Sieht mich ernst an und mein eigenes Lächeln verschwindet.

»Was soll das mit dem Koffer?«

»Danke, dass dir nicht in den Sinn gekommen ist, dass ich
das Geld genommen haben könnte.«

Ich runzle die Stirn. »Das habe ich keine Sekunde lang
gedacht.«

»Ich weiß. Danke, Penny.« Er beugt sich nach vorn und
drückt einen winzigen letzten Kuss auf meine Lippen, bevor

er sich mit der Hand durch die Haare fährt und Richtung Bett nickt. »Das Geld war im Schrank, zwischen meinen T-Shirts.« Er sieht wieder mich an. »Ich denke, Helena hat es da reingelegt.«

»Helena?« Als wäre ich vor eine Wand gelaufen, taumle ich einen Schritt zurück.

Milo erwidert nichts, er sieht mich einfach weiter an, während sich mein Herzschlag beschleunigt, als hätten wir nie aufgehört, uns zu küssen, und mir Röte in die Wangen schießt. »Es kann nicht Helena gewesen sein.«

»Severin sagt, sie war letzte Nacht hier, hat nach mir gesucht – und war bei der Gelegenheit am Schrank. Ich denke … Ich wüsste nicht, wie es sonst gewesen sein sollte.«

»Aber …« Ich schüttle den Kopf. »Das ergibt überhaupt keinen Sinn.«

»Nicht?« Milo sieht skeptisch aus. Skeptisch und schuldbewusst.

»Gestern Abend. Wir haben stundenlang geredet. Wegen ihrer Großmutter und … sie hat sich nichts anmerken lassen. Sie war wie immer.« Mehr Kopfschütteln macht das mit dem Begreifen auch nicht leichter.

»Hast du nicht gesagt, sie war in der Nacht noch spazieren? Bevor sie dann doch endlich eingeschlafen ist?«

»Und du denkst, bei der Gelegenheit hat sie die Kasse ausgeraubt?«

»Ich denke, zwischen dem Zeitpunkt, zu dem ich die Abrechnung gemacht habe, und dem Moment, wo ich losgegangen bin, um die Kassette in den Tresorraum zu bringen, hatte sie die Möglichkeit, den Inhalt herauszunehmen und damit zu verschwinden. Sie weiß, wo die Geldkassette aufbewahrt wird. Sie weiß auch, dass wir sie nicht strengstens bewachen, während wir das letzte Zeug zusammenräumen. Bisher war das nicht nötig, es ist nie etwas passiert.«

»Das ist … Ich kann das nicht glauben«, sage ich, doch irgendwie tue ich es wohl doch, denn mit einem Mal fühle ich mich furchtbar, noch viel furchtbarer als die Minuten davor, in denen ich verzweifelt nach Milo gesucht habe, weshalb ich in Richtung der Betten stolpere und mich kraftlos auf das von Severin fallen lasse.

Helena.

Ich starre auf den Koffer.

»Ich kann nicht glauben, dass sie das gemacht haben soll«, wiederhole ich.

Milo schiebt den verdammten Trolley beiseite und setzt sich mir gegenüber. »Ich fürchte, das habe ich mir selbst zuzuschreiben. Ich hätte nie mit dir tanzen dürfen, nicht vor allen – nicht *so*. Und erst recht hätten wir uns nicht ins Theater verziehen dürfen, sicher hat das jeder mitgekriegt. Das war idiotisch. Es tut mir leid, dass ich dich da mit reingezogen habe.«

Ich schnaube. »Ja, sicher. Ich war ja auch so verdammt wehrlos und hab mich von dir nötigen lassen.«

Milo verzieht keine Miene. Ich tue es auch nicht. Es ist nichts Komisches an dieser Situation, rein gar nichts.

»Ich muss Reeden das Geld zurückbringen«, sagt er schließlich. »Ihm sagen, wo ich es gefunden habe. Ihm nicht sagen, dass ich denke, dass Helena dahintersteckt.«

»Du willst sie schützen? Aber was wird er dann denken?«

»Keine Ahnung?«

»Er glaubt dir, dass du es nicht warst?«

Er zuckt mit den Schultern. »Er ist ein Freund meines Vaters. Er kennt meine Geschichte. Und ja, er glaubt mir.«

Ich starre Milo an. Ich kann noch immer nicht fassen, was hier gerade passiert. »Gott, Helena. Ich meine, was auch immer wir getan haben und wie wütend sie auch immer ist – so weit zu gehen, das ist nicht in Ordnung. Mindestens genauso wenig in Ordnung wie das, was wir getan haben.«

»Ja. Vielleicht.«

»Dass sie enttäuscht ist, verstehe ich. Dass sie anderen davon erzählt, wie sehr wir sie verletzt haben – ich bin nicht sicher, ob ich nicht dasselbe getan hätte. Aber die Sache mit dem Geld.« Ich sehe Milo an. »Sie musste es immerhin erst mal stehlen, um es dir unterzuschieben. Das ist so …«

»Ja«, unterbricht mich Milo. »Ich weiß.« Er durchlöchert mich mit seinem Blick.

Ich atme einmal tief ein, um mich zu beruhigen, und dann ganz langsam wieder aus, denn ich weiß, was als Nächstes kommt. Ich denke, ich warte darauf, seit ich dieses Zimmer betreten und den Koffer gesehen habe.

»Penny …« Nichts weiter.

Ich presse die Lippen zusammen. So leicht mache ich es ihm nicht.

Er greift nach meinen Händen. »Ich denke, es ist besser, wenn ich von hier verschwinde.«

»Denkst du das?« Von null auf eisgekühlt in unter einer Sekunde.

»Es ist besser so, für alle. Einfacher.«

»Einfacher?« Ich stehe auf und gehe ein paar Schritte, bevor ich mich zu Milo umdrehe. »Was soll das heißen, *einfacher*?«

Er steht ebenfalls auf. »Komm schon, du weißt, wie das läuft. Die Gerüchte fangen einmal an, und sie werden so schnell nicht aufhören, egal, ob das Geld wieder auftaucht oder nicht, egal, ob es offiziell heißt, dass ich nichts damit zu tun habe. Etwas setzt sich fest. Und das ist nichts, was ich nicht kenne. Um genau zu sein, kennt das kaum einer besser als ich. Und jetzt noch die Sache mit Helena ... Ich will sie da nicht mit reinziehen. Dich auch nicht. Am wenigsten dich.«

Ich antworte nicht. Milo hebt die Hand und streicht mit Daumen und Zeigefinger die Falten auf meiner Stirn glatt. Ich schiebe seine Hand weg.

»Penny ...«

»Nein. Du hattest nichts mit dem Diebstahl zu tun. Das ist genauso wie damals, als die Hälfte von dem, was über dich erzählt wurde, nicht gestimmt hat. Es ist *nicht* mutig, bei jeder Schwierigkeit sofort das Handtuch zu werfen, die Schule zu wechseln oder, wie jetzt, den Job.«

»Bist du etwa *sauer* auf mich?«

»Und ob ich sauer auf dich bin!«

»Okay. Hör zu. Ich kann nichts dafür, dass Geschichten über mich erzählt werden, aber ich kann wohl etwas dagegen tun, ihnen freiwillig zuzuhören. Ich hab das lange genug gemacht. Ich hab keine, *gar keine* Lust mehr dazu. Das hat nichts mit Feigheit zu tun. Ich bin einfach kein Masochist.«

»Oh doch, auf eine Weise bist du das sehr wohl. Wieso lässt du alle diesen Mist über dich erzählen? Wieso stellst du dich nicht einmal hin und erklärst denen, dass sie nur Scheiße im Hirn haben? Wieso ...«

»Weil ich keinen Sinn darin sehe, mich vor irgendwelchen Idioten für sonst was zu rechtfertigen! Es ist mir egal, was sie über mich reden, sollen sie denken, was sie wollen!«

»Natürlich. Klar.« Wütend werfe ich die Hände in die Luft. »Es ist dir so egal, dass du auch jetzt wieder deinen Kram zusammenpackst und verschwindest, wie das letzte Mal auch schon und keine Ahnung wie oft davor.«

Milo starrt mich an, bevor er für einen Moment die Augen schließt, sie dann wieder öffnet. Sekunden vergehen. Es kommt mir vor, als wären wir schon ewig in diesem Zimmer.

»Nehmen wir an, ich bleibe hier. Soll Reeden allen erzählen, dass Helena dahintersteckt? Soll er *sie* rausschmeißen? Ich meine, egal, was sie da abgezogen hat, sie liebt das hier. Die Leute, die Gäste, das Malen, das ganze Sunshine-Theater. Und sie war zuerst hier. Und wir haben … *ich* habe sie hängen lassen. Wegen mir ist all das passiert.«

»Sie ist zu weit gegangen.«

Milo schüttelt den Kopf.

»Das ist sie!«

»Ich weiß. Das ändert nichts daran, dass ich sie dazu gebracht habe, es überhaupt erst zu tun.«

»Okay.« Ich nicke. Atme. »Gut.« Er wird Helena nicht anschwärzen, und es ist sinnlos, darüber zu diskutieren – ich würde es vermutlich auch nicht tun. »Vielleicht können wir Reeden dazu bringen, die Sache irgendwie unter den Tisch fallen zu lassen.«

»Unter den Tisch?«

»Wir gehen zusammen hin und klären die Sache. Sagen, es war ein Versehen. Das Geld ist wieder aufgetaucht.«

»Penny …«

»Er ist ein Freund deines Vaters, oder? Wenn du ihn bittest, keine Fragen zu stellen, tut er es womöglich nicht.«

Milo sieht mich zweifelnd an und ich betrachte ihn, und ich denke, ich will nicht, dass das aufhört, ich will nicht ohne ihn sein, ohne seine Nähe, seine Küsse, sein Lachen, nicht jetzt, nicht nachdem ich ihn gerade erst wiedergefunden habe. Eine Zeit lang war ich gut darin, ihn nicht zu lieben. Aber das ist hoffnungslos vorbei.

»Bitte, Milo. Ich weiß, es ist egoistisch und ... verwerflich und ... ich will nicht, dass du gehst. Lass uns versuchen, das irgendwie hinzukriegen.«

Ich weiß, ich muss verzweifelt wirken. Ich sehe, dass er es mir ansieht. Aber ich spüre auch den Moment, in dem sein Blick weicher wird, in dem sein Widerstand schmilzt, bevor er letztlich nickt, ganz leicht nur.

Erleichtert lächle ich ihn an.

Zögernd lächelt er zurück.

Dann beugt er sich vor und küsst mich, sanft und kurz, bevor er sagt: »Das wird nicht schön werden, wenn wir hierbleiben.«

»Wir müssen mit Helena sprechen.«

»Ich weiß.«

»Ich kann immer noch nicht glauben, dass sie das getan haben soll.«

»Und ich kann nicht glauben, dass ihr zwei mich so unfassbar betrügt!«

Wir fahren auseinander, als sei eine Bombe in unserer Mitte detoniert. Helena steht in der offenen Terrassentür, eine zappelnde Gigi unterm Arm, die sie Milo geradezu entgegenschleudert. Die verschreckte Katze huscht unters Bett, und auf einmal stehen wir uns gegenüber, zu dritt im Halbkreis. Ich hab keine Ahnung, was ich sagen soll. Keinen blassen Schimmer. Aber das ist erst mal auch egal, denn Milo macht einen Schritt auf Helena zu, die zurückweicht, was mir einen Stich versetzt.

»Es tut mir ehrlich leid«, ist alles, was er sagt, und es ist ihm hoch anzurechnen, finde ich, dass kein bisschen Ärger in seiner Stimme mitschwingt, kein bisschen Wut darüber, was sie in der letzten Nacht abgezogen hat.

Sie sagt: »Es fühlt sich nicht an, als täte es dir leid.« Dieser zynische Tonfall, er passt nicht zu der Helena, die ich kenne. Der kalte, geradezu eisige Blick tut es auch nicht.

»Helena«, beginne ich, »ich wollte …«

»Und von dir will ich gerade gar nichts hören, ja?«, unterbricht sie mich. »Ich half dir, dich einzuleben, stellte dir Leute vor, versuchte alles, damit du dich wohlfühltest. Und du …«

»Das ist nicht Pennys Schuld.«

»Meine ist es auch nicht!«

»Es ist niemandes Schuld«, versuche ich es noch mal, »es ist einfach passiert.«

Für einige Sekunden ist es still im Zimmer, keiner rührt sich, nicht einmal Gigi. Und dann, so schnell, dass ich überhaupt nicht mitbekomme, was passiert, ist Helena einen Schritt nach vorn gerauscht und schlägt mir mit der flachen Hand fest ins Gesicht.

»Scheiße, Helena.« Milo schiebt sich vor mich. »Was ist …« Er schüttelt den Kopf. Lost for words. Ich ebenso. Ich halte einfach meine Wange und beschließe, das Feld zu räumen.

»Ich … Sag mir Bescheid, wenn ihr hier fertig seid.«

Ich setze mich in Bewegung und laufe auf geradem Weg in das Zimmer, das ich mir mit Helena teile. Ich zerre meinen Koffer unter dem Bett hervor und räume Klamotten aus dem Schrank, Kosmetikartikel aus dem Bad, leere den Inhalt meines Nachttischs – Bücher, Kopfhörer, Ohropax –, klaube Schuhe zusammen, verstreuten Kram wie Sonnenbrille,

After-Sun-Lotion, Wäsche von gestern, werfe alles in den Trolley und habe in unter zehn Minuten gepackt. Und weil ich keine Lust habe, Helena mein Gepäck zur freien Zerstörung zu überlassen, zerre ich den Koffer hinter mir her auf dem Weg zurück in Milos Zimmer.

Es reden ohnehin schon alle darüber?

Sollen sie sich weiter das Maul zerreißen.

46
MILO

Leicht ist anders

Heißt es nicht immer, derjenige, der sich trennt, leidet genauso wie der Verlassene? Ich hab das bisher immer für Blödsinn gehalten, weil ehrlich – jemand, der einen anderen sitzen lässt, hat sicher guten Grund dafür und beste Aussichten, ohne den anderen glücklich zu werden, wohingegen der Verlassene in den seltensten Fällen damit einverstanden ist, was gerade passiert. Er bleibt einfach zurück. In diesem Fall sie. Der Gedanke ist vielleicht daneben, aber ich hätte ehrlich nicht damit gerechnet, dass Helena so sehr an unserer Beziehung hängt, wie sie das offenbar tut. Ich bin wirklich davon ausgegangen, dass es ihr so geht wie mir: dass wir uns mögen, anziehend finden, das schon, dass wir Spaß zusammen haben und uns gut verstehen. Aber es war nie von Liebe die Rede, so dämlich das klingt. Nicht einmal von Verliebtsein. Es war … ich weiß nicht. Etwas, das haargenau an einen Ort passt wie diesen hier. Etwas, so leicht und so sonnig wie der Solana Sunshine Club. Und genauso flüchtig. Vorübergehend. Ganz offensichtlich war ich zu dämlich, um zu merken, dass Helena die Sache etwas anders sieht als ich.

Das Gespräch mit ihr kann man leider nicht als versöhnlich bezeichnen. Ich gab mir Mühe, mir nicht anmerken zu lassen, wie unglaublich scheiße ich es finde, was sie mit dem

Geld gemacht hat, und sie gab sich keinerlei Mühe zu verbergen, dass sie mich für ein verlogenes Arschloch hält. Ich hab sie reden lassen, was hätte ich sonst tun sollen? Sie hat ja recht. Mit allem. Dass es verlogen war, hinter ihrem Rücken ausgerechnet mit Penny etwas anzufangen, ihrer Zimmergenossin, ihrer Freundin. »Und ich bat sie noch, sich um dich zu kümmern! Wie dumm kann man sein?« Und wie dreist, diese Gutmütigkeit auszunutzen, dieses blinde Vertrauen. Ich bekomme Magenschmerzen, jedes Mal, wenn ich an diese Unterhaltung denke. An Helenas verletzten Blick. An die wütenden Tränen.

Sie hat recht, wie schon gesagt, mit allem. Ich hab sie hintergangen, mich hinreißen lassen, ich hätte erst mit Helena sprechen sollen, bevor jeder um mich herum mitkriegt, was ich für Penny fühle. Die Reihenfolge war absolut verkehrt. Damit muss ich leben. Penny leider auch. Dass das nicht leicht wird, versteht sich eigentlich von selbst.

Ich hab mich von Penny überreden lassen zu bleiben, weil ich es gerade selbst nicht über mich bringe, von ihr getrennt zu sein, und obwohl ich sehr genau wusste, was da auf uns zukommt. Spott auf der einen Seite, doch der ist harmlos. Schlimmer sind Verachtung, Verurteilung, offene Anfeindungen. Mit all dem rechnete ich, und zwar schon bevor Helena mir prophezeite, das Leben hier würde für uns zur Hölle werden.

Ich habe Penny nichts von dieser Drohung erzählt.

Sie wird es leider früh genug erfahren.

47

PENNY

Bulletproof

Seit Tag eins nachdem ich Milo dazu überredet habe, nicht
abzureisen, sondern hierzubleiben, sich der Situation zu stellen, statt wegzulaufen, habe ich diese Entscheidung bereut.
Es sind nicht die Blicke und Zickereien, mit denen ich konfrontiert bin, oft geht es gar nicht um mich. Es geht um Milo.
Um die subtilen Feindseligkeiten, und noch mehr um die
offenen. Er kann damit umgehen und das macht es fast noch
schlimmer. Was auch immer wer auch immer zu ihm sagt
oder über ihn, es perlt an ihm ab wie Wasser an einer Regen-
jacke. Ich bin diejenige, die alles aufsaugt wie ein Schwamm,
den ganzen Mist, all das Gift.

Und dann ist da der Moment, in dem ich mehr über mich
lerne als in den ganzen drei Semestern meines Psychologie-
studiums: Ich kann nicht gut damit umgehen, im Mittel-
punkt der Aufmerksamkeit zu stehen. Erst recht nicht, wenn
die Aufmerksamkeit fast ausschließlich negativ gefärbt ist.
Während die nächsten Tage sich dahinquälen, frage ich mich,
wie Milo das all die Jahre ausgehalten hat, die Blicke, das
Getuschel. Die Tatsache, dass dem Gegenüber ins Gesicht
geschrieben steht, was er von einem hält. Milo hat immer so
stoisch gewirkt, beinahe gelassen. Und immer noch stolz genug, dass selbst die, die ihn für den letzten Abschaum hiel-

ten, einen gewissen Respekt vor ihm haben mussten. Ich dagegen, mein Widerstand, er beginnt allmählich zu bröckeln. Bei jedem weiteren verächtlichen Blick, bei jeder weiteren Beschimpfung hinter vorgehaltener Hand.

So langsam verstehe ich Milos Wunsch zu gehen, und ich sehe ein, dass ich unter diesen Umständen ebenfalls nicht bleiben kann, auch wenn ich es noch so gern durchsetzen würde. Selbst wenn nicht alle mich hassen. Selbst wenn zumindest ein kleiner Teil der Belegschaft Mitleid mit Milo und mir zu haben scheint.

»Mach nicht so ein Gesicht.«

Ramón zum Beispiel. Er sagt Dinge wie: »Irgendjemand musste den Unergründlichen ja ergründen«, und dass das so einem »puren Wesen wie Helena« nicht gelingen würde, sei eigentlich von Anfang an klar gewesen. Ramón sagt: »Mach nicht so ein Gesicht«, wenn ich nicht über seine Versuche lache, mich aufzuheitern, und: »Wenn du wüsstest, wem ich schon alles den Mann ausgespannt habe. Spuren der Verwüstung pflastern meinen Weg. Das gehört nun mal zum Leben dazu, Penélope.«

»Ich habe niemandem den Freund ausgespannt.«

Sein Blick sagt alles.

»Zumindest nicht absichtlich.«

»Ich hab dir gleich gesagt, er ist etwas Besonderes. Erinnerst du dich?«

Ich antworte nicht.

»Ja, ignoriere mich, beharrliches Ding, aber ich habe *ebenfalls* gleich gesehen, dass du die Richtige für ihn bist.«

Ich weiß nicht, ob Ramón recht damit hat – nicht, dass er es zuerst gesehen haben will, sondern mit der Tatsache überhaupt. Bin ich die Richtige für Milo? War Helena die Falsche? Wäre ich davongerannt, hätte ich geahnt, dass sich alles so entwickelt, wie es sich entwickelt hat? Denn das Schlimmste ist: Ich kann nicht bereuen, was ich getan habe. Es geht einfach nicht. Dazu sind die Gefühle, die ich für Milo habe, inzwischen viel, viel zu groß.

Dass wir nun zu dritt in seinem Zimmer wohnen, ist sicher gegen jede Clubregel, und ich habe keine Ahnung, was die Geschäftsführung dazu sagt, doch als ich mit meinem Koffer bei Milo in der Terrassentür auftauchte, sagte er nur: »Sollen sie uns doch rausschmeißen.« Als wäre ihm das nicht ohnehin das Liebste gewesen.

Severin dagegen handelte sich eine Kopfnuss ein mit dem Spruch: »Ist schließlich nicht das erste Mal, dass eine nackte Frau in Milos Bett schläft.«

Weshalb ich ihm erklärte: »Dann werde ich wohl besser darauf achten, meine Klamotten anzubehalten.«

Und das tue ich auch. Alles, was sich in diesem Bett bislang abspielte – so wundervoll, süchtig machend, vollkommen es auch war –, spielte sich über der Gürtellinie ab. Hinter dem dunklen Theatervorhang waren wir näher dran, miteinander zu schlafen, als jetzt. Und obwohl es eng ist in diesem Bett und unbequem und obwohl ich wirklich gern mit Milo Sex hätte, würde ich nirgendwo lieber einschlafen als hier. Bei ihm.

48
MILO

Nothing to lose

Das mit dem Geld hat Direktor Reeden geregelt. Es gab eine Mitarbeiterversammlung, bei der er erklärte, dass alles ein großes Missverständnis gewesen sei, die Summe sei wieder aufgetaucht, man habe irrtümlich angenommen, es fehle etwas, etc. Er ging sogar so weit, der Bar-Crew klarzumachen, dass ich auch weiterhin für die Abrechnung verantwortlich sei, was bei einigen deutliches Erstaunen hervorrief, freundlich formuliert. Tatsache ist nämlich auch: dass meine Vergangenheit durchgesickert ist, lässt sich nicht umkehren. Denn in diesem einen Punkt werde ich Penny auf keinen Fall nachgeben: Ich werde mich nicht hinstellen und mich rechtfertigen, nichts könnte mir ferner liegen.

Wir sind drei Tage im Zwei-gegen-den-Rest-der-Welt-Modus, als ich erstmals auch einen Knick in Pennys Haltung bemerke. Es ist kurz nach halb eins. Ich komme von meiner Schicht zurück in das Zimmer, das wir zu dritt bewohnen, seit sie ihren Koffer hereingerollt hat. Penny liegt auf dem Bett, angezogen, sie ist wach und starrt an die Decke.

»Hey.«

»Hey.«

»Wieso liegst du im Dunkeln?«

»Ich weiß nicht. Ist angenehmer so.«

»Wo ist Severin?«

»Strandparty. Wie üblich.«

»Und wieso bist du angezogen?«

»Fragen über Fragen.«

Ich gehe ins Bad für eine schnelle Dusche, ziehe mir ein frisches T-Shirt über und Boxershorts, und als ich ins Zimmer zurückkomme, liegt Penny unverändert da, als hätte sie sich keinen Millimeter bewegt. Ich setze mich zu ihr aufs Bett. »Rutsch rüber.«

»Und immer so fordernd.«

»So bin ich. Zieh dich aus.«

Das bringt sie zumindest kurzzeitig zum Lachen, besser als gar nichts. Sie rückt nach hinten, Richtung Wand, ich lege mich neben sie, und Penny gleitet in meinen Arm, als sei es das Natürlichste auf der Welt, als hätten wir das immer schon so gehalten, immer schon so gelegen. Und ehrlich? Genauso fühlt es sich an. Vertraut. Sicher. Als würden wir uns ewig kennen, als hätte es die vier Jahre, die wir nichts voneinander wussten, nie gegeben. Als sei es selbstverständlich, dass sie hier liegt, in meinem Bett. Aber das ist es nicht. Zu zweit in diesem schmalen Bett zu schlafen ist unbequem. Die Tatsache, dass Severin ebenfalls hier wohnt, unangenehm. Der Fakt, dass wir nicht richtig zusammen sein können, frustrierend. Ich meine das nicht nur körperlich, sondern auf allen Ebenen. Wir sind zusammen, aber wir dürfen es nicht wirklich sein, weil das alles nur noch schlimmer machen würde.

Die letzten Tage waren intensiv. Penny und ich hier, die anderen da drüben. Ich bin nicht sicher, ob es möglich ist, einen Menschen in drei Tagen so gut kennenzulernen, dass man meint, alles über ihn zu wissen. Doch zumindest ist es so, dass Penny kein Geheimnis macht aus ihrer Person, und ich bin ein offenes Buch, sie muss mich nur ansehen. Es ist fast gespenstisch, wie leicht es uns fällt, einander zu vertrauen.

Ich drehe den Kopf zur Seite. »Was ist los?«

Penny antwortet nicht, doch sie hat die Augen geöffnet, ihre Wimpern schlagen gegen meinen Oberarm und verursachen ein angenehmes Kribbeln auf der Haut. Ich hebe die Hand und streiche ihr durch die Haare. Sie schließt die Augen. Drückt sich enger an mich. Dann sagt sie: »Phillip«, und ich runzle die Stirn.

»Was ist mit Phillip?«

»Er hat Helena damals gesteckt, dass etwas zwischen uns ist. Noch am Abend der Premierenparty.«

»Ah. Okay. Phillip ist ziemlich sicher ein Arsch. Und wir waren an dem Tag ... na ja. Neben der Spur. Beides ergibt irgendwie die logische Konsequenz, dass etwas Idiotisches passiert. Oder?«

Schweigen.

»Was?« Ich schüttle sie leicht. »Was noch?«

»Wenn er sie angerufen oder ihr eine Nachricht geschickt hat oder was auch immer, dann hat Helena Bescheid gewusst, als sie aus Deutschland zurückkam. Und trotzdem hat sie so getan, als wüsste sie von nichts. Auf dem Weg vom Flughafen in den Club hat sie von nichts anderem geredet als von ihrer Großmutter. Und wie schlecht es ihr geht. Und wie glücklich sie ist, wieder hier zu sein, bei ihren Freunden. Wie froh, mich zu sehen. Und dann diese Szene mit dir ... das war oscarreif. Und inzwischen weiß ich nicht mehr, von wem ich mehr enttäuscht bin, von uns oder von ihr. Ich meine, wenigstens haben wir ihr nie etwas vorgemacht.«

»Also, das …« Ich gebe einen zweifelnden Laut von mir. »Ich habe Helena schon eine ganze Weile etwas vorgemacht. Und dir vermutlich auch. Es fing an, ziemlich kurz nachdem du in den Club gekommen bist.«

Sie rückt den Kopf ein Stück von meinem Gesicht weg, mustert mich, nachdenklich und ernst. Ich will sie küssen, doch im letzten Augenblick weicht sie aus.

»Es fühlt sich falsch an. Es fühlt sich so falsch an, dass es wehtut.«

»Was fühlt sich falsch an? Das mit uns?«

»Das mit uns unter diesen Umständen.«

Ich erwidere ihren Blick. Von dem, wie wir uns eigentlich fühlen sollten – jung, frei, frisch verliebt –, scheinen wir beide meilenweit entfernt zu sein. Noch einmal versuche ich, sie zu küssen, und dieses Mal lässt sie es zu. Vermutlich merkt sie, wie sehr ich diesen Kuss gerade brauche. Um mich zu vergewissern, dass das, was zwischen uns ist, immer noch da ist, dass es nicht verschüttet wurde unter all dem Ballast der vergangenen Tage. Dass es stark genug ist, um all das zu überstehen. Ich fahre mit der Zunge über Pennys Lippen, streiche mit den Fingern über ihre Haut und denke daran, wie sehr sich meine Prioritäten in den zurückliegenden Wochen verschoben haben. Denn damals, es ist nicht lange her, da war das Wichtigste für mich, möglichst kopflos in den Tag hineinzuleben, nicht an die Zukunft zu denken, erst recht nicht an die Vergangenheit. Die Gedanken an zu Hause, meine Eltern, was passieren wird, wenn ich nach Deutschland zurückkehre, in welche Welt ich eintauchen müsste, all das habe ich weit von mir geschoben. Und jetzt, heute und hier, da wünsche ich mir nichts mehr, als dass das Leben weitergeht, auch außerhalb der Blase, die dieser Club darstellt.

Ich wünsche mir eine Zukunft. Mit Penny. Ich wünsche mir auch, mich dem zu stellen, wovor ich mich bis vor Kurzem noch so gefürchtet habe: dem Kummer meiner Eltern, ihren Abhängigkeiten, Ängsten; ich will ihnen helfen, verdammt noch mal ins Leben zurückzufinden, so wie ich das auch getan habe. Ich möchte Penny dabei unterstützen, ihren Weg zu gehen, den sie bisher noch nicht gefunden hat. Und auf keinen Fall will ich, dass sich irgendetwas von dem schlecht anfühlt.

»Penny?«

»Hm?«

»Das zwischen uns darf sich nicht falsch anfühlen. Weil ich denke, dass es das Richtigste ist, das ich je erlebt habe.«

»Das Richtigste?«

Ich nicke. »Für dich?«

Sie nickt ebenfalls. »Das Richtigste. Und Beste. Und …« Sie hebt die Hand und fährt damit durch meine Haare, und all das, was sie nicht ausspricht, lese ich in ihrem Gesicht.

49

PENNY

Fire away, fire away

Freitagabend. Eighties Night. Milo steht hinter der Bar, ich davor, und ich unterhalte mich mit einem älteren Ehepaar aus Lüneburg, das erst am Nachmittag angereist ist. Die Schuberts sind reizend, beinahe achtzig, seit sechzig Jahren verheiratet und im Club, um ihre diamantene Hochzeit zu feiern. Ich glaube nicht, dass ich je ältere Menschen im Solana gesehen habe, und selten freundlichere. Die beiden bestellen Champagner zur Feier des Tages und sie laden Milo und mich zu einem Glas ein. Ich betrachte ihn, während er uns allen einschenkt. Denke daran, wie unglaublich verliebt ich in ihn bin, wie tief diese Gefühle sind, wie weit sie reichen, bis ans Ende des Ozeans. Ich weiß nicht, ob es den Schuberts je so ergangen ist, ich weiß nicht, ob Milo und ich uns in sechzig Jahren noch kennen, alles, was ich weiß, ist, dass ich mir gar nicht erst vorstellen möchte, ihn nicht mehr jeden Tag zu sehen, nicht mehr mit ihm zusammen zu sein.

Und dann kommt der Abend zu einem kreischenden, ohrenbetäubenden Halt.

Toni steht auf einmal hinter mir. Ich kenne ihn nur vom Strand, meistens mit Surfbrett unter dem Arm und hauptsächlich über Milo, denn Toni ist einer derjenigen, die am längsten mit ihm zusammen im Club arbeiten. Und ausgerechnet er sagt mit einem Blick auf den alten Mann neben mir: »Stecken Sie mal lieber die Brieftasche weg. Genau in diesem Teil der Bar ist kürzlich jede Menge Geld weggekommen.« Er nickt in Milos Richtung, grinst, und ich laufe rot an. Vor Schock und Wut und Fassungslosigkeit. Ich öffne schon den Mund, um diesem Vollpfosten meine Meinung zu sagen, da legt Milo eine Hand auf meine. Und dann höre ich auf einmal Phillips Stimme, über sämtliche Barhocker hinweg, laut, sarkastisch, böse.

»Hör auf damit, Toni, das ist miese Verleumdung. Wie war das noch – ein *Missverständnis*. Oder, besser gesagt: Es konnte Milo nie etwas nachgewiesen werden, oder? Würde er sonst noch hier arbeiten?«

Für einige Sekunden ist es wie in einem dieser richtig düsteren Fernsehkrimis: Der Ton wird abgedreht über einer schwitzenden, tanzenden Meute, die im Stroboskoplicht taumelt. Blicke fliegen von hier nach dort – zynische, verlegene, verletzte, enttäuschte Blicke. Schließlich dreht die Musik wieder auf, leiernd, wie ein schleppend anlaufender Plattenspieler. Unterhaltungen werden fortgesetzt. Peinlichkeiten weggelächelt. Und inmitten dieser ganzen chaotischen Tragödie sehe ich auf einmal Helena. Und dann hält mich nichts mehr auf meinem Barhocker.

»Penny!«

Milo ruft mir hinterher, doch ich bin nicht zu bremsen. Helena steht ein paar Meter entfernt, am Rand der Tanzfläche, sie hat alles mitangehört, ich bin mir sicher. Sie wirkt, als rechne sie nicht damit, dass ich ernsthaft auf sie zugehen könnte, wo ich sie doch seit Tagen meide – und als ich es tue, hebt sie das Kinn und dreht den Kopf ein kleines bisschen von mir weg. Denkt sie etwa, ich schlage sie gleich? Ich würde lachen, wenn ich nicht so wütend wäre. Entsprechend rigoros greife ich ihre Hand, um sie hinter mir herzuziehen, weg von den anderen.

»He!«

Sie sträubt sich, aber ich zerre an ihr, und Helena stolpert mir nach auf ihren hohen Hacken, die in unruhigem Rhythmus über die Steinfliesen klappern. Ich kann fühlen, wie die anderen uns hinterherstarren, Kollegen und Gäste, doch das ist mir egal. Ich ziehe Helena weiter ans Ende der Bar, zwischen den Tischen hindurch, Richtung Pool. Dort, neben aufgestapelten Liegen und zusammengeklappten Schirmen, bleibe ich endlich stehen, um sie mir vorzuknöpfen.

»Bist du jetzt zufrieden?« Ich wirble zu ihr herum, während Helena mir ihren Arm entreißt und ihr Handgelenk reibt. »Findest du es besonders unterhaltsam, dabei zuzusehen, wie Milo als Krimineller abgestempelt wird, vor allen Leuten? Vor den Gästen?«

»Was willst du von mir? Alles, was hier passiert, hat er sich selbst zuzuschreiben. Ich bin nicht diejenige, die in ihrem früheren Leben Diebstähle beging und Drogen verkaufte. Ich bin nur seine betrogene Freundin. *Ex*-Freundin.«

Für einen Moment bin ich kurz davor, den Kopf zu senken, ich spüre förmlich, wie die Wut versucht, sich vor Helenas Vorwürfen davonzustehlen, doch dann schüttle ich das Bedürfnis ab. Dass niemand über diese Situation glücklich ist, dürfte klar sein. Dass niemand absichtlich jemanden verletzen wollte, auch. Zumindest kann ich das von Milo und mir behaupten.

»Was weißt du denn schon über Milos Vergangenheit? Hast du ihn je danach gefragt?«

»Oh, komm schon, Penny, mach dich nicht lächerlich. Wir

verbrachten die letzten Monate jeden Tag zusammen. Denkst du nicht, an irgendeinem Zeitpunkt wäre es an ihm gewesen, mich aufzuklären?«

»Ich meine nicht damals. Ich meine *jetzt*.«

»Wieso nicht damals? Wieso jemandem etwas vorspielen, mit dem man zusammen ist? Mit dem man Sex hat? Und wieso sollte es mich jetzt noch interessieren? Wieso sollte mich jetzt noch überhaupt etwas interessieren, das Milo angeht?«

»Gerade weil du mit ihm zusammen warst, weil ihr ... weil du ihn mochtest. Das, was Milo erlebt hat ... man geht nicht rum und erzählt diese Sachen, als gehörten sie der Vergangenheit an, als hätte man mit ihnen abgeschlossen. Weil man das nie wirklich kann.«

»Aber man geht rum und erzählt es den Schlampen, mit denen man seine Freundin betrügt?«

Ich sehe Helena an. Sie sieht wütend aus und verletzt und den Tränen nah und alles in allem so, wie ich mich fühle. Ich sehe Milos Bild vor mir und die Tränen brennen noch etwas stärker hinter meinen Lidern. Also denke ich schnell an etwas anderes. Daran, dass ich mich bisher noch nicht bei Helena entschuldigt habe, ich weiß selbst nicht, wieso. »Es tut mir leid«, sage ich schließlich. »Hätte ich die Wahl gehabt, das, was hier passiert ist, rational zu beeinflussen, ich hätte es getan, aber auf dieser Ebene funktioniert das nun mal nicht.«

»Lerntest du diesen Schwachsinn in deinem glorreichen Psychologiestudium?«

»Du tust so, als hätten wir dich absichtlich verletzen wollen. Das war nicht der Fall. Wir ...«

»Ach nein? Vermutlich wollte deine Mutter dich auch

nicht verletzen, doch sie tat es. Und weißt du was? Du bist nicht besser als sie. Kein bisschen.«

Hinter uns läuft die Party weiter, als sei nie etwas geschehen, aber ich weiß, dass das nicht stimmt. Immer wieder wird Milo dort Demütigungen ausgesetzt sein – urteilenden, abwertenden Seitenhieben, die er nicht verdient hat. Und womöglich hat er recht, sich dem nicht aussetzen zu wollen. Womöglich wäre es besser, einfach das Handtuch zu werfen, nach München zurückzufliegen und dort etwas Neues zu beginnen. Zusammen. Ich weiß, dass er das am liebsten tun würde. Mittlerweile bin ich auch so weit.

»Helena?«

Sie schweigt, aber immerhin ist sie noch hier.

»Es tut mir ehrlich leid. Du warst … Du bist so eine gute Freundin geworden. Und ich hatte niemals vor, dir wehzutun, das musst du mir glauben.« Ich schlucke. Im Augenblick kommt mir alles so aussichtslos vor. Der Rückzug der einzige Ausweg. »Es ist einfach passiert.« Ich hole tief Luft. »Und inzwischen denke ich, es ist besser, wenn Milo und ich zurück nach Hause fahren. Dann kannst du hier in Ruhe deine Zeit genießen und wir … wir laufen uns nicht mehr über den Weg.«

Helena steht da und starrt mich nieder, sagen tut sie nichts.

»Es gibt vermutlich eine Kündigungsfrist. Ich weiß nicht, vielleicht wäre es dir möglich, Milo in der Zwischenzeit nicht noch mehr zu schaden.«

Es war falsch, das zu sagen, das merke ich in dem Moment, in dem Helenas Gesichtsausdruck noch ein Stück mehr versteinert.

»Ich denke nicht, dass ich auch nur irgendetwas sagte, das Milo hätte schaden können.«

»Du weißt so gut wie ich, dass Phillip nur Scheiße erzählt. Und er tut es deinetwegen.«

»Nun, vielleicht hättet ihr überlegen sollen, wo ihr euch paart. So musste ja jeder mitansehen, wie ihr übereinander herfielt.«

»Gott, Helena.« Ich schüttle den Kopf. »Ich weiß nicht mehr, was ich sagen soll. Ja, Milo und ich haben Fehler gemacht. Aber du hast ...« Ich werde leiser. »Du hast das gottverdammte Geld gestohlen. Und du lässt zu, dass alle Welt denkt, Milo sei kriminell.«

»Ist er das nicht?«

»Oh, weißt du. Du bezeichnest mich als Schlampe, aber du kannst eine Bitch sein, so viel steht fest.«

»Eine Bitch? Gegen dich und das, was du tatst, bin ich immer noch eine ... eine Ladybitch!«

»Eine ... *was*? Was soll das sein, um Himmels willen?«

»Penny?«

Ich drehe mich zu Milo um. Er steht hinter uns, ein paar sichere Meter entfernt, die Hände in den Taschen seiner Jeans vergraben. Das ist das einzige Anzeichen von Unsicherheit, das ich an ihm entdecke, darüber hinaus ist seine Miene kühl und unbeteiligt, wie so oft, wenn er in die Enge gedrängt wurde. Ich kenne diesen Ausdruck. Kenne diese Haltung. Von früher. Und mein Herz bricht im Nachhinein, weil ich ihm nicht schon damals zur Seite gestanden habe.

»War nett, mit dir zu plaudern, Penny«, sagt Helena eisig, bevor sie mich stehen lässt und an Milo vorbei zurück zu dem Weg stolziert, den wir gekommen sind. Sie geht nicht zur Party zurück, sondern schlägt die Richtung ein, in der ihr Zimmer liegt.

Ich gehe zu Milo. Schlinge meine Arme um seine Hüfte

und sehe zu ihm auf. »Lass uns nach Hause fahren. Zurück nach München.«

»Lässt du mich noch die Abrechnung machen oder sollen wir gleich los?«

»Das ist ausnahmsweise nicht witzig.«

»Ich weiß.« Mit dem Daumen wischt er Tränen von meinen Wangen, bevor er mich in die Arme schließt. Er hält mich fest, und ich weiß, dass es gut werden wird am Ende. Ich kann es fühlen.

50
MILO

Kurz vor Ende

Die Katzen werden mir fehlen. Am meisten Gigi. Ich überlege, sie mit nach Deutschland zu nehmen. Dann überlege ich es mir anders, denn wer weiß, wo ich in München lande – am wahrscheinlichsten wohl in einer WG ohne Balkon oder Garten, und klar, Gigi wäre bestens versorgt, aber auch ohne die Freiheit, die Weite, die geliebten Hörnchen.

Die Fütterungsrunde vergeht weitgehend schweigend. Noch gestern Nacht haben Penny und ich alles geklärt. Nach dem Frühstück wollen wir zu Reeden und beide unsere Kündigung einreichen, und mit etwas Glück lässt er uns früher gehen – mit viel Glück, denn es dauert nicht mehr lange, bis die Sommersaison richtig durchstartet, weshalb er eigentlich auf niemanden verzichten kann. Sobald das erledigt ist, wird Penny ihren Vater informieren, der sicher nicht begeistert darüber sein wird, seine Tochter nicht mehr im Club anzutreffen, falls es mit unserer verfrühten Abreise klappt. Ich habe versucht, Penny zu überreden, wenigstens noch so lange zu bleiben, doch sie wollte nichts davon hören. Die Szene gestern an der Bar hat ihre Spuren hinterlassen. Penny hat kaum mehr etwas gesagt, seit sie sich Helena vorgenommen hat, nur noch, dass sie nicht länger bleiben möchte.

Ich weiß, es ist nicht ihretwegen. Das, was sie am meisten

getroffen hat, waren die Stiche, die ich einstecken musste, was wiederum mich in den Wahnsinn treibt. Am liebsten würde ich den Tonis und Phillips dieser Welt rechts und links eine mitgeben, einfach nur, weil sie ihr dieses schlechte Gefühl vermittelt haben. Vermutlich ist es deshalb tatsächlich am besten zu gehen. Bevor sich noch viel unschönere Szenen abspielen.

Unser vielleicht letztes Wochenmeeting findet wie üblich in großer Runde und aus Platzgründen im Theater statt. Penny und ich verziehen uns in eine hintere Ecke.

Die Teamleiter beginnen mit der Programmvorstellung der kommenden Woche – Ausflüge, Wanderungen, Poolspiele, Mottoabende –, aber ich höre nur mit halbem Ohr hin. War ich gern hier, im Club Solana Sunshine, Fuerteventura? Ja, irgendwie schon. Bereue ich es, dass ich hergekommen bin? Auf keinen Fall. Mein Blick fällt auf Penny. Ich nehme ihre Hand und sie lächelt mich an, wenn auch nicht sonderlich überzeugend.

Mit den Augen suche ich die Reihen nach Helena ab. Sie sitzt nah am Gang, sehr weit vorn, ihre lässig gedrehte Hochsteckfrisur unterstreicht den langen Hals und die grazilen Schultern. Es tut mir leid, denke ich. Ich wollte nicht, dass es so endet. Ich wollte ihr nicht wehtun. Zu den Dingen, die ich mir nur schwer verzeihen kann, wird künftig auch gehören, dass ich die gute Zeit, die wir zusammen hatten, durch reine Dummheit zerstört habe. Ich betrachte Helena und bin so in Gedanken, dass mir gar nicht auffällt, dass sie aufsteht, nach unten geht, zur Bühne, ein paar Worte mit der Teamleiterin wechselt und dann das Mikrofon nimmt. Erst als Penny meine Hand drückt, bemerke ich wirklich, was sich da unten abspielt.

Das Mikrofon knackst.

Dann hallt Helenas Stimme über die Zuschauerränge.

»Tatjana erlaubte mir netterweise, ein paar Worte zu sagen, bevor das Meeting endet«, beginnt sie, und augenblicklich knotet sich mein Magen zusammen. Ich sehe Penny an. Sie schüttelt den Kopf. Doch sie will meine Hand loslassen, wie um nicht noch mehr Zündstoff zu geben für das, was da auf uns zukommt, und als Antwort drücke ich ihre nur fester.

Penny seufzt. Ich halte ihren Blick fest. *Wir zwei gegen den Rest.*

»Ich weiß, es gab in den vergangenen Tagen unter uns ein Thema, das … nun, ich selbst wohl auf irgendeine Weise anheizte. Die Sache mit Milo.« Sie hebt das Kinn und ich sinke automatisch ein Stück tiefer in meinen Sitz. Shit. Was soll das werden? Eine öffentliche Steinigung?

»Okay, also, ich dachte darüber nach und kam zu dem Schluss: Unsere Beziehung, oder vielmehr deren Ende, so in die Öffentlichkeit zu zerren, das war mindestens so unfair wie das, was Milo und Penny taten. Was nicht in Ordnung war. Aber nun mal Privatsache. Weshalb ich euch heute bitten will, es als solche zu betrachten und nicht weiter eure Meinung dazu kundzutun.«

Stirnrunzelnd starre ich Helena an, dann Penny, deren Brauen unter ihrem Pony verschwunden sind.

Helena sagt: »Und dann noch etwas«, und schon jetzt klingt die folgende Stille wie der Nachhall eines Paukenschlags, der noch gar nicht gespielt wurde. »Das Geld, das in der Kasse der Bar fehlte … Das war nicht Milo. Das war ich.«

Und *Peng*. Kollektives Luftholen. Vereintes Gemurmel. Dann der zittrige Atem von Helena vor diesem dämlichen Mikrofon, *was macht sie da?* »Ich war … es ist … ich nahm es nicht wirklich, ich wollte bloß …«, stammelt sie, und Penny und ich, wir springen im selben Moment auf die Beine, in dem Tatjana, die Teamleiterin, sich endlich erbarmt und Helena das Mikrofon aus der Hand nimmt.

»Vielen Dank, das war … ähm. Ich denke, wir wissen alle, dass das mit den fehlenden Einnahmen mittlerweile geklärt ist, Direktor Reeden hat sich umfassend dazu geäußert. Danke noch mal, Helena, für deinen erhellenden und sehr freundlichen Beitrag. Wenn jetzt nichts mehr ist, würde ich vorschlagen, wir gehen zurück an die Arbeit.«

Sie macht eine scheuchende Bewegung mit der Hand, bevor sie das Mikrofon zum Bühnenrand trägt. Helena bleibt stehen, als wäre sie festgewachsen, während um sie herum Leute aus dem Theater strömen. Und wie so oft spüre ich die Augen aller auf mir, und vielleicht ist es Einbildung, doch sie kommen mir nicht mehr ausschließlich feindselig vor. Eher neugierig. Distanziert und neugierig, fast als wäre das mein erster Tag in diesem Club, niemand weiß, wer ich bin, niemand kann mich einschätzen.

Penny schiebt sich an mir vorbei. Sie läuft die Stufen zur Bühne nach unten und zielstrebig auf Helena zu, noch bevor ich mich in Bewegung setze. Und dann liegen sich die zwei in den Armen.

»Das hättest du nicht tun müssen«, höre ich Penny murmeln, als ich die beiden erreicht habe.

»Ich weiß«, gibt Helena zurück. Über Pennys Schulter wirft sie mir einen Blick zu, der nicht gerade hasserfüllt ist, aber auch nicht freundlich genug, als dass ich es wagen würde, mich in das Gespräch zu mischen. Also schweige ich, vergrabe die Hände in den Taschen meiner Jeans und begutachte meine Schuhspitzen.

»Also.« Helena löst sich von Penny. »Ich beschloss, zurück nach Hause zu fliegen. Ich weiß nicht, wie lange es meiner Großmutter noch gut gehen wird, aber ich möchte nicht, dass ich mir später etwas vorwerfe.«

»Oh.« Penny nickt. Sie hält Helena nach wie vor an den Armen fest und ... versteh einer die Frauen.

»Reeden sagt, es sei möglich, noch diese Woche abzureisen. Ich weiß, ihr dachtet daran zu kündigen. Das ist jetzt nicht mehr nötig.«

Ich gebe einen Laut von mir. Beide sehen in meine Richtung. »Ich meine nur«, beginne ich, »es wäre für uns in Ordnung gewesen zu gehen. Dieser Club ist ja eher dein Ding und ...«

»Wieso nur bemerkte ich nicht, was für ein Snob du bist, als wir zusammen waren?«

»Äh, hm, okay, gut.« Mein Blick huscht zu Penny, die sich auf die Lippen beißt, bevor sie sich wieder Helena zuwendet.

»Du hättest das nicht tun müssen, aber das war sehr ... Ladybitch-like.«

Ladybitch-like? Ich habe keine Ahnung, worum es jetzt wieder geht, doch Helena lacht, und das dürfte das erste Mal sein, seit dieser ganze Scheiß hier begonnen hat.

»Ich muss los. Die Aquarellstunde fängt gleich an.«

»Okay.« Penny nickt. Sie zögert und dann drückt sie Helena erneut an sich, es sieht reichlich fest aus.

»Himmel, du wurdest touchy auf deine alten Tage.«

»Ich weiß auch nicht. Es ist bloß ...«

»... gut jetzt«, sagt Helena, während sie Penny von sich schiebt. »Es ist gut.« Sie lächelt auf meine Freundin herunter, wirft mir ein kühles »Milo« entgegen und verschwindet, die Treppe nach oben, aus dem Theater.

51

PENNY

Und danach

PENNY: Lad Mum zur Hochzeit ein, wenn
du möchtest. Ich werde kommen.

DARTH VADER: Ist das dein Ernst? Denn
ich mache es wirklich.

PENNY: Mein Ernst. Kommt Sancho auch?

DARTH VADER: Vermutlich. Nicht, wenn
du es nicht möchtest.

PENNY: Es stört mich nicht. Ich
bringe auch jemanden mit.

DARTH VADER: Ach ja, und wen,
wenn ich fragen darf?

PENNY: Aaah, väterliche Besorgnis
ringt mich geradezu nieder.

PENNY: Lass dich überraschen.

DARTH VADER: Werden wir den jungen Mann kennenlernen,
wenn wir in deinen Club kommen?

PENNY: Es ist nicht mein Club.
Eher mein junger Mann. ☺

PENNY: Und ja, Milo ist hier.

DARTH VADER: Na dann. Ich kann's kaum erwarten,
dich nächste Woche zu sehen.

Zur Antwort sende ich meinem Vater dieses dämliche Emoticon, das mit Herzen umringte, und dann sehe ich mein Handy nachdenklich an.

»Was ist los?« Die Matratze der VIP-Liege kippt, als Milo sich neben mich setzt, zwei Gläser in der einen, eine Flasche Weißwein in der anderen Hand. Es ist schon nach ein Uhr, die Bar hat längst geschlossen. Und es ist der erste Abend nach dem ganzen Drama um Helena und uns und all die falschen Anschuldigungen, an dem wir uns ein bisschen Zweisamkeit gönnen. Seit Helenas kleiner Ansprache vor ein paar Tagen ist einiges besser geworden für uns beide; nicht alles, aber einiges. Wir haben beschlossen hierzubleiben, zumindest lange genug, um unsere Verträge zu erfüllen. Weiter denken wir im Augenblick nicht und damit kann ich bestens leben. Weil ich mir sicher bin, dass, was auch immer nach unserer Zeit hier in Spanien kommt, etwas sein wird, das wir gemeinsam angehen. Wir beide. Milo und ich.

»Ich hab meinem Vater gesagt, dass wir zur Hochzeit kommen.«

»Okay.« Milo stellt Gläser und Wein auf dem Boden ab, dann zieht er mich auf seinen Schoß. »Ich war noch nie auf einer Hochzeit.«

»Ich auch nicht.« Ich schlinge beide Arme um seine Schultern, vergrabe eine Hand in seinen Haaren. Ich muss ein

328

Haargummi lösen, um das zu tun, und Milo gibt ein wohliges Brummen von sich.

»Ich hätte nicht gedacht, dass ich mal mit einem Jungen zusammen sein würde, der längere Haare hat als ich.«

»Deine Haare sind ziemlich kurz. Nicht schwer, das zu toppen.« Mit dem Zeigefinger fährt er über meine Wange, die Lippen, den Hals hinab.

»Mmmh.«

»Stört es dich?«

»Was?«

Ich spüre sein leises Lachen auf der Haut unterhalb meines Ohrs, wo es eine Spur wohligen Prickelns hinterlässt.

»Die Haare. Sind sie dir zu lang?«

»Absolut nicht.« Ich drehe den Kopf und lege meine Lippen auf seine, sehr zart, wir haben alle Zeit der Welt. »Würdest du sie abschneiden lassen, wenn es so wäre?«

»Klar.«

»Wirklich?«

»Es sind nur Haare. Ich rasier mir eine Glatze, wenn dich das glücklich macht.«

»Ah, Gott, nein, bitte nicht.«

Milos Hand rutscht unter mein T-Shirt, über nackte Haut den Rücken hinauf, berührt den Stoff meines BHs. Ich lege den Kopf in den Nacken. Seine Lippen gleiten über mein Schlüsselbein, die Mitte des Brustbeins, rutschen ein Stück tiefer, und ich lasse meine Hände ebenfalls wandern, von seinem Haaransatz, über die Schultern, hin zum Bund seiner Jeans.

»Milo?«

»Hm?«

»Damals. Im Schrank.«

Sein Mund ist wieder an meinem Hals, der Druck fordernder jetzt, berauschender, und ich winde mich unter seinen Berührungen, am liebsten möchte ich in ihn hineinkriechen und nie wieder auftauchen.

»Penny?«

»Hm?«

»Damals, im Schrank.«

»Mmmmh.«

»Hast du gewusst, dass ich es bin?«

Ich rücke ein paar Zentimeter ab, um ihm ins Gesicht zu sehen. »Nicht sofort.«

»Nein?«

»Erst konnte ich deine Stimme nicht einordnen, weil ich sie viel zu selten gehört habe, aber dann ...« Ich zucke mit den Schultern. Dann beuge ich mich vor, küsse erst den einen Mundwinkel, der sich nach oben gezogen hat, dann den anderen, dann presse ich mich enger an Milo, meine Brust an seiner, meine Finger in seinen Haaren, mein Mund an seinem Ohr. »Als mir klar wurde, wer mit mir im Schrank sitzt, da ...« Ich spüre sein Zittern unter meinem Atem, wie sich seine Hände fester um meine Taille schließen. Als ich nicht weiterspreche, höre ich ihn schlucken.

»Ich wusste es ziemlich bald«, flüstert er.

»Ja?«

»Mmh. Spätestens in dem Moment, als ich versehentlich deine Brust abgetastet habe.«

»Idiot.« Ich lache. Milo hebt den Kopf und fährt mit der Nase über meinen Hals.

»Im Ernst, Penny.«

»Ich bin nicht diejenige, die schlechte Witze macht. Autsch.«

Wir starren einander an. Erst lächelnd und dann, mit einem Mal, sehr, sehr ernst.

Ich sage: »Ich war froh, dass du es warst. Deine Stimme, dir so nah zu sein, ich weiß nicht. Ich würde gern behaupten, dass ich schon vorher mehr in dir gesehen habe als den Jungen, über den alle reden und mit dem niemand was zu tun haben will, aber ich bin nicht sicher, ob das wirklich so war. Bloß dann, im Schrank, als ich deine Stimme erkannt habe, da … wurde mir klar, dass ich in diesem Augenblick nichts mehr wollte, als dich zu küssen.«

»Es war ein ziemlich guter Kuss.«

»Oh ja, das war er.«

»Und danach …« Seine Lippen berühren meinen Hals, das Kinn, die Wangen. »Ich hätte mir gewünscht, dass es ein Danach gegeben hätte.«

Ich sehe Milo an. Betrachte sein Gesicht; dieses Gesicht, das ich schon viele Jahre kenne, und doch irgendwie nicht. »Ich finde dich so wunderbar, Milo Kolberg«, wispere ich, »und es ist mir egal, wie kitschig oder dumm oder weiß der Himmel wie das gerade klingt. Es ist das, was ich fühle. Und wie du siehst, gehen Wünsche manchmal in Erfüllung. Selbst wenn sie etwas länger brauchen.«

DANK

Die Entscheidung, ausgerechnet in diesem Lockdown-Schreibjahr einen Roman auf den Kanarischen Inseln anzusiedeln, war eine richtig gute, finde ich: Während draußen die Welt einzufrieren schien, hörte ich drinnen Palmen im Wind knistern, Wellen gegen den Strand schlagen und die klopfenden Herzen meiner Protagonisten. Meine liebste Lektorin Britt Arnold war gleich hingerissen von der Idee des Sommer-Ferienclubs, und mein Dank gilt wie üblich ihr sowie meinem Verlag, dem dtv. Anoukh Foerg, fantastische Agentin, dir danke ich, weil du mich in jeder Krise über Wasser hältst. Darüber hinaus gilt mein Dank meinen lieben Kolleginnen und Freundinnen, die mich mit unzähligen Sprach- und Textnachrichten immer wieder daran erinnern, dass man beim Schreiben zwar allein, aber auf keinen Fall einsam ist: Lilli Beck, Anne Freytag, Katharina Herzog, Nikola Hotel, Manuela Inusa, Kira Mohn, Astrid Ruppert. Julia Olbrich danke ich für die Idee mit dem Instax-Tagebuch. Mannix, niemand kennt sich mit Wimpernklimpern so gut aus wie du. Zuletzt danke ich blö, dem Lieblingsmann: Dieses Buch ist wie immer für dich.

EIN JUNGE. EIN MÄDCHEN.
UND NUR EINE NACHT,
UM DIE GROSSE LIEBE ZU
ERKENNEN.

ALLE LIEFERBAREN TITEL, INFORMATIONEN UND SPECIALS
FINDEN SIE ONLINE

Auch als eBook   www.dtv.de

BERÜHREND UND
SPANNEND BIS ZUR
LETZTEN SEITE

ALLE LIEFERBAREN TITEL, INFORMATIONEN UND SPECIALS
FINDEN SIE ONLINE

Auch als **eBook**   www.dtv.de